레디메이드 인생 _외

채만식 중·단편소설

레디메이드 인생 외

채만식 중·단편소설

재승출판

우리나라 신문학의 역사는 1906년 이인직의 《혈의 누》가 출간된 때로부터 시작한다고 한다. 이로 미루어보면 이제 한국 근대문학은 100년을 맞이하게 된 셈이다. 이 기간에 수많은 작가의 작품이 탄생하였다. 모든 작품은 작가들의 혼이 담긴 그 시대 문화의 거울이라 할 수 있다. 한 작품이라도 소홀히 다룰 수 없는 것들이지만, 그래도 근대문학 100년간 문학사적 고전으로 남을 만한 명작은 있을 것이다.

당 출판사에서는 미래의 동량이 될 청소년들과 현재의 주역인 일반인들이 새로운 독서체험을 할 수 있도록 하는 데 목표를 두었다. 자타가 인정하는 우리나라 최초 장편소설인 춘원 이광수의 《무정》을 시작으로 한국 문학계와 교육현장에서 두루 인정받은 한국 문학의 정수를 가려 뽑아 시리즈로 엮어 나갈 것이다. 객관성을 기하기 위하여 대학의 국문학 교수와 고등학교 국어과 교사, 숙련된 편집자 등의 추천을 참고로 하여 엄선할 계획이다. 이를 통해 한국 근현대 문학사의 흐름을 살펴볼 수 있을 것이다.

요즘 출판계의 현황은 불황의 터널에서 벗어나지 못하고 있다. 그 원인에는 여러 가지가 있겠지만 무엇보다 양서良書의 부재와 독자들이 책을 외면한다는 것이다. 더군다나 요즘에는 전자책이 나오면서 종이로 된 책은 앞으로 소외될 것이라는 출판계의 우려감과 더불어 인터넷의 발달로 책은 인기가 떨어진 상태다. 이러한 열악한 상황에서 의욕만 가지고 한국대표문학선을 출간한다는 것은 애초부터 무모한 계획일 수도 있다. 모두 부정적인 시각으로 보는 편이다. 출판업도 수익이 수반되어야 유지 존속이 가능하다. 출간되는 책은 거의 판매를 염두에 두고 있는 실정이다. 예를 들면 유명 작가 몇 사람의 작품, 인기 있는 외서 번역물 등등. 로또 뽑듯이 책을 선정하는 것 같다. 현 시점에서는 당연한 결정이다. 그렇지만 출판계의 이 같은 현실로 왜곡된 독서환경이 조성될 수도 있다.

따라서 당 출판사에서는 자라나는 청소년과 한국 문학을 사랑하는 일반인들에게 쉽고 재미있게 다가설 수 있으면서, 청소년들의 취향에도 잘 맞는 국민대중용 한국대표문학선집을 만들어보고자 한 것이다.

　시대와 시대를 이어서 모두가 다 같이 공감할 수 있는 문화의 정수가 바로 문학이다. 문학은 우리의 마음 한편에 자리 잡고 있는 시대의 정서와 풍속, 삶의 흔적이 고스란히 밴 작가들의 혼이 담긴 당대 문화의 거울이라고 한다. 우리가 문학작품을 통해서 만나게 되는 감동의 여운은 평생 뇌리에 남고, 특히 청소년 시절에 읽었던 문학작품은 젊은 날의 향수와 추억으로 남는다. 또한 살아가면서 마음의 양식이 됨은 물론이다.

　독자들은 문학과의 만남을 통해 우리의 문화가 이룩해온 정체성을 확인하고 상상하는 즐거움을 만끽할 수 있다. 논어 위정편에 나오는 온고이지신溫故而知新은 '옛것을 잘 익혀서 새로운 것을 안다'는 뜻으로 고전의 중요성을 강조한 공자의 가르침이다. 누구나 자신의 뿌리를 인식하고 문화생활을 높이기 위해서는 문학을 알아야 한다.

　당 출판사로서는 한국대표문학선 발간이 우리나라 출판계에 일조가 된다면 더 없는 영광으로 생각한다. 아무쪼록 한국대표문학선을 통해 21세기 젊은 독자들이 삶의 풍부한 자양분으로서 이 시리즈를 애호해주기를 바랄 뿐이다.

2011년 7월

(주)재승출판

대표이사 이 재 영

발간사　004

레디메이드 인생　011
치숙　057
세 길로　085
순공 있는 일요일　097
쑥국새　137
두 순정　155
소망　181
논 이야기　203
미스터 방　237
민족의 죄인　257
용동댁의 경우　325

작품 해설　352
작가 연보　366

●●● 일러두기

· 이 책의 맞춤법은 1988년 1월 19일 문교부 교시 '한글 맞춤법'에 따른 것을 원칙으로 하였다.
· 외래어 표기는 1986년 문교부 교시 '외래어 표기법'에 따른 것을 원칙으로 하였다.
· 작품에 영향을 준다고 판단되는 구어체, 의성어, 의태어 등은 최대한 살리되 뜻이 통하지 않는
  경우에는 각주를 달았다.
· 어원을 밝힐 수 없는 어휘나 방언 등은 그대로 두었다.
· 한자는 가급적 한글로 바꾸되 의미를 파악하는 데 필요하다고 판단되는 부분은 각주를 달았다.
· 필요한 경우에 글의 흐름과 내용을 고려하여 단락을 다시 구분하였다.
· 대화는 " "로, 생각이나 독백 및 강조하는 말은 ' '로 표시하였다.
· 글을 읽고 뜻을 이해하는 데 방해가 되지 않는 한 최대한 원전을 살렸다.
· 본문 중 '삭제' 표시된 곳은 일제강점기에 검열로 삭제된 부분이다.

• • • • • • •

레디메이드 인생

1

“뭐 어데 빈자리가 있어야지.”

K사장은 안락의자에 푹신 파묻힌 몸을 뒤로 벌떡 젖히며 하품을 하듯이 시원찮게 대답을 한다. 미상불 아닌 게 아니라 과연 그는 두 팔을 쭉 내뻗고 기지개라도 한번 쓰고 싶은 것을 겨우 참는 눈치다.

이 K사장과 둥근 탁자를 사이에 두고 공손히 마주 앉아 얼굴에는 ‘나는 선배인 선생님을 극히 존경하고 앙모 우러러 그리워함 합니다’ 하는 비굴한 미소를 띠고 있는 구변 말재주 없는 구변을 다하여 직업 동냥의 구걸 문구를 기다랗게 늘어놓던 P—P는 그러나 취직운동에 백전백패의 노졸 늙은 병사 인지라 K씨의 힘 안 드는 한마디의 거절에도 새삼스럽게 실망도 아니한다. 대답이 그렇게 나왔으니 인제 더 졸라도 별수가 없는 것이지만 허실 삼아 한마디 더 해보는 것이다.

"글쎄올시다. 그러시다면 지금 당장 어떻게 해주십사고 무리하게 조를 수야 있겠습니까마는…… 그러면 이담에 결원이 있다든지 하면 그때는 꼭……."

이렇게 말하고 P는 지금까지 외면했던 얼굴을 돌려 K사장을 조심성 있게 바라보았다. 그러나 K사장은 위선(우선) 고개를 좌우로 두어 번 흔들고는 여전히 하품 섞인 대답을 한다.

"결원이 그렇게 나나 어데…… 그리고 간혹 가다가 결원이 난다더래도 유력한 후보자가 몇십 명씩 밀려 있어서……."

P는 아무 말도 아니하고 고개를 숙였다. 인제는 영영 틀어진 것이다. '안녕히 계십시오' 하고 일어서는 것밖에는 별수가 없다.

별수가 없이 되었으니 '네 그렇습니까' 하고 선선히 일어서야 할 것이지만 지금까지의 은근히 모시고 있던 태도에 비해 그것이 너무 낮간지러운 표변(마음이나 행동이 갑자기 변함)임을 알기 때문에 실망이나 하는 체하고 잠시 더 앉아 있는 것이다.

"거 참 큰일들 났어."

K사장은 P가 낙심해하는 것을 보고 별로 밑천이 들지 아니하는 일이라서 알뜰히 걱정을 나누어준다.

"저렇게 좋은 청년들이 일거리가 없어서 저렇게들 애를 쓰니."

P는 속으로 코똥(콧방귀의 사투리)을 '흥' 하고 뀌었으나 아무 대답도

아니하였다. K사장은 P가 이미 더 조르지 아니하리라고 안심한지라 먼저 하품 섞어 '빈자리가 있어야지' 하던 시원찮은 태도는 버리고, 그가 늘 흉중에 묻어두었다가 청년들에게 한바탕씩 해 들려주는 훈화를 꺼낸다.

"그렇지만 내가 늘 말하는 것인데…… 저렇게 취직만 하려고 애를 쓸 게 아니야. 도회지에서 월급생활을 하려고 할 것만이 아니라 농촌으로 돌아가서……."

"농촌으로 돌아가서 무얼 합니까?"

K는 말중동 말의 중간 부분 을 갈라 불쑥 반문하였다. 그는 기왕 취직운동은 그른 것이니 속 시원하게 시비라도 해보고 싶은 것이다.

"허! 저게 다 모르는 소리야…… 조선은 농업국이요, 농민이 전 인구의 팔 할이나 되니까 조선 문제는, 즉 농촌 문제라고 볼 수 있는데, 아 지금 농촌에서 할 일이 오죽이나 많다구?"

"저는 그 말씀 잘 못 알아듣겠는데요. 저희 같은 사람이 농촌에 가서 할 일이 있을 것 같잖습니다."

"그럴 리가 있나! 가령 응…… 저……."

K사장은 '응…… 저……' 하고 더듬으면서 곧 대답을 하지 못한다. 그것은 무리가 아니다. 그가 구직하러 오는 지식청년들에게 농촌으로 돌아가 농촌사업을 하라는 것과―다음에 또 꺼내는 일거리를 만들라는 것은―결코 현실에서 출발한 이론적 근거가 있는 것이 아니었다. 그저 지식계급의 구직꾼이 넘치는 것을 보고 막연히

'농촌으로 돌아가라', '일을 만들어라'고 해왔을 따름이다. 따라서 거기에 대한 구체적 플랜이 있는 것도 아니었던 것이다. 한편으로는 한 행셋거리 행세하기에 좋은 소재로, 또 한편으로는 구직꾼 격퇴의 수단으로 자룡이 헌 창 쓰듯 헤프게 쓰는 경우를 비유함 썼을 뿐이지…….

그리하여 그동안까지는 대개는 그 막연한 설교를 들은 성 만 성 하고 물러가는 것이 그들의 행투 행동거지였는데, 오늘 이 P에게만은 그렇지가 아니하여 불가불 구체적 설명을 해주어야 하게 말머리가 돌아선 것이다. 그래서 그는 떠듬떠듬 생각해가면서 생각나는 대로 주워섬기는 것이다.

"가령 응…… 저…… 문맹퇴치운동도 있지. 농민의 구 할은 언문도 모른단 말이야! 그리고 생활개선운동도 좋고…… 헌신적으로."

"헌신적으로?"

"그렇지…… 할 테면 헌신적으로 해야지."

"무얼 먹고 헌신적으로 그런 사업을 합니까? 먹을 것이 있어서 그런 농촌사업이라도 할 신세라면 이렇게 취직을 못 해서 애를 쓰겠습니까?"

"허! 그게 안 된 생각이야…… 자기가 먹고 살 재산이 있으면서 사회를 위해서 일도 아니하고 번들번들 논다는 것은, 그것은 타락된 생각이야."

P는 K사장이 억담 억지스럽게 하는 말을 내세우는 것을 보고 속으로 싱그레 웃었다.

"그렇지만 지금 조선 농촌에서는 문맹퇴치니 생활개선이니 합네 하고 손끝이 하얀 대학이나 전문학교 졸업생들이 몰켜오는 것을 그다지 반겨하기는커녕 머릿살을 앓을 것입니다…… 농민이 우매하다든지 문화가 뒤떨어졌다든지, 또 생활이 비참한 것의 근본 원인이 기역 니은을 모른다든가 생활개선을 할 줄 몰라서 그런 것이 아니니까요. 그리고 조선의 지식청년들이 모두 그런 인도주의자가 됩니까?"

"되면 되지, 안 될 건 무어야?"

"그건 인도주의란 그것이 한개^{한낱} 공상이니까 그렇겠지요."

"허허…… 그러면 P는 ××주의잔가?"

"되다가 찌부러진 찌스레깁니다. 철저한 ××주의자라면 이렇게 선생님한테 와서 취직운동도 아니합니다."

"못써! 그렇게 과격한 사상으로 기울어서야 쓰나…… 정 농촌으로 돌아가기가 싫거든 서울서라도 몇 사람 맘 맞는 사람이 모여서 무슨 일을…… 조선에 신문이 모자라니 신문을 하나 경영하든지, 또 조그맣게 하자면 잡지 같은 것도 좋고, 또 영리사업도 좋고…… 그러면 취직운동하는 것보담 훨씬 낫잖은가?"

"좋을 줄이야 압니다마는 누가 돈을 내놉니까?"

"그거야 성의 있게 하면 자연 돈도 생기는 거지."

P는 엉터리없는 수작을 더 하기가 싫어 웬만큼 말을 끊고 일어섰다. 속에 있는 말을 어느 정도까지 활활 해준 것이 시원은 하나, 또

취직이 글렀구나 생각하니 입 안에서 쓴 침이 고여 나온다.

복도에서 편집국장 C를 만났다. P는 C와 자별히^{특별한 친분으로} 사이가 가까운 터였다.

"사장 만나러 왔소?"

C는 묻는 것이다.

"아니."

P는 거짓말을 하였다. 그는 지금 K사장을 만나 거절당한 이야기를 하기가 어쩐지 창피하기도 할 뿐 아니라, 또 전부터 C더러 K사장에게 자기의 취직운동을 부탁해왔던 터인데, 직접 이렇게 찾아와서 만났다고 하기가 혐의쩍기도^{꺼리고 미워할 만하기도} 하여 시치미를 뚝 뗀 것이다.

"아주 단념하오."

C 자기에게 부탁한 취직운동을 단념하란 말이다. 그러면 벌써 C가 K사장에게 이야기를 하였고, 그 결과 일이 틀어진 것을 P는 모르고 와서 헛노릇을 한바탕한 것이다. P는 먼저 C를 만나보지 아니하고 K사장을 만난 것을 후회하였다.

C는 잠깐 멈췄던 말을 계속한다.

"어제 아침에 사장더러 P군의 사정이 퍽 난처하니 어떻게 생각해봐 주면 좋겠다고 여러 말을 했다가 코 떼었소^{핀잔을 맞았소}. 신문사가 구제기관이 아닌데 남의 사정 난처한 것을 어떻게 하라느냐고 그럽디다…… 하기야 그게 옳은 말이지만……"

신문사가 구제기관이 아니라고 한다는 그 말이 P의 머리에는 침 끝으로 찌르는 것같이 정신이 들게 울렸다.

"흥! 망할 자식들!"

P는 혼잣말로 이렇게 두덜거리며 남이 알아듣기 어려울 정도의 낮은 목소리로 불평을 하며 C와 작별도 아니하고 밖으로 나와 버렸다.

2

P는 광화문 네거리의 기념비각 옆에서 발길을 멈추고 망설였다. 어디로 갈까 하는 것이다.

봄 하늘이 맑게 개었다. 햇볕이 살이 올라 포근히 온몸을 싸고 돈다. 덕석 추울 때에 소의 등을 덮어주는 멍석 같은 겨울 외투를 벗어버리고 말쑥말쑥하게 새로 지은 경쾌한 춘추복의 젊은이들이 봄볕처럼 명랑하게 오고 가고 한다. 멋쟁이로 차린 여자들의 목도리가 나비같이 보드랍게 나부낀다. 그 오동보동한 비단 다리를 바라다보노라니 P는 전에 먹던 치킨가스가 생각이 난다.

창을 활활 열어젖힌 전차 속의 봄 사람들을 보니 P도 전차를 잡아타고 교외나 나가고 싶었다. 그러나 크림 맛을 못 본 지 몇 달이 된 낡은 구두, 고기작거린 동복 바지, 양편 포켓이 오뉴월의 쇠불알 같이 축 처진 양복저고리, 땟국 묻은 와이셔츠와 배배 꼬인 넥타이,

엿장수가 이 전어치 주마던 낡은 모자, 이렇게 아래로부터 훑어 올려보며 생각하니 교외의 산보는커녕 얼핏 돌아가서 차라리 이불을 뒤쓰고 드러눕고만 싶었다.

마침 기념비각 앞에 자동차 하나가 머물더니 서양 사람 내외가 내린다. 그들은 사내가 설명을 하고 여자가 듣고 하면서 기념비각을 앞뒤로 구경한다. 여자는 사진까지 찍는다.

'대원군이 만일 이 꼴을 본다면…….'

이렇게 생각하매 P는 저절로 미소가 입가에 떠올랐다.

3

대원군은 한말_{대한제국의 마지막 시기}의 '돈키호테'였다. 그는 바가지를 쓰고 벼락을 막으려 하였다. 바가지는 여지없이 부스러졌다. 역사는 조선이라는 조그마한 땅덩이나마 너무 오래 뒤떨어뜨려 놓지 아니하였다.

갑신정변에 싹이 트기 시작해서 한일합방_{한일병합}의 급격한 역사적 변천을 거쳐 자유주의의 사조는 기미년_{1919년}에 비로소 확실한 걸음을 내디뎠다.

자유주의의 새로운 깃발을 내건 '시민'의 기세는 등등하였다.

"양반? 흥! 누구는 발이 하나길래 너희만 양발이라느냐?"

“법률의 앞에서는 만인이 평등이다.”

“돈…… 돈이 있으면 무어든지 할 수 있다.”

신흥 부르주아지는 민주주의의 간판을 이용하여 노동자 농민의 등을 어루만지고 경제적으로 유력한 봉건귀족과 악수를 하는 동시에 지식계급을 대량으로 주문하였다.

유자천금이^{자식에게 천금을 물려주는 것보다} 불여교자일권서^{한 권의 책을 가르치는 것이 낫다}라는 봉건시대의 진리가 자유주의의 세례를 받아 일단의 더 발전된 얼굴로 민중을 열광시켰다.

“배워라. 글을 배워라…… 지식만 있으면 누구나 양반이 되고 잘 살 수 있다.”

이러한 정열의 외침이 방방곡곡에서 소스라쳐 일어났다.

신문과 잡지가 붓이 닳도록 향학열^{배우려는 열의}을 고취하고 피가 끓는 지사^{나라와 민족을 위해 제 몸을 바쳐 일하려는 뜻을 가진 사람}들이 향촌으로 돌아다니며 삼촌^{세 치 길이}의 혀를 놀려 권학^{학문에 힘쓰도록 권함}을 부르짖었다.

“배워라. 배워야 한다. 상놈도 배우면 양반이 된다.”

“가르쳐라. 논밭을 팔고 집을 팔아서라도 가르쳐라. 그나마도 못하면 고학이라도 해야 한다.”

“공자 왈 맹자 왈은 이미 시대가 늦었다. 상투를 깎고 신학문을 배워라.”

“야학을 설치하여라.”

재등 사이토 마코토 총독이 문화정치의 간판을 내걸고 골골이 고을고을 마다 학교를 증설하였다. 보통학교의 교장이 감발을 하고 촌으로 돌아다니며 입학을 권유하였다. 생도에게는 월사금을 받기는커녕 교과서와 학용품을 대주었다. 민간의 유지 마을이나 지역에서 명망 있고 영향력을 가진 사람는 돈을 걷어 학교를 세웠다. 민립대학도 생기려다가 말았다. 청년회에서 야학을 설시하였다. 갈돕회 고학생들의 자치단체가 생겨 갈돕만주 갈돕회에서 팔던 만두 외우는 소리가 서울의 신풍경을 이루었고 일반은 고학생을 존경하였다. 여학생이라는 새 숙어가 생기고 신여성이라는 새 여인이 생겨났다.

이와 같이 조선의 관민이 일치되어 민중의 지식 정도를 높이는 데 진력을 하였다. 즉 그들 관민이 일치되어 계획한 조선의 문화 정도는 급속도로 높아갔다.

그리하여 민중의 지식 보급에 애쓴 보람은 나타났다.

면서기를 공급하고 순사를 공급하고 군청 고원 사무를 돕기 위해 두는 임시 직원을 공급하고 간이농업학교 출신의 농사개량 기수 서기를 공급하였다. 은행원이 생기고 회사원이 생겼다. 학교 교원이 생기고 교회의 목사가 생겼다. 신문기자가 생기고 잡지기자가 생겼다. 민중의 지식 정도가 높았으니 신문 잡지 독자가 부쩍 늘고 의사와 변호사의 벌이가 윤택해졌다.

소설가가 원고료를 얻어먹고 미술가가 그림을 팔아먹고 음악가가 광대의 천호 천한 이름에서 벗어났다. 인쇄소와 책장사가 세월을 만나고 양복점 구둣방이 늘비해졌다. 연애결혼에 목사님의 부수입이 생기고 문화주택을 짓느라고 청부업자가 부자가 되었다. 그리하여 부르주아지는 가보^{노름에서 아홉 끗을 일컫는 일본말}를 잡고 공부한 일부의 지식군은 진주^{다섯 끗}를 잡았다.

그러나 노동자와 농민은 무대를 잡았다. 그들에게는 조선 문화의 향상이나 민족적 발전이나 도리어 무거운 짐을 지어주었을지언정 덜어주지는 아니하였다. 그들은 배 주고 속 얻어먹은 셈^{큰 이익을 남에게 주고 거기서 조그만 이익만을 얻음을 비유하는 말}이다.

[20여 자 삭제]

인텔리^{지식층}…… 인텔리 중에도 아무런 손끝의 기술이 없이 대학이나 전문학교의 졸업증서 한 장을, 또는 조그마한 보통 상식을 가진 직업 없는 인텔리…… 해마다 천여 명씩 늘어가는 인텔리…… 뱀을 본 것은^{잘못 대하다가 크게 봉변을 당한 것은} 이들 인텔리다.

부르주아지의 모든 기관이 포화 상태가 되어 더 수요가 안 되니 그들은 결국 꾐을 받아 나무에 올라갔다가 흔들리는 셈이다. 개밥의 도토리다.

인텔리가 안 되었으면 차라리 [7~8자 삭제] 노동자가 되었을 것인데 인텔리인지라 그 속에는 들어갔다가도 도로 달아나오는 것이 99퍼센트다. 그 나머지는 모두 어깨가 축 처진 무직 인텔리요, 무기력한 문화 예비군 속에서 푸른 한숨만 쉬는 초상집의 주인 없는 개들이다. 레디메이드^{기성품} 인생이다.

4

“제길!”

P는 혼자 두덜거리며 지금까지 섰던 기념비각 옆을 떠났다.

[80여 자 삭제]

P는 자기 자신이고 세상의 모든 일이고 모두 짜증이 나고 원수스러웠다. 광화문 큰 거리를 총독부 쪽으로 어실어실 걸어가노라니 그의 그림자가 짤막하게 앞에 누워간다. P는 자기의 그림자를 콱 밟고 싶었다. 그러나 발을 내디디면 그림자도 그만큼 앞으로 더 나가곤 한다. 이 그림자와 자기 자신에서, 그리고 그림자를 밟으려는 자기 자신과 앞으로 달아나는 그림자에서 P는 자기의 이중인격의 모순상을 발견하였다.

동십자각 옆에까지 온 P는 그 건너편 담배가게 앞으로 갔다.

“담배 한 갑 주시오.”

하고 돈을 꺼내려니까 담배가게 주인이,

“네, 마콥니까?”

묻는다.

P는 담배가게 주인을 한번 거들떠보고 다시 자기의 행색을 내리훑어 보다가 심술이 버쩍 났다. 그래서 잔돈으로 꺼내려던 것을 일부러 일 원짜리로 꺼내려는데 담배가게 주인은 벌써 마코^{담배 이름} 한 갑 위에다 성냥을 받쳐 내민다.

“해태담배 이름 주어요.”

P는 돈을 들이밀면서 볼먹은 소리를 질렀다. 그러나 담배가게 주인은 그저 무신경하게 ‘네’ 하고는 마코를 해태로 바꾸어주고 팔십오 전을 거슬러다 준다.

P는 저편이 무렴해하지염치가 없음을 느껴 부끄럽고 거북해하지 아니하는 것이 더욱 얄미웠다.

그는 해태 한 개를 꺼내어 붙여 물고 다시 전찻길을 건너 개천가로 해서 올라갔다. 인제는 포켓 속에 남은 것이 꼭 삼 원하고 동전 몇 푼이다. 엊그제 겨울 외투를 사 원에 잡혀서 생긴 것이다.

방세와 전깃불값이 두 달 치나 밀렸다. 삼 원은 방세 한 달 치를 주고 일 원에서 전등삯 한 달 치를 주고도 싶었으나 그러고 나면 그 나머지로 설렁탕이나 호떡을 사 먹어도 하루밖에는 못 지낸다. 그래 그대로 넣어두고 한 이틀 지내는 동안에 일 원이 거진 달아났던 판인데, 공연한 객기를 부리느라고 당치도 아니한 해태를 샀기 때문에 이제는 일 원 돈은 완전히 달아나고 삼 원만 남은 것이다.

P는 포켓 속에 손을 넣고 잔돈과 지폐를 섞어 삼 원 남은 돈을 만지작거렸다. 그러면서 왼편 손으로는 손가락을 꼽아가며 삼 원을 곱쟁이곱절 쳐보았다.

육 원, 십이 원, 이십사 원, 사십팔 원, 구십육 원, 백구십이 원, 팔 원 모자라는 이백 원…… 사백 원, 팔백 원, 일천육백 원, 삼천이백 원, 육천사백 원, 일만 이천팔백 원, 팔백 원은 떼어버리고 이만 사천 원, 사만 팔천 원, 구만 육천 원, 십구만 이천 원, 삼십팔만 사천 원, 칠십육만 팔천 원, 백오십삼만 육천 원…….

삼 원을 열여덟 번만 곱집으면 백오십삼만 원이 된다. 백오십삼만 원 그놈이 있으면…… 이렇게 생각하매 어깨가 으쓱해졌다.

삼 원의 열여덟 곱쟁이가 백오십만 원이니 퍽 쉬운 일이다. 그놈만 있으면 백만 원을 들여서 오십 전짜리 십육 페이지 신문을 하나 했으면 위선 K사장의 엉엉 우는 꼴을 볼 수가 있을 것이다.

그러나 아쉬운 대로 십오만 원만 있어도 일만 오천 원, 아니 일천 오백 원만 있어도, 아니 백오십 원만 있어도 십오 원만 있어도 위선 방세와 전등삯을 주고 한 달은 살아가겠다.

P는 한숨을 내쉬었다. 한 달? 한 달만 살고 나면 그담은 어떻게 하나…… 그래도 몇백 원은 있어야지, 아니 몇천 원은, 아니 몇만 원은…… P는 늘 하는 버릇으로 이런 터무니없는 공상을 되풀이하였다. 그는 최근 이러한 공상을 하면서부터 취직을 시들하게 여겼다.

취직이 된댔자 사오십 원이나 오육십 원의 월급이다. 그것을 가지고 빠듯빠듯 살아간들 무슨 아기자기한 재미가 있을 턱도 없는 것이다.

가령 근실히 해서 월괘저금^{매달 정해놓고 하는 저금} 같은 것도 하고 집도 장만하고 여편네도 생기고 사장이나 중역들의 눈에 들어 지위도 부장쯤으로는 올라가고, 그리하여 생활의 근거도 안정이 되고 하면 지금 같은 곤란은 당하지 아니하겠지만, 그러나 P에게는 아직도 젊은 때의 야심이 있어 그러한 고식된^{우선 당장에는 탈이 없고 편안하게 지냄을 비유하는 말} 안정이나 명색 없는 생활은 도리어 피하고 싶었던 것이다. 좀더 남의 눈에 띄며 좀더 재미있고 그리고 자유로운 생활…….

물론 그는 지금이라도 누가 한 달에 삽십 원만 줄 테니 와서 일을 해달라면 마치 주린 개가 고기를 보고 덤비듯이 덮어놓고 덤벼들 것이다. 그러나 속으로는 그와 딴판으로 배포를 부리고 있는 것이다.

P가 삼청동으로 올라가느라고 건춘문^{경복궁의 동쪽 문} 앞까지 이르렀을 때에 저편에서 말쑥하게 봄 치장을 한 여자 하나가 마주 내려왔다. 역시 삼청동 근처에 사는 여자인지 P와는 가끔 마주치는 여자다. P는 그 여자와 만날 때마다 일부러 눈 익혀보지 아니하는 체는 하면서도 실상은 고비샅샅^{구석구석마다 샅샅이} 관찰을 하였고, 그리고 속으로는 연애라도 좀 했으면 하던 터였다. 무엇보다도 동그스름한 얼굴에 이목구비가 모두 모지지 아니하고 얼굴의 윤곽이 동글듯이 모가 나지 아니한 것, 그래서 맘자리도 그렇게 동글려니 하는 것이 P의 마음을 끈 것이다.

그 여자는 자주 만나는 이 협수룩한^{옷차림이 어지럽고 허름한} 양복쟁이 P를 먼빛으로도 알아보았는지 처녀다운 조심스러운 몸매로 길을 가로 비켜 가까이 왔다.

P는 고개를 꼿꼿이 쳐들고 앞만 쳐다보면서도 속으로는,

'저 여자가 지금 내 옆으로 다가와서 조그만 소리로 정답게 구애를 한다면? 사뭇 들이안긴다면…… 어쩔꼬?'

이런 생각을 하면서 히죽이 웃는데 여자는 벌써 지나쳐버렸다.

'흥! 어쩌긴 무얼 어째? 이년아, 일없다는데 왜 이래! 하고 발길로 콱 차 내던지지.'

하고 P는 어깨를 으쓱하였다.

삼청동 꼭대기에 있는 집—집이 아니라 사글세로 든 행랑방—에 돌아왔다. 객지에 혼자 있으니 웬만하면 하숙에 있을 것이로되 밥값이 밀리고 그것에 졸릴 것이 무서워 P는 방을 얻어가지고 있던 것이다. 먹는 것이야 수중에 돈이 있는 때에 따라 호떡도 설렁탕도 백화점의 런치도 그렇잖고 몇 끼씩 굶기도 하여 대중이 없었다. 볕 구경을 잘 못 해서 겨울에도 곰팡이가 슬고 이불을 며칠씩 그대로 펴두는 방바닥에서는 먼지가 풀씬풀씬 올랐다.

하도 어설퍼 앉으려고도 아니하고 방 가운데 우두커니 서서 있노라니까 안방 문 여닫는 소리가 들리며 주인 노파가 나와서 '캑' 하고 기침을 한다. P는 또 방세 졸릴 일이 아득하였다.

그러나 노파는 방세보다는 위선 편지 한 장을 들이밀어준다. 고향의 형에게서 온 것이다. 편지를 뜯어 읽고 난 P는 말가웃 ^{한 말 반쯤의 분량}이나 되게 한숨을 '푸' 내쉬었다. 그러고는 편지를 박박 찢어버렸다.

5

편지의 요건은 P의 아들에 관한 것이다.

P에게는 연전몇 해 전에 갈린 아내와의 사이에 생긴 창선이라는 아들이 있다. 금년에 아홉 살이다. 아내와 갈릴 때에 저편에서 다만 어린애만이라도 주었으면 그것을 데리고 길러가는 재미로 혼자 사는 세상에 낙을 붙이겠다고 사정하였다. 그리고 적어도 중학까지는 마치게 하겠다는 것이었다.

그렇게 했으면 P도 한 짐을 덜었을 것이다. 그러나 그는 듣지 아니하였다. 어릴 적부터 소박데기 어미의 손에서 아비의 원망과 푸념을 들어가면서 자란 자식은 자란 뒤에 그 아비에게 호감을 가지지 못한다. P는 자식을 꼭 찾고 싶은 것은 아니나 아무튼 장성하면 아비라고 찾아올 터인데 그때에 P는 이미 늙고 자식은 팔팔하게 젊은 놈이 옛날에 제 어미를 소박한 아비라서 아니꼽게 군다면 그것은 차마 못 당할 노릇이다.

이러한 생각으로 P는 창선이를 내주지 아니한 것이다. 그러나 빼앗아놓고 보니 인제 겨우 네댓네다섯 살밖에 안 먹은 것을 자기 손으로 어찌할 수가 없다. 그리하여 할 수 없이 어렵사리 지내는 그 형에게 맡겨놓고 다시 서울로 올라온 것이다. 보통학교에 다닐 나이가 되면 서울로 데려오겠다고 해두고.

P의 형은 작년에 조카를 보통학교에 입학시켰다. 그러나 극빈축

에 드는 집안인지라 몇 푼 안 되는 월사금과 학비를 대지 못해 중
도에 퇴학시켰다. 애초에 입학시킬 상의로 P에게 편지를 했을 때에
P는 공부 같은 것은 시켜봤자 소용이 없으니 차라리 뼈가 보드라운
때부터 생일^{노동}을 시키라고 하였다. P의 형은 그러나 백부^{큰아버지}의
도리로나 집안의 체면으로나 창선이를 생일을 시킬 수가 없었다. 차
라리 자기 손에 두어 헐벗기고 헐입히면서 공부도 시키지 못하느니
제 아비인 P더러 데려가라고 작년부터 편지를 하던 터이다.

금년도 입학 시기가 당하매 P의 형은 P에게 누차 편지를 하였다.
금년에 입학을 시키지 못하면 명년^{내년}에는 학령이 초과되어 들여주
지 아니할 것이니 어서 데려다가 공부를 시키라는 것이다.

그 어린것이 굶기를 먹듯 하고 재주는 있으면서 남의 집 아이들
이 학교에 다니는 것을 부러워하는 꼴은 차마 애처로워 볼 수가 없
다. 차라리 이 꼴 저 꼴 보지 아니하는 것이 속이나 편하겠다.

이번 편지에는 이러한 구절이 있고 끝에 가서,

여비가 몇 원 변통되면 차를 태우고 전보를 칠 테니 정거장에
나와 데려가거라. 나도 웬만하면 객지에 혼자 있는 너에게 어린 자
식을 떠맡기듯이 보내겠느냐마는 잘못하다가 그것을 굶겨 죽이겠
기에 생각다 못하여 단행하는 것이다.

이러한 말이 쓰여 있었다.

P는 박박 찢은 편지를 돌돌 뭉쳐 방구석에 내던지고 한숨을 '푸' 내쉬었다. 인제는 자식을 데리고 있기가 피할 수 없이 되었는데, 어떻게 했으면 좋을까 하는 것이다. 그는 형이 원망스럽고 아니꼬웠다. 굳이 제 아비를 따라 보낸다는 것이 아니라 부등부등^{억지를 쓰며 자꾸 우기는 모양} 공부를 시키라는 것 때문이다. 기왕 서울로 보내나 시골서 데리고 있으나 고생시키기는 일반이니 차라리 시골서 일찍부터 생일이나 시켰으면 P에게는 여러 가지로 좋을 것이었다.

"흥! 체면! 공부! 죽어도 인텔리는 만들잖는다."

P는 혼자 이렇게 두덜거렸다.

"집에서 온 편지유? 무슨 걱정이 생겼수?"

말거리를 찾지 못하여 머뭇거리고 섰던 안방 노인이 동정이나 하는 듯이 이렇게 묻는다.

"아니요."

P는 마지못해 코대답^{건성으로 하는 대답}을 하였다.

"필경 무슨 걱정이 생긴 게구려!"

노인은 자기의 말거리를 만들려고 아니라는데도 이렇게 걱정을 내놓는다.

"그게 모두 가난한 탓이지…… 저렇게 젊고 똑똑한 이가, 저게 모두 가난한 탓이야! 어데 구실^{직업} 자리 말한다더니 아직 안 됐수?"

"네, 아직……"

"거 큰일 났구려! 어서 돼야 될 텐데…… 나두 꼭 죽겠수…… 이 늙은것이…… 돈 좀 마련되잖았수?"

"네, 아직 좀…….."

"저걸 어쩌나! 오늘은 물값이야 전깃불값이야 사뭇 받으러 달려들 텐데!"

"메칠만 더 미루십시오. 설마하니 마나님이야 안 드리겠습니까?"

"아무렴! 실수야 없을 줄 알지만 내가 하도 옹색하니깐 그러는 거지…….."

P는 노인이 지껄이게 두어두고 혼자 생각하였다. 전에 아는 집에서 셋방을 얻어들었을 때에는 두 달이고 석 달이고 세가 밀려야 조르는 법이 없었다. 밀려도 조르지 아니하는 아는 집…… 이것이 P는 도리어 미안해서 이곳으로 옮겨온 것이다. 옮겨와서 막상 졸림질을 당하니 미안해도 졸리지는 아니하던 옛집이 그리워지는 것이다.

노인이 문을 가로막고 서서 수다스러운 소리로 더 지껄이려고 하는데 마침 P의 동무 M과 H가 찾아왔다.

"어데 나가나?"

M이 그렇잖아도 벌씸한 코를 한 번 더 벌씸하고 사이 벌어진 앞니를 내보이며 싱끗 웃는다.

몸집은 M과 같이 통통하지만 키가 작아 M의 뒤에 가려 섰던 H가 옆으로 나서며,

"안녕합시오."

하고 인사를 한다.

　P는 싱긋이 웃었다. 이 M과 H는 같은 하숙에 있는데 두 사람은 곧잘 같이 돌아다닌다. 같이 가는 것을 나란히 세워놓고 보면 하나는 키가 커서 우뚝하고 하나는 키가 작아서 납작 붙어가는 것 같다.

　얼굴도 M은 우둘투둘한 게 정객 타입으로 생겼고—잘못하면 복싱 링에 내세워도 좋겠고—H는 안존한 조용하고 얌전한 게 사무원 타입이다. 일상의 언행을 보아도 H는 무슨 이야기가 자기 전문인 법률에 관한 것에 다다르면 육법전서 종합 법전의 조목을 따르르 외우면서 이러고저러고 하다고 설명을 하고 M은 동경서 학생 ××에 제휴를 했던 만큼, 그리고 전문이 정경과인 만큼 좌익 진영에서 쓰는 어투가 그대로 나온다.

　“여전히 모두 동색 겨울색이 창연하군!”

　P는 두 사람의 특특한 바탕이 촘촘하고 조금 두꺼운 겨울 양복을 보고, 그리고 자기의 행색을 내려보며 웃었다.

　M이 신을 벗고 들어와 먼지 앉은 책상 위에 걸터앉으며,

　“춘래불사춘 봄은 왔지만 봄 같지가 않다 일세.”

하고 한마디 외운다. H도 따라 들어와 한편에 앉으며 한마디 한다.

　“아직 괜찮아…… 거리에서 보니까 동복 입은 사람이 많데…….”

　“괜찮기는 무어 괜찮아…… 우리가 길로 돌아다니니까 사방에서 아이구 아야! 소리가 들리데.”

　“왜?”

"봄이 발밑에서 짓밟히느라고."

"하하하하."

세 사람은 소리를 내어 웃었다.

"참 시험 본 것 어떻게 되었소?"

P는 H가 일전에 총독부에서 본 고원 채용시험을 생각하고 물어보았다.

"말두 마시우…… 인제는 꼭 들어앉아 공부나 해가지고 변호사 시험이나 치겠소."

사람이 별로 변통성도 없고 그렇다고 여기저기 반연(얽혀서 맺어지는 인연)도 없어 취직이 여의하게(마음먹은 대로) 되지 못하는 것을 볼 때에 P는 가엾은 생각이 늘 들곤 하였다.

"가만있게, 어서 변호사 시험만 패스하게. 그러면 인제 내가 백만 원짜리 주식회사를 조직해가지고 자네를 법률고문으로 모셔옴세."

이것이 M이 늘 농 삼아 하는 농담이다. M도 일 년이나 취직운동을 하면서 지냈건만 그는 도리어 배포가 유하다. 조금 더 재빠르게 했으면 M은 벌써 취직이 되었을지도 모르나, 그는 타고난 배포와 그리고 남에게 아유구용(아첨하여 구차스럽게 굶)을 하기 싫어하는 성질로 말하자면 취직전선의 낙오자다.

별로 만나야 할 일도 없다. 그러나 제가끔 혼자 있으면 우울해지니까 이렇게 서로 찾으며 자주 만나게 된다. 만나 앉아서 이야기라도 지껄이면 그동안만은 명랑해진다. 지금 서울 안에 P니 M이니 H와

같이 매일 만나 하는 일 없이 돌아다니고 주머니 구석에 돈푼 있으면 서로 털어 선술잔이나 먹고 하는 룸펜실업자의 패가 수없이 많다.

무어나 일을 맡겼으면 불이 버쩍 일게 해낼 팔팔한 젊은 사람들이다. 그렇건만 그들은 몸을 비비 꼬고 있다.

아무 데도 용납지 못하는 사람들이다. ××적 ××에서 그들을 불러들이기에는 ××적 ××의 주관적 정세가 너무도 미약하다. 그것은 그들의 몇 부분이 동경서 학생으로 있을 시절에는 그 속에서 활발하게 ××을 계속하던 것이 조선에 나오면서 탈리벗어나 따로 떨어짐되는 것으로 보아 그러한 해석을 내리지 아니할 수가 없다.

그렇다고 부르주아의 기성문화기관에 들어가자니 그곳에서는 수요를 찾지 아니한다. 레디메이드로 된 존재들이니 아무 때라도 저편에서 필요해야만 몇씩 사들여간다.

M이 마코를 꺼내놓고 붙여 문다. P는 포켓 속에 들어 있는 해태를 차마 내놓기가 낯이 따가워 M의 마코를 집어당겼다.

[80여 자 삭제]

P는 설명을 시작한다. P 자신 그러한 장난 비슷한 공상은 하면서 일단 해보라고 하면 주저할 것이지만 어쨌거나 그랬으면 통쾌하리라는 것이다.

"먼첨 경무국경찰 사무를 맡아보던 관청에 들어가서 아주 까놓고 이야기를 한단 말이야. 우리가 지금 대상으로 하는 것은 총독부가 아니라 조선의 소위 민간측 유지들이니까 간섭을 말아달라고."

“그러면 관허^{정부에서 특정한 사람에게 특정한 일을 허가함} 메이데이로구만.”

“그래 관허도 좋아…… 그래가지고는 기에다가는 무어라고 쓰느냐 하면 ‘우리에게 향학열을 고취한 놈이 누구냐?’, 어때?”

“좋지!”

“인텔리에게 직업을 내라…… 이렇게 노래를 지어 부르거든.”

[1행 삭제]

“응…… 유지와 명사의 가면을 박탈시키라고…… 한 몇십 명이 그렇게 데모를 한단 말이야.”

“하하하하.”

M은 이렇게 웃고 H는 시원찮게 핀잔을 준다.

“드끄럽소^{시끄럽소}. 여보…… 아, 글쎄 멀끔멀끔한 양복쟁이들이 종로 네거리로 기를 받고 그렇게 다녀봐! 애들이 와서 ‘나 광고지 한 장 주’ 하잖나.”

“하하하하.”

“허허허허.”

창밖에서 냉이장수가 싸구려 소리를 외치고 지나간다.

M이 그에 응하여,

“이크! 봄을 덤핑하는구나.”

“흥, 경제학자라 다르군…… 참 우리 하숙에서는 채소를 좀 멕여주어야지!”

“밥값을 잘 내보지.”

"그도 그렇지만."

"나는 석 달 치 밀렸네."

"나도 그렇게 될걸."

"그러니까 나처럼 이렇게 아파트 생활을 해요."

이것은 P의 말이다. 아파트라고 말해놓고는 서글퍼서 '허허' 웃었다.

"조선식 아파트! 그렇지만 우리가 아파트 생활을 했다면 아마 두어 달 전에 굶어 죽었을걸."

"나는 돈을 보면 초면인사를 해야 되겠네…… 본 지가 하도 오라서 낯을 잊었어."

"여보게."

하고 M이 의젓하게 H를 달군다.

"돈 구경한 지 오래됐다지?"

"응."

"좋은 수가 있네."

"뭣?"

"자네 책 좀 삼사 구락부 클럽(club)의 한자음 표기에 보내세."

"싫으이."

"자네 돈 구경하고…… 구경하고 나서 그놈으로 한잔 먹고……."

"한잔 말이 났으니 말이지, 요즘 같으면 술이나 실컷 먹고 주정이라도 했으면 속이 시원하겠네."

“그러니까 말이야…… 가세. 가서 다섯 권만 잽혀.”

“일없다.”

“내가 찾아주지.”

“흥.”

“정말이야.”

“싫여.”

6

그날 밤.

P와 M은 H를 졸라 그의 법률책을 잡혀 돈 육 원을 만들어가지고 나섰다. 선술집에 가서 엔간히 취하도록 먹은 뒤에 C라는 카페에 가서 술 두 병을 놓고 자정이 되도록 노닥거렸다. 그곳에서 나올 때는 육 원 돈이 이 원 남았다. 이 원의 처지를 생각하다 세 사람은 일제히 동관으로 가기로 하였다. 세 사람이 모두 다리가 비틀거렸다. 그중에도 P는 더욱 취하였다.

널리리 가락으로 들어박힌 갈보집.

다 쓰러져가는 초가집을 세 사람이 아는 집 들어서듯이 쑥쑥 들어서니,

“들어옵시오.”

“어서 옵시오.”

라고 머리 땋은 계집애와 배가 북통 같은 애 밴 계집이 마루로 나선다. P가 무심결에 해태갑을 꺼내어 붙여 무니까 머리 땋은 계집애가 P의 목을 얼싸안고 볼에다 입을 쪽 맞추더니,

“나도 하나.”

하고 손을 벌린다.

P는 기가 막혀 담뱃갑을 내미는데 H와 M은 박수를 하며,

“부라보!”

하고 굉장하게 큰 소리로 외친다.

건넌방에 들어가 앉으니 마루에서 딸그락딸그락 소리가 난다.

배부른 계집은 푸대접을 받고 머리 땋은 계집애가 H와 M의 손으로 옮아다니면서 주물린다. 깩깩 소리를 지르며 엄살을 한다. 말을 붙이고 대답을 주고받고 하는 것이 H와 M은 전에 한번 와본 집인 듯하다.

술상이 들어왔다. 잔은 사발만 한데 술주전자는 눈알만 하다.

술을 부어놓으니 M이 척 받아놓고는 노래를 투정한다. 계집애는 그보다 더 약아 제가 그 술을 쪽 들이마시고는 빈 잔만 M의 입에 대어준다.

P는 자숫물 개숫물 같이 밍밍한 술을 두어 잔 받아먹는 동안에 비위가 콱 거슬려서 진정하느라고 드러누웠다.

H가 계집애를 무릎에 올려놓고 신이 나게 노래를 부른다. 물론

고저도 장단도 맞지 아니하는 노래다.

M이 애 밴 계집을 실컷 시달려주다가 머리 땋은 계집애를 빼앗아가더니 귀에 대고 무어라고 속삭거린다. 그러면서 둘이서 연해 P를 건너다보며 싱긋벙긋 웃는다. 조금 있다가 계집애가 P에게로 오더니 귀에다 입을 대고 속삭인다.

"저이가 나더러 당신하고 오늘 저녁…… 응, 어때?"

"그래라."

P는 불쑥 성난 것처럼 대답했다.

"아이! 싱거워!"

계집애는 P를 한번 꼬집어주고 다시 M에게로 달아났다. M에게로 가서 또 무어라고 속삭거리더니 재차 와서는 귓속말을 한다.

"자고 가, 응?"

"그래 글쎄."

"꼭."

"응."

"정말?"

"응."

술은 네 주전자가 들어왔는데 세 사람 손님은 두서너 잔씩밖에 안 먹었다. 그 나머지는 다 저희가 먹었다. 계집애가 술이 곤주^{고주망태}가 되게 취해서 해롱해롱 까분다.

술값을 치르는 것을 보고 P도 따라 일어섰다. M이 몸뚱이로 슬

쩍 밀어서 방 안으로 들여보내고 뒤에서 계집애가 양복 뒷깃을 잡
아당긴다.

“그래라, 자고 간다.”

P는 방 가운데 벌떡 드러누웠다.

“너희 집이 어데냐?”

계집애가 옆에 와서 앉는 것을 보고 P가 물었다.

“××도××.”

“언제 왔니?”

“작년에.”

P는 몸을 일으켰다. 또 속이 왈칵 뒤집혀 좀더 진정하려고 하는
생각인데 계집애가 콱 밀어뜨린다.

“나이 몇 살이냐?”

“열여덟.”

“부모는?”

“부모가 있으면 여기서 이 짓을 해?”

“왜 이 짓이 나쁘냐?”

“흥…… 나도 사람이야.”

“에꾸! 나는 네가 신선인 줄 알았더니 인제 알고 보니까 사람이
로구나!”

“드끄러!”

계집애는 눈을 쪽 흘기고는 갑자기 웃으면서 P의 목을 그러안는

다[두 팔로 싸잡아 껴안는다].

"자고 가, 응?"

"우리 마누라한테 자볼기[자막대기로 때리는 볼기] 맞고 쫓겨난다."

"그러면 내한테 와서 나하고 살지…… 여기 내 빚 팔십 원만 물어주면…….."

"팔십 원이냐?"

"응."

"가겠다."

P는 또 일어나려는 것을 계집이 껴안고 놓지 아니한다.

"자고 가…… 내가 반했어."

"아서라."

"정말!"

"놓아!"

"아니야, 안 놓아. 자고 가요, 응? 자고…… 나 돈 좀 주어."

"돈? 내가 돈이 있어 보이니?"

"돈 소리가 절렁절렁 나는데?"

미상불 P의 포켓 속에서는 아까부터 잔돈 소리가 가끔 잘랑거렸다.

"자고 나 돈 조끔 주고 가, 응?"

"얼마나?"

"암만도 좋아…… 오십 전도, 아니 이십 전도."

계집애의 말이 떨어지기도 전에 P는 불에 덴 것같이 벌떡 일어섰다. 일어서면서 그는 포켓 속에 손을 넣어 있는 대로 돈을 움켜쥐어 방바닥에 홱 내던졌다. 일 원짜리 지전 두 장과 백통전^{구리, 아연, 니켈의 합금으로 만든 돈}이 방바닥에 요란스럽게 흐트러진다.

“아따 돈!”

내던지고는 P는 뛰어나왔다. 그의 눈에는 눈물이 고였다.

7

P는 정조^{이성관계에서 순결을 지키는 일}적으로 순진한 사나이가 아니다. 열네 살 때에 소꿉질 같은 장가를 갔고, 그 뒤 동경 가서 있을 동안에 거기 여자와 살림도 하였다. 조선에 돌아와 직업을 가지고 있는 사이에 기생과 사귀어 한동안 죽을 둥 살 둥 모르게 지내기도 하였다.

그 밖에도 정 두어 지낸 여자가 두엇 더 있다. 그러나 삼십이 되도록 지금까지 유곽^{많은 창녀를 두고 몸을 팔게 하는 곳}을 가거나 은근짜^{몰래 몸을 파는 여자} 집을 가거나 동관의 색주가^{여자를 두고 술과 함께 몸을 팔게 하는 곳} 집에 가서 잠자리를 한 일은 없다.

그것은 P의 괴벽이다. 어떠한 여자를 물론하고 그가 정이 들지 아니한 여자이면 절대로 관계를 아니한다는 것이다. 그 대신 한번 P의 눈에 들고 따라서 정이 들면 아무것도 돌아보지 아니하고 심각한 열정에 맡겨 완전히 그 여자를 움켜쥐어버리며 또한 그 여자에게 전부를 내주어버린다. 그리하여 그는 늘 'All or Nothing'을 말한다. 이것이 처세상 퍽 이롭지 못한 것을 P도 잘 안다. 또 공연한 승벽남과 겨루어 이기기를 좋아하는 성미나 버릇이요 고집인 줄 알건만, 그는 그것을 고치지 못한다.

이날 밤에도 그는 그 계집애를 조금도 어떻게 하겠다는 생각은 나지 아니하였다. 술 취한 끝에 속이 괴로우니까 진정을 하자는 판인데 '오십 전, 아니 이십 전도 좋아' 하는 소리에 버쩍 흥분이 된 것이다.

너무도 인간이 단작스럽고하는 짓이 보기에 치사하고 악착스러운 것 같았다. P가 노상 보고 듣는 세상이 돈을 중간에 놓고 악착스럽게 으등으등하는 것임을 모르는 바는 아니나 정조 대가로 일금 이십 전을 요구하는 것은 처음 보았다.

P는 그러한 여자가 정조를 파는 데 무신경한 것도 잘 알고 있으며 따라서 그것이 비도덕이니 어쩌니 하는 것도 아니다.

그의 관점과 해석은 그런 것보다 더 나아간 입장에 있었다.

그러나 '이십 전만 주어도' 소리에는 이것저것 생각하고 헤아릴 나위도 없었다. 더럽고 얄미우면서 그러면서도 눈물이 고였다. 삼 원쯤 되는 전 재산을 털어 내던지고 정신없이 뛰어나온 것이다.

술 취한 P를 혼자 남겨둔 H와 M은 골목에 기다리고 서 있었다. P가 뛰어나오는 것을 보고 그들은 위선 농을 건넨다.

"한턱하오."

"장가간 턱하게."

P는 고개를 흔들었다. 그리고 멍하니 서서 생각을 하였다.

다분의 가면 밑에서 꿈틀거리는 인도주의에 몹시 증오를 느끼는 P는 이날 밤 자기의 행동을 어떻게 해석할지 몰라 괴로워하였다.

내일을 굶어야 할 그 돈이지만 돈이 아까운 것이 아니다. 정조값으로 이십 전을 주어도 좋다는데 왜 정조는 퇴하고 돈만 있는 대로 다 떨어주었는가? 왜 눈에 눈물이 고였는가?

8

P는 머리가 띵하고 속이 뉘엿거려^{메스꺼워} 정신을 차릴 수가 없었다. 그는 두 친구에게 인사도 변변히 하지 아니하고 코를 베인 듯이 삼청동으로 올라왔다. 어서 바삐 좀 드러눕고만 싶었던 것이다.

아무리 방구들^{온돌}은 차고 지저분하게 늘어놓았어도 제 처소는 반가운 것이다. 더구나 몸이 괴로울 때는…….

P는 누더기 양복이나마 벗으려고도 아니하고 그대로 펴두었던 이부자리 속에 몸을 파묻었다. 드러누우니 취기가 새삼스레 더해 영영 옷 벗을 생각도 잊어버리고 그대로 잠이 들었다.

얼마를 자고 났는지 괴로워 부대끼다 못하여 잠이 깼을 때는 목이 타는 듯이 말랐다. 물은 없다. 물이 없어 못 먹느니라 생각하니

목은 더 말랐다.

밤은 어느 때나 되었는지 짐작할 수가 없다. 전등은 그대로 켜져 있다. 밖에서는 사람 지나다니는 발소리도 들리지 아니한다. 전차 달리는 소리도 들리지 아니하고 가끔 가다가 자동차의 경적이 딴 세상의 소리같이 감감하게 멀어서 아득하게 들려온다.

밤이 깊지 아니했으면 잠긴 안대문을 두드려 주인 노인에게라도 물을 청하겠지만 이 깊은 밤에 그리하기도 미안하다. 그것도 방세나 여일하게 한결같게 내었을세말이지 얼굴 대하기를 이편에서 피하는 판에 차마 못 할 일이다.

물지게장수의 삐걱거리는 소리가 들리나 하고 귀를 기울였으나 감감히 소리가 없다. 목은 더욱더욱 말라 들어온다. 입술이 바싹 마르고 입 안이 침기가 없고 목구멍이 바삭바삭 소리가 날 듯이 마르고, 그러고는 창자 속까지 말라 내려가는 듯하다.

방금 미칠 듯하다.

눈앞에 용용하게 흐르는 모양이 조용하고 질펀하게 흘러가는 푸른 한강이 어릿어릿하고 쏴 쏟아지는 수통 꼭지가 보이는 듯하다.

P는 배고픈 고비는 많이 겪어보았으나 이다지도 목마른 참은 당하기 처음이다. 배는 고프면 기운이 없어 착 가라앉을 뿐이었지만 목이 극도로 마름에는 금시 미치고 후덕후덕 푸덕푸덕 날뛸 것 같다.

일어나서 삼청동 꼭대기로 올라가면 산골짜기의 물도 있고 또 우물도 있기는 하다. 그러나 이 어두운 밤에 어디가 어디인지 보이지 아니할 테고, 또 우물에는 두레박도 없을 것이다.

겨우겨우 참아가며 몇 시간을 뻐대었다. 실상 한 시간도 못 되는 동안이지만 P에게는 여러 시간인 듯만 싶었다.

그런 뒤에 겨우 물지게 소리를 듣고 그는 수통 있는 곳을 찾아 뛰어나갔다. 사정 이야기도 변변히 하지 아니하고 쏟아지는 수통 꼭지에 매달려 한 동이는 되리시피 냉수를 들이켰다. 물장수가 어이가 없어 멀끔히 쳐다보고만 있다가 P의 꾸벅하고 돌아서는 등 뒤에다 혀를 끌끌 찬다.

밥보다도 더 다급하게 그립던 물을 실컷 들이켜고 나니 찌뿌둥하게 엉킨 듯 불쾌하던 취기도 적이 걷히고 정신이 말쑥해졌다.

P는 새삼스레 양복을 벗어 던지고 다시 자리에 파묻혔다. 인제는 잠이 십 리나 달아나고 눈이 초랑초랑해진다. 그러면서 어젯밤 일이 머리에 떠오른다.

그것은 마치 못 먹을 것을 먹은 것처럼 께름칙한 기억이다. 아무렇게나 씻어 넘겨버리재도, 그러나 머리 한구석에 박혀가지고 사라지려 하지 아니하는 어룽어룽어룽한 점과 같다. 어떻게 해서라도 시원스러운 해석을 내리고라야 마음이 놓일 것 같다.

정조 대가로 일금 이십 전을 부르는 여자…….

방금 세상에는 한 번 정조를 빼앗긴 것으로 목숨을 버려 자살하는 여자가 있다. 그러는 한편 '이십 전도 좋소' 하는 여자가 있다.

여자의 정조가 그것을 잃었다고 자살을 하도록 그다지도 고귀한 것이라면 '이십 전에도 팔겠소' 하는 여자가 눈을 멀끔멀끔 뜨고 살아 있는 사실은 무엇으로 설명할 것인가?

또 정조를 '이십 전에도 팔겠소' 하는 여자가 있도록 그것이 아무렇지도 아니한 것이라면 그것을 한 번 빼앗긴 때문에 생명을 내버리는 여자가 있는 것은 무엇으로 설명할 것인가?

이 두 여자가 모두 건전한 양심의 소유자라고 볼 수는 없다.

그러나 그 가운데 나무라기로 들면 차라리 정조를 빼앗긴 것으로 자살한 여자를 나무랄 것이지, '이십 전에 팔겠소' 하는 여자는 나무랄 수가 없다.

열여섯 살부터 시작하여 이래 삼 년이나 색주가 집으로 굴러다니는 여자다. 언제 누구에게 귀떨어진 도덕관념이나 정당한 인생관을 얻어들은 적이 없을 것이다. 술잔을 들고 앉아 한 잔이라도 오는 손님에게 더 먹여 한 푼어치라도 주인의 수입을 도와주면 칭찬이 오니 그만이다.

"고년, 어여뿌다. 나하고 ××."

하고 손님이 말하면 그에 좇아 비록 조발多른 꽃보다 일찍 핌일지언정 생리적 만족을 얻는 한편 그야말로 단돈 이십 전이라도 벌면 그만이다.

옆에서 그것을 시키기는 할지언정 그것이 나쁘다고 가르쳐주는 사람이 있을 턱이 없는 것이다. 사실 일반 매춘부가 정조적으로 양심을 가진 듯이 보인다는 것은 대부분이 도리어 한 가식에 지나지 못하는 것이다. 그것은 그들에게 있어서 일종의 정당성을 가진 노동인 것이다.

그러니까 그것을 보고 불쌍하다고 여기고 동정을 하는 것은 위문이 폐문^{위로하기 위해 방문한 것이 오히려 상대방에게 폐가 됨}이다.

지금 세상은 정당한 성도덕이 서 있는 때도 아니다.

그것은 한 세대에 여러 가지의 시대 사조가 얼크러져 있는 때문이다. 그러니까 여자의 정조에 대하여도 일률적으로 선악과 시비를 가릴 수는 없는 것이다.

하룻밤 몸값으로다 '이십 전도 좋소' 하는 여자, 그에게는 다른 사람이 갖는 성도덕도 없고 따라서 자신을 타락이라서 슬퍼하지도 아니한다. 그 여자 자신을 나무랄 필요도 없는 것이요, 동정할 며리^{까닭이나 필요}도 없는 것이다. 그 여자 자신은 결코 불쌍한 사람이 아니다.

예수의 사랑(?)도 아무리 그 사랑이 크고 넓다 했을지언정 그것은 '불쌍한 사람', '죄지은 사람'에게 미칠 수 있는 것이다.

'불쌍하지 아니한', '죄짓지 아니한' 동관의 색주가 계집애에게는 누구의 동정이나 사랑도 일없는 것이다.

'뭣? 관념적이라고?'

그렇다. 관념적이라도 할 수 없다. 그러나 그것은 그 여자의 주관을 객관화한 것이다. 그러니까 그것은 한 엄연한 현실이다.

[30여 자 삭제]

또 그 병적 현실에 메스를 대는 것은 집단의 역사적 문제이지만 룸펜 인텔리의 결벽과 흥분쯤으로는 문제도 되지 아니한다. 다만 취객이 삼 원 각수 돈을 원으로 셀 때 그 단위 아래 남는 몇 전이나 몇십 전을 이르는 말를 던져주었음으로 해서 그 여자는 감격 없는 기쁨을 맛보았을 뿐일 것이다.

'이게 웬 떡이냐…… 어제 저녁에 꿈이 괜찮더니 이런 땡을 잡을 영으루 그랬구나…… 웬 얼간망둥이 얼간이냐.'

그 계집애는 응당 그렇게밖에는 더 생각되지 아니하였을 것이다. 그것이 결코 무리가 없는 당연한 일이다.

P는 여기까지 생각하고 입맛 쓴 고소 쓴웃음를 띠었다.

'흥! 되지 못하게…… 장님이 눈병 앓는 사람더러 불쌍하다고 한 셈인가.'

P는 돌아누우면서 혀를 끌끌 찼다.

9

1934년의 이 세상에도 기적이 있다.

그것은 P가 굶어 죽지 아니한 것이다. 그는 최근 일주일 동안 돈이 생긴 데가 없다. 잡힐 것도 없었고 어디서 벌이한 적도 없다. 그렇다고 남의 집 문 앞에 가서 '밥 한술 주시오' 하고 구걸한 일도 없고 남의 것을 훔치지도 아니하였다.

그러나 그동안 굶어 죽지 아니하였다. 야위기는 하였지만 그래도 멀쩡하게 살아 있다. P와 같은 인생을 이 세상에 하나도 없이 싹 치운다면 근로하는 사람이 조금은 편해질는지도 모른다.

P가 소부르주아 축에 끼이는 인텔리가 아니요, 노동자였더라면 그동안 거지가 되었거나 비상수단을 썼을 것이다. 그러나 그에게는 그러한 용기도 없다. 그러면서도 죽지 아니하고 살아 있다. 그렇지만 죽기보다도 더 귀찮은 일은 그를 잠시도 해방시켜주지 아니한다.

그의 아들 창선이를 올려 보낸다고 어제 편지가 왔고, 오늘은 내일 아침에 경성역에 당도한다는 전보까지 왔다.

오정^{정오} 때 전보를 받은 P는 갑자기 정신이 난 듯이 쩔쩔매고 돌아다니며 돈 마련을 하였다. 최소한도 이십 원은…… 하고 돌아다닌 것이 석양 때 겨우 십오 원이 변통되었다.

종로에서 풍로니 냄비니 양재기니 숟갈이니 무어니 해서 살림 나부랭이를 간단하게 장만해가지고 올라오는 길에 전에 잡지사에 있을 때 안 ××인쇄소의 문선^{원고 내용대로 활자를 골라 뽑는 일} 과장을 찾아갔다.

월급도 일없고 다만 일만 가르쳐주면 그만이니 어린아이 하나를 써달라고 졸라대었다.

A라는 그 문선 과장은 요리조리 칭탈^{무엇 때문이라고 핑계를 댐}을 하던 끝에—그는 P가 누구 친한 사람의 집 어린애를 천거하는 줄 알았던 것이다.

"보통학교나 마쳤나요?"

하고 물었다.

“아니요.”

P는 솔직하게 대답하였다.

“나이 몇인데?”

“아홉 살.”

“아홉 살?”

A는 놀라 반문을 하는 것이다.

“기왕 일을 배울 테면 아주 어려서부터 배워야지요.”

“그래도 너무 어려서 원…… 뉘집 애요?”

“내 자식놈이랍니다.”

P는 그래도 약간 얼굴이 붉어짐을 깨달았다.

A는 이 말에 가장 놀라운 일을 보겠다는 듯이 입만 벌리고 한참이나 P를 물끄러미 바라다본다.

“왜? 내 자식이라고 공장에 못 보내란 법 있답디까?”

“아니, 정말 그래요?”

“정말 아니고?”

“괜히 실없는 소리! 자제라고 해야 들여줄 테니까 그러시지?”

“아니, 그건 그렇잖애요, 내 자식놈야요.”

“그럼 왜 공부를 시키잖구?”

“인쇄소 일 배우는 것도 공부지.”

“그건 그렇지만 학교에 보내야지.”

“학교에 보낼 처지도 못 되고, 또 보낸댔자 사람 구실도 못 할 테니까……."

"거 참 모를 일이오…… 우리 같은 놈은 이 짓을 해가면서도 자식을 공부시키느라고 애를 쓰는데 되려 공부시킬 줄 아는 양반이 보통학교도 안 마친 자제를 공장엘 보내요?"

"내가 학교 공부를 해본 나머지 그게 못쓰겠으니까 자식은 딴 공부를 시키겠다는 것이지요."

"글쎄 정 그러시다면 내가 내 자식 진배없이 잘 데리고 있으면서 일이나 착실히 가르쳐드리리다마는…… 원 너무 어린데 애처롭잖아요?"

"애처로운 거야, 애비 된 내가 더하지오만, 그것이 제게는 약이니까……."

P는 당부와 치하를 하고 인쇄소를 나왔다. 한 짐 벗어놓은 것같이 몸이 가뜬하고 마음이 느긋하였다.

그는 집으로 올라가는 길에 싸전^{쌀과 그 밖의 곡식을 파는 가게}에 쌀 한 말을 부탁하고 호배추^{중국종의 배추}도 몇 통 사들였다. 그렁저렁 오 원을 썼다. 십 원 남은 중에 주인 노인에게 육 원을 내주니 입이 귀밑까지 째어진다. 그 끝에 P가 사온 호배추를 내주며 김치를 담가달라고 하니 선선히 응낙한다. 그리고 자식을 데리고 자취를 하겠다니까 깍두기야 간장이야 된장 같은 것을 아까운 줄 모르고 날라다 주곤한다.

10

이튿날 전에 없이 첫새벽^{날이 새기 시작하는 새벽}에 일어난 P는 서투른 솜씨로 화로밥을 지어놓고 정거장으로 나갔다.

그의 형에게서 온 편지는 S라는 고향 사람이 서울 올라가는 길에 따라 보낸다고 했으니까, P는 창선이보다도 더 낯이 익은 S를 찾았다. 과연 차가 식식거리고 들어서매 인간을 뱉어 내놓는 찻간에서 S가 창선이를 데리고 두리번거리며 내려왔다.

어디서 생겼는지 새까만 고쿠라^{두꺼운 면직물} 양복을 입고 이화표 붙은 학생모자를 쓰고 거기다가 보따리를 하나 지고 무엇 꾸린 것을 손에 들고 차에서 내리는 어린아이…… 저게 내 자식이니라 생각하니 P는 어쩐지 속으로 얼굴이 붉어지고 한편 가엾기도 하였다.

S가 두 손에 짐을 가득 들고 두리번거리다가 가까이 온 P를 보고 반겨 소리를 지른다. 창선이가 모자를 벗고 학교식으로 경례를 한다. 얼굴을 자세히 보니 네댓 살 적에 보던 것보다 더 한층 저의 외가를 닮았다. P는 그것이 몹시 불만하였다.

"그새 재미나 좋았나?"

S의 하는 첫인사다.

"뭘, 그저 그렇지…… 괜한 산 짐을 지고 오느라고 애썼네."

P는 이렇게 인사 겸 치하를 하였다.

"원 천만에! 그 애가 나이는 어려도 어떻게 속이 찼는지…… 너

늬 아버지 알아보겠니?”

S는 창선이를 돌아보며 웃는다. 창선이는 고개를 숙이고 수줍은지 아무 대답도 아니한다.

P는 S와 창선이를 데리고 구름다리로 올라왔다.

“저의 외할머니가 저 양복이야 떡이야 모두 해가지고 자네 댁에까지 오셨더라네…… 오셔서 어제 떠나는데 정거장까지 나오셨는데 여러 가지 신신당부를 하시데…… 자네에게 전하라고.”

S는 P가 그다지 듣고 싶지도 아니한 이야기를 뒤따라오며 늘어놓는다. 그의 가슴에는 옛날의 반감이 솟쳐 올랐다.

“별걱정 다 하던 게로군…… 내 자식 내가 어련히 할까 봐 쫓아다니며 그래!”

“그래도 노인들이라 어데 그런가. 객지에서 혼자 있는데 데리고 있기 정 불편하거든 당신에게로 도루 보내게 하라고 그러시데…….”

“그 집에 내 자식이 무슨 상관이 있어서 보내라는 거야? 보낼 테면 그때 데려왔을라구…….”

P는 그것이 모두 그와 갈린 아내의 조종인 줄 알기 때문에 더구나 심정^{좋지 않은 심사}이 났다. 화가 나는 대로 어린아이가 입고 온 양복도 벗겨 내던지고 싶었으나 꿀꺽 참았다.

일찍 맛보지 못한 새살림을 P는 시작하였다.

창선이가 도착한 날 밤.

창선이는 아랫목에서 색색 잠을 자고 있다. 외롭게 꿈을 꾸고 있으려니 생각하매 전에 없던 애정이 솟아오르는 듯하였다.

이튿날 아침 일찍 창선이를 데리고 ××인쇄소에 가서 A에게 맡기고 안 내키는 발길을 돌이켜 나오는 P는 혼자 중얼거렸다.

"레디메이드 인생이 비로소 겨우 임자를 만나 팔렸구나."

−1934년

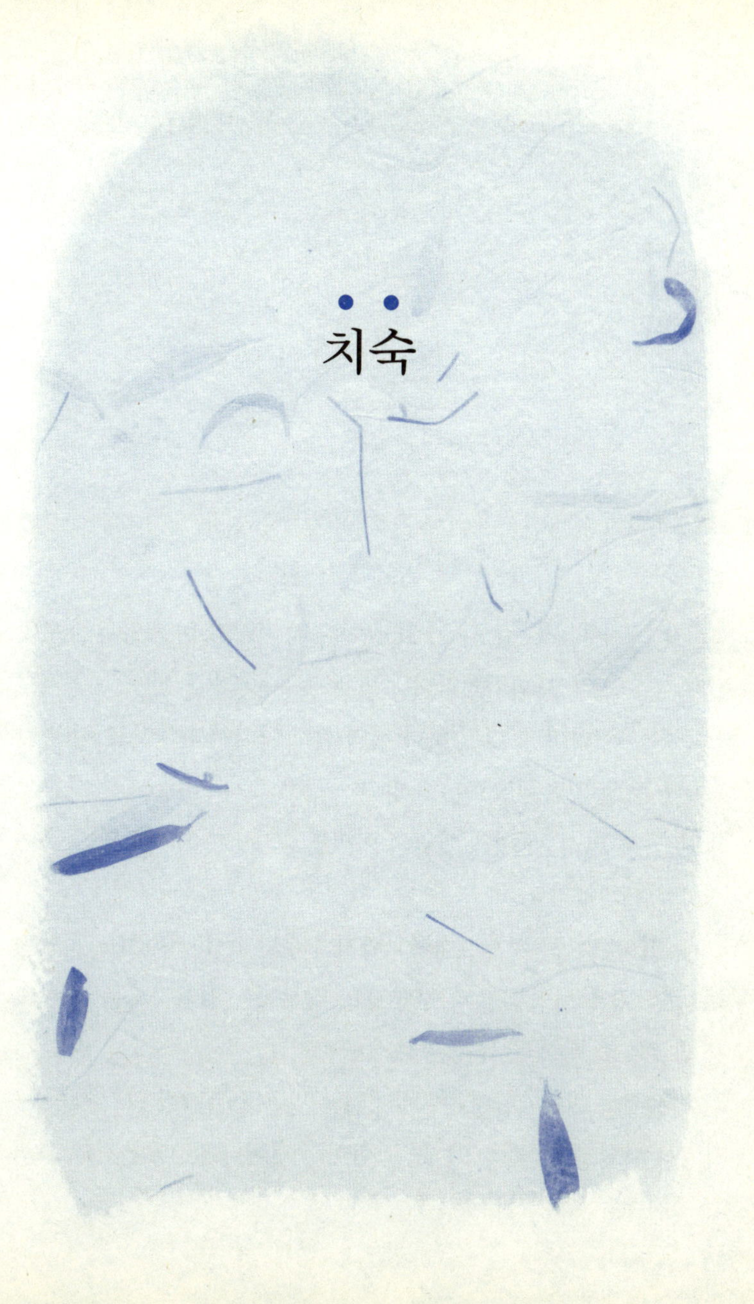

치숙

우리 아저씨 말이지요? 아따 저 거시키, 한참 당년에 무엇이냐 그놈의 것, 사회주의라더냐 막덕 ^{마르크스 주의를 믿는 사람이나 행위를 낮추어 부르는 말}이라더냐, 그걸 하다 징역 살고 나와서 폐병으로 시방 앓고 누웠는 우리 오촌 고모부 그 양반…….

뭐, 말도 마시오. 대체 사람이 어쩌면 글쎄…… 내 원!

신세 간데없지요.

자, 십 년 적공 ^{공을 쌓음}, 대학교까지 공부한 것 풀어먹지도 못했지요, 좋은 청춘 어영부영 다 보냈지요, 신분에는 전과자라는 붉은 도장 찍혔지요, 몸에는 몹쓸 병까지 들었지요.

이 신세를 해가지굴랑은 ^{해서랑은} 굴속 같은 오두막집 단칸 셋방 구석에서 사시장철 ^{사철 중 어느 때나 늘} 밤이나 낮이나 눈 따악 감고 드러누웠군요.

재산이 어디 집 터전인들 있을 턱이 있나요. 서발막대^{매우 긴 막대} 내저어야 짚검불 하나 걸리는 것 없는 철빈^{더할 수 없는 가난}인데.

우리 아주머니가, 그래도 그 아주머니가 어질고 얌전해서 그 알량한 남편 양반 받드느라 삯바느질이야 남의 집 품빨래야 화장품 장사야, 그 칙살스러운^{하는 짓이나 말 따위가 잘고 더러운} 벌이를 해다가 겨우겨우 목구멍에 풀칠을 하지요.

어디루 대나 그 양반은 죽는 게 두루 좋은 일인데 죽지도 아니해요. 우리 아주머니가 불쌍해요. 아, 진작 한 나이라도 젊어서 팔자를 고치는 게 아니라 무슨 놈의 우난^{특별한} 후분^{늙은 뒤의 운수나 처지}을 바라고 있다가 끝끝내 고생을 하는지.

근 이십 년 소박을 당했지요. 이십 년을 설운^{서러운} 청춘 한숨으로 보내고서 다 늦게야 송장 여대치게^{능가하게} 생긴 그 양반을 그래도 남편이라고 모셔다가는 병 수발 들랴 먹고 살랴, 애자진하고 다니는 걸 보면 참말 가엾어요.

그게 무슨 죄다짐^{죄에 대한 갚음}이람? 팔자 팔자 하지만 왜 팔자를 고치지를 못하고서 그래요. 우리 죄선^{조선} 구식 부인네들은 다 문명을 못하고 깨지를 못해서 그러지.

그 양반이 한시바삐 죽기나 했으면 우리 아주머니는 차라리 신세 편하리다. 심덕 좋겠다 솜씨 얌전하겠다 하니, 어디 가선들 제가 일신 몸 가누고 편안히 못 지내요? 가만있자, 열여섯 살에 아저씨네

집으로 시집을 갔다니깐 그게 내가 세 살 적이니 꼬박 열여덟 해로
군. 열여덟 해면 이십 년 아니오.

그때 우리 아저씨 양반은 나이 어리기도 했지만 공부를 한답시고
서울로 동경으로 십여 년이나 돌아다녔고, 조금 자라서 색시 재미
를 알 만하니까는 누가 이쁘달까 봐 이혼하자고 아주머니를 친정으
로 쫓고는 통히^{도무지} 불고^{돌보지 아니함}를 하고…….

공부를 다 마치고 오더니만, 그담에는 그놈의 짓에 들입다 발광
해 다니면서 명색 학생 출신이라는 딴 여편네를 얻어 살았지요. 그
여편네는 나도 몇 번 보았지만 쌍판대기라고 별반 출^칠 수도 없이
생겼습디다. 그 인물로 남의 첩이야? 일색 소박은 있어도 박색 소박
은 없다^{사람됨은 얼굴과 상관없음을 비유적으로 이르는 말}더니, 사실 소박맞은 우
리 아주머니가 그 여편네게다 대면 월등 이뻤다우.

그래 그 뒤에, 그 양반은 필경 붙들려가서 오 년이나 전중이<sup>징역살
이하는 사람을 속되게 이르는 말</sup>를 살았지요. 그동안에 아주머니는 시집이고
친정이고 모두 폭 망해서 의지가지없이 됐지요.

그러니 어떻게 해요? 자칫하면 굶어 죽을 판인데.

할 수 없이 얻어먹고 살기도 해야 하려니와, 또 아저씨 나오는 것
도 기다려야 한다고 나를 반연 삼아 서울로 올라왔더군요. 그게 그
러니까 아저씨가 나오던 그 전해^{바로 앞의 해}로군.

그때 내가 나이는 어려도 두루 날뛴 보람이 있어서 이내 구라다
상네 식모로 들어갔지요.

그 무렵에 참 내가 아주머니더러 여러 번 권면을 했지요. 그러지 말고 개가^{다른 남자와 결혼함}를 가라고. 글쎄 어린 소견에도 보기에 퍽 딱하고 민망합디다.

계제^{어떤 일을 할 수 있게 된 형편이나 기회}에 마침 또 좋은 자리가 있었고 요, 미네상이라고 미쓰코시^{백화점 이름} 안에서 바나나 다다키우리^{노점 상인이 물건을 싸구려로 파는 일}를 하는 인데 사람이 퍽 좋아요.

우리 집 다이쇼^{주인}도 잘 알고 있는데, 그이가 늘 나더러 죄선 오캄상^{안주인}하구 살았으면 좋겠다고, 중매 서달라고 그래쌓어요^{그랬어요}.

돈은 모아둔 게 없어도 다 벌어먹고 살 만하니까 그런 사람 만나서 살면 아주머니도 신세 편할 게 아니냐구요. 그런 걸 글쎄 몇 번 말해도 숭헌^{흉한} 소리 말라고 듣질 않는 걸 어떡하나요.

아무튼 그런 것 말고라도 참, 흰말^{허풍을 떠는 말}이 아니라 이날 이때까지 내가 그 아주머니 뒤도 많이 보아주었다우. 또 나도 그럴 만한 은공이 없잖아 있구요.

내가 일곱 살에 부모를 잃었지요. 그러고 나서 의탁할 곳이 없이 됐는데 그때 마침 소박을 맞고 친정살이를 하는 그 아주머니가 나를 데려다가 길러주었지요.

그때만 해도 그 집이 그다지 군색하게^{필요한 것이 없거나 모자라서 딱하고 옹색하게} 지내진 않았으니깐요. 아주머니도 아주머니지만 종조할머니^{할아버지의 남자 형제인 종조할아버지의 아내}며 할아버지도 슬하에 딴 자손이 없어서 나를 퍽 귀애하셨지요.

열두 살까지 그 집에서 자랐군요.

사 년이나마 보통학교도 다녔고.

아마 모르면 몰라도 그 집안이 그렇게 치패하지만 살림이 아주 결딴나지만 안 했으면 나도 그냥 붙어 있어서 시방쯤은 전문학교까지는 다녔으리다.

이런 은공이 있으니까 나도 그걸 저버리지 않고 그래서 내 깜냥 스스로 일을 헤아릴 수 있는 능력에는 갚을 만치 갚노라고 갚은 셈이지요.

하기야 요새도 간혹 아주머니가 찾아와서 양식 없다는 사정을 더러 하곤 하는데 실토정 심정을 솔직하게 말함 말이지 좀 성가시기는 해요. 그러는 족족 그 수응을 하자면 내 일을 못 하겠는걸. 그래 대개 잘라 떼기는 하지요. 그렇지만 그밖에, 가령 양 명절 때면 고깃근이라도 사 보낸다든지, 또 오면가면 들러 이야기 낱이라도 한다든지 그런 건 결단코 범연히 하진 않으니까요.

아무튼 그래서 아주머니는 꼬박 일 년 동안 구라다상네 집 오마니 어머니로 있으면서 월급 오 원씩 받는 걸 그대로 고스란히 저금을 하고, 또 틈틈이 삯바느질을 맡아다가 조금씩 벌어 보태고, 또 나올 무렵에 구라다상네 양주 부부가 퍽 기특하다고 돈 칠 원을 상급으로 주고 그런 게 이럭저럭 돈 백 원이나 존존히 됐지요.

그 돈으로 방 한 칸 얻고 살림 나부랭이도 조금 장만하고 그래 놓고서 마침 그 알량꼴량한 몰골이 사납고 보잘것없는 서방님이 놓여나오니까 그리로 모셔 들였지요.

놓여나오는 날 나도 가서 보았지만 가막소^{감옥} 문 앞에 막 나서자 아주머니가 기다리고 있으니까 그래도 눈물이 핑 돌던데요.

전에 그렇게도 죽을 둥 살 둥 모르고 좋아하던 첩년은 꼴도 안 뵈구요. 남의 첩년이란 건 다 그런 거지요, 뭐. 우리 아저씨 양반은 혹시 그 여편네가 오지 않았나 하고 사방을 휘휘 둘러보던데요. 속이 그렇게 없다니까. 여편네는커녕 아주머니하고 나하고 그 외는 어리친 개새끼 한 마리 없더라^{아무도 얼씬하지 않는다는 말}.

그래 막 자동차에 올라타려다가 피를 토했지요. 나중에 들었지만 가막소 안에서 달포^{한 달이 조금 넘는 기간} 전부터 토혈을 했다나 봐요.

그래 다 죽어가는 반송장을 업어오다시피 해다가 뉘어놓고, 그날부터 아주머니는 불철주야로 할 짓 못 할 짓 다 해가면서 부스대고 날뛴 덕에 병도 차차로 차도가 있고 그러더니 인제는 완구히^{오래 견딜 수 있게} 살아는 났지요. 뭐 참 시방은 용 꼴인걸요, 용 꼴.

부인네 정성이 무서운 겝다.

꼬박 삼 년이군. 나 같으면 돌아가신 부모가 살아오신대도 그 짓 못해요.

자, 그러니 말이지요. 우리 아저씨라는 양반이 작히나^{얼마나} 양심이 있고 다 그럴 양이면, 어허 내가 어서 바삐 몸이 충실해져서, 어서 바삐 돈을 벌어다가 저 아내를 편안히 거느리고 이 은공과 전날의 죄를 갚아야 하겠구나…… 이런 맘을 먹어야 할 게 아니냐구요?

아주머니의 은공을 갚자면 발에 흙이 묻을세라 업고 다녀도 참

못다 갚지요. 그러고저러고 간에 자기도 인제는 속 차려야지요. 하기야 속을 차려서 무얼 하재도 전과자니까 관리나 또 회사 같은 데는 들어가지 못하겠지만 그야 자기가 저지른 일인 걸 누구를 원망할 일도 아니고, 그러니 막 벗어부치고 노동이라도 해야지요.

대학교 출신이 막벌이아무 일이든지 닥치는 대로 해서 돈을 버는 일 노동이란 게 꼴 가관이지만 그래도 할 수 없지, 뭐.

그런 걸 보고 가만히 나를 생각하면, 만약 우리 종조할아버지네 집안이 그렇게 치패를 안 해서 나도 전문학교를 졸업을 했으면 혹시 우리 아저씨 모양이 됐을지도 모를 테니, 차라리 공부 많이 않고서 이 길로 들어선 게 다행이다…… 이런 생각이 들어요.

사실 우리 아저씨 양반은 대학교까지 졸업하고도 인제는 기껏 해먹을 거란 막벌이 노동밖에 없는데, 보통학교 사 년 겨우 다니고서도 시방 앞길이 환히 트인 내게다 대면 고쓰카이사환. 잔심부름을 시키기 위해 고용한 사람만도 못하지요.

아, 그런데 글쎄 막벌이 노동을 하고 어쩌고 하기는커녕 조금 바스스 살아날 만하니까 이 주책꾸러기 양반이 무슨 맘보를 먹는고 하니, 내 참 기가 막혀!

아니, 그놈의 것하고는 무슨 대천지원수가 졌단 말인지, 어쨌다고 그걸 끝끝내 하지 못해서 그 발광인고? 그러나마 그게 밥이 생기는 노릇이란 말인지, 명예를 얻는 노릇이란 말인지, 필경은 붙잡혀가서 징역 사는 놀음?

아마 그놈의 것이 아편하고 꼭 같은가 봐요. 그렇길래 한번 맛을 들이면 끊지를 못하지요. 그렇지만 실상 알고 보면 그게 그다지 재미가 난다거나 맛이 있다거나 그런 것도 아니더군 그래요. 불한당 패던데요. 하릴없이 불한당팹디다.

저 서양 어디선가 일하기 싫어하는 게으름뱅이 몇 놈이 양지쪽에 모여 앉아서 놀고먹을 궁리를 했더라나요. 우리 집 다이쇼가 다 자상하게 이야기를 해줍디다.

게, 그 녀석들이 서로 구누 구농. 못마땅하여 군소리를 하는 일를 하기를,

'자 이 세상에는 부자가 있고 가난한 사람이 있고 하니 그건 도무지 공평한 일이 아니다. 사람이란 건 이목구비하며 사지육신을 꼭같이 타고났는데 누구는 부자로 잘살고 누구는 가난하다니 그게 될 말이냐. 그러니 부자가 가진 것을 우리 가난한 사람들하고 다 같이 고르게 노나 먹어야 경우가 옳다.'

'야, 그거 옳은 말이다. 야, 그 말 좋다. 자, 노나 먹자.'

아, 이렇게 설도를 해가지고 우 하니 들고일어났다는군요.

아니, 그러니 그게 생 날불한당놈의 짓이 아니고 무어요?

사람이란 것은 제가끔 분지복 각자 타고난 복이 있어서 기수 저절로 오고 가고 한다는 길흉화복의 운수를 잘 타고나든지 부지런하면 부자가 되는 법이요, 복록을 못 타고나든지 게으른 놈은 가난하게 사는 법이요, 다 이렇게 마련인데, 그거야말로 공평한 천리인 것을, 됩다 도리어 불공평하다니 될 말이오? 그러고서 억지로 남의 것을 뺏어 먹자고 들다

니 그놈들이 불한당이지 무어요. 짓이 불한당 짓일 뿐만 아니라, 또 만약에 그러기로 들면 게으른 놈은 점점 더 게으름만 부리고 쫓아다니면서 부자 사람네가 가진 것만 뺏어 먹을 테니 이 세상은 통으로 도적놈의 판이 될 게 아니오? 그나마 부자 사람네가 모아둔 걸 다 뺏기고 더는 못 먹여내는 날이면 그때는 이 세상 망하는 날이 아니오?

저마다 남이 농사지어놓으면 그걸 뺏어 먹으려고 일 않고 번둥번둥 놀 것이고 남이 옷감 짜놓으면 그걸 뺏어다가 입으려고 번둥번둥 놀 것이고 그럴 테니 대체 곡식이며 옷감이며 그런 것이 다 어디서 나올 데가 있어야지요. 세상 망할밖에!

글쎄 그놈의 짓이 그렇게 세상 망쳐놓을 장본인 줄은 모르고서 가난한 놈들, 그중에도 일하기 싫은 게으름뱅이들이 위선 당장 부자 사람네 것을 뺏어 먹는다니까 거기 혹해가지굴랑 너도나도 와 하니 참섭^{어떤 일에 끼어들어 간섭함}을 했다는구려.

바로 저 아라사^{러시아의 한자음 표기}가 그랬대요.

그래서 아니나 다를까 농군들이 곡식을 안 만들기 때문에 사람이 수만 명씩 굶어 죽는다는구려. 빤한 이치지 뭐.

위선 먹기는 곶감이 달다고 그 지랄들을 했다가 잘코사니^{고소하게 여겨지는 일}야!

아, 그런데 그 못된 놈의 풍습이 삽시간에 동서양 각국 안 간 데 없이 퍼져가지굴랑 한동안 내지^{일본. 외국이나 식민지에서 본국을 이르는 말}에

도 마구 굉장히 드세게 돌아다녔고 내지가 그러니까 멋도 모르는
죄선 영감상들도 그 숭내를 냈다나요.

그렇지만 시방은 그새 나라에서 엄하게 밝히고 금하고 한 덕에
많이 머츰해졌고 그런 마음 먹는 사람은 별반 없다나 봐요. 그럴 게
지 글쎄. 아, 해서 좋을 양이면야 나라에선들 왜 금하며 무슨 원수
가 졌다고 붙잡아다가 징역을 살리나요. 좋고 유익한 것이면 나라
에서 도리어 장려하고, 잘할라치면 상급상으로 주는 돈이나 물건도 주고
그러잖아요.

활동사진이며 스모일본 씨름며 만자이만담의 일본말며 또 왓쇼왓쇼신령
을 모신 가마를 메고 가며 내는 '영차 영차'와 같은 소리랄지 세이레이낭아시7월 보름
에 제물을 강이나 바다에 띄우는 일본의 불교행사랄지 라디오 체조랄지 이런 건
다 유익한 일이니까 나라에서 설도도 하고 그러잖아요.

나라라는 게 무언데? 그런 걸 다 잘 분간해서 이럴 건 이러고 저
럴 건 저러라고 지시하고, 그 덕에 백성들은 제각기 제 분수대로 편
안히 살도록 애써주는 게 나라 아니오?

그놈의 것 사회주의만 하더라도 나라에서 금하질 않고 저희가 하
는 대로 둬두었어 보아? 시방쯤 세상이 무엇이 됐을지…….

다른 사람들도 낭패 본 사람이 많았겠지만, 위선 나만 하더라도
글쎄 어쩔 뻔했어! 아무 일도 다 틀리고 뒤죽박죽이지.

내 이상과 계획은 이렇거든요.

우리 집 다이쇼가 나를 자별히 귀애하고 신용을 하니깐 인제 한 십

년만 더 있으면 한밑천 들여서 따로 장사를 시켜줄 그런 눈치거든
요. 그러거들랑 그것을 언덕 삼아가지고 나는 삼십 년 동안 예순 살
환갑까지만 장사를 해서 꼭 십만 원을 모을 작정이지요. 십만 원이
면 죄선 부자로 쳐도 천석꾼이니 뭐, 떵떵거리고 살 게 아니냐구요?

그리고 우리 다이쇼도 한 말이 있고 하니까 나는 내지인 규수한
테로 장가를 들래요. 다이쇼가 다 알아서 얌전한 자리를 골라 중매
까지 서준다고 그랬어요.

내지 여자가 참 좋지요.

나는 죄선 여자는 거저 주어도 싫어요.

구식 여자는 얌전은 해도 무식해서 내지인하고 교제하는 데 안
됐고, 신식 여자는 식자^{학식, 견식, 상식}나 들었다는 게 건방져서 못쓰
고, 도무지 그래서 죄선 여자는 신식이고 구식이고 다 제바리^{자기의}
^{불만을 나타낼 때 하는 말}여요.

내지 여자가 참 좋지 뭐. 인물이 개개 일자로 이쁘겠다, 얌전하겠
다, 상냥하겠다, 지식이 있어도 건방지지 않겠다, 좀이나 좋아!

그리고 내지 여자한테 장가만 드는 게 아니라 성명도 내지인 성
명으로 갈고, 집도 내지인 집에서 살고, 옷도 내지 옷을 입고, 밥도
내지식으로 먹고, 아이들도 내지인 이름을 지어서 내지인 학교에
보내고…… 내지인 학교라야지, 죄선 학교는 너절해서 아이들 버려
놓기나 꼭 알맞지요. 그리고 나도 죄선말은 싹 걷어치우고 국어^{당시}
^{일본어}만 쓰고요.

이렇게 다 생활법식부터도 내지인처럼 해야만 돈도 내지인처럼 잘 모으게 되거든요.

내 이상이며 계획은 이래서, 그 십만 원짜리 큰 부자가 바로 내다 뵈고 그리로 난 길이 환하게 트이고 해서 나는 시방 열심히 길을 가고 있는데, 글쎄 그 미쳐 살미 든 놈들이 세상 망쳐버릴 사회주의를 하려 드니, 내가 소름이 끼칠 게 아니냐구요? 말만 들어도 끔찍하지! 세상이 망해서 뒤집히면 그래 나는 어쩌란 말인구? 아무것두 다 허사가 될 테니 그런 억울한 데가 있더람?

뭐 참 우리 집 다이쇼 말이 일일이 지당해요.

여느 절도나 강도나 사기나 그런 죄는 도적이면 도적을 해가는 그 당장, 그 돈만 축을 내니까 오히려 죄가 가볍지만, 그놈의 것 사회주의인지 지랄인지는 온 세상을 뒤죽박죽을 만들어놓고 나라를 통째로 소란하게 하니까 도저히 용서할 수가 없대요.

용서라니! 나 같으면 그런 놈들은 모조리 쓸어다가 마구 그저 그냥…….

그런 일을 생각하면 털어놓고 말이지, 우리 아저씬가 그 양반도 여간 불측스레 뵐질 안 해요. 사실 아주머니만 아니면 내가 무슨 천주학^{가톨릭교}이라고, 나쁜 병까지 앓는 그 양반을 찾아다니나요. 죽는대도 코도 안 풀어 붙일걸.

그러나마 전자의 죄상을 다 회개를 하고 못된 마음을 씻어버렸을 세말이지, 뭐 흰 개 꼬리 삼 년이라더냐 ^{본바탕이 좋지 아니한 것은 어떻게 해}

도 그 본질이 좋아지지 아니함을 비유하는 말, 종시 그 모양인걸요.

그러니까 그게 밉살머리스러워서 더러 들렀다가 혹시 마주 앉아도 위정^{일부러} 뼈끝 저린 소리나 내쏘아주고, 말을 따잡아가지굴랑 꼼짝 못하게시리 몰아세우곤 하지요.

저번에도 한번 혼을 단단히 내주었지요. 아, 그랬더니 아주머니더러 한다는 소리가 그 녀석 사람 버렸더라고, 아무짝에도 못쓰게 길이 들었더라고 그러더라나요.

내 원, 그 소리를 듣고 하도 어처구니가 없어서!

대체 사람도 유만부동^{분수에 맞지 아니함}이지, 그 아저씨가 나더러 사람 버렸느니 아무짝에도 못쓰게 길이 들었느니 하더라니, 원 입이 몇 개나 되면 그런 소리가 나오는 구멍도 있누? 죄선 벙어리가 다 말을 해도 나 같으면 할 말 없겠더구먼서도, 하면 다 말인 줄 아나 봐?

이를테면 그게 명색 훈계 비슷한 거렷다? 내게다가 맞대놓고 그런 소리를 하다가는 되잡혀서 혼이 날 테니까 슬며시 아주머니더러 이르란 요량이든 게지?

기가 막혀서…… 하느님이 사람의 콧구멍 두 개로 마련하기 참 다행이야.

글쎄 아무려면 내가 자기처럼 다 공부는 못하고 남의 집 고소^{새로 들어온 어린 점원} 노릇으로, 반토^{지배인의 일본말} 노릇으로, 이렇게 굴러먹을 값이 이래 보여도 표창을 두 번이나 받은 모범점원이요, 남들이 똑똑하고 재주 있고 얌전하다고 칭찬이 놀랍고 앞길이 환히 트인

유망한 청년인데, 그래 자기 눈에는 내가 버린 놈이고 아무짝에도 못쓰게 길이 든 놈으로 보였단 말이지?

하하, 오옳지! 거 참 그렇겠군. 자기는 자기 하는 짓이 옳으니까, 남이 하는 짓은 다 글렀단 말이렷다?

그러니까 나도 자기처럼 그놈의 것 사회주읜지 급살 맞을 것인지나 하다가 징역이나 살고 전과자나 되고 폐병이나 앓고 다 그랬더라면 사람 버리지도 않고 아무짝에도 못쓰게 길든 놈도 아니고 그럴 뻔했군그래!

흥! 참…….

제 밑 구린 줄 모르고서 남더러 어쩌구저쩌구한다는 게 꼭 우리 아저씨 그 양반을 두고 이른 말인가 봐.

그날도 실상 이랬더라우. 혼을 내주었더니 아주머니더러 그런 소리를 하더란 그날 말이오.

그날이 마침 내가 쉬는 날이길래 아주머니더러 할 이야기도 있고 해서 아침결에 좀 들렀더니, 아주머니는 남의 혼인집으로 바느질을 해주러 갔다고 없고, 아저씨 양반만 여전히 아랫목에 가서 드러누웠어요. 그런데 보니깐 어디서 모두 뒤져냈는지, 머리맡에다가 헌 언문 잡지를 수북이 쌓아놓고는 그걸 뒤져요. 그래 나도 심심 삼아 한 권 집어들고 떠들어보았더니, 뭐 읽을 맛이 나야지요.

대체 죄선 사람들은 잡지 하나를 해도 어찌 모두 그 꼬락서니로 해놓는지…… 사진도 없지요, 망가^{만화의 일본말}도 없지요.

그러고는 맨판 까탈스러운 한문 글자로다가 처박아놓으니 그걸 누구더러 보란 말인고?

더구나 우리 같은 놈은 언문도 그런대로 뜯어보기는 보아도 읽기에 여간만 폐롭지가 성가시고 귀찮지가 않아요. 그러니 어려운 언문하고 까다로운 한문하고를 섞어서 쓴 글은 뜻을 몰라 못 보지요. 언문으로만 쓴 것은 소설 나부랭인데, 읽기가 힘이 들 뿐 아니라 또 죄선 사람이 쓴 소설이란 건 재미가 있어야죠. 나는 죄선 신문이나 죄선 잡지하고는 담쌓고 남 된 지 오랜걸요.

잡지야 뭐 〈낑구〉킹(king)의 일본말. 일제강점기의 잡지나 〈쇼넹구라부〉청소년을 대상으로 한 일본의 월간지 덮어 먹을 잡지가 있나요. 참 좋아요.

한문 글자마다 가나일본 문자를 달아놓았으니 어떤 대문을 척 펴들어도 술술 내리읽고 뜻을 행하니 알 수가 있지요. 그리고 어떤 대문을 읽어도 유익한 교훈이나 재미나는 소설이지요. 소설 참 재미 있어요. 그중에도 기쿠치칸일본 대정시대의 작가 소설…… 어쩌면 그렇게도 아기자기하고도 달콤하고도 재미가 있는지. 그리고 요시카와 에이치, 그이 소설은 진친바라바라칼이 부딪칠 때 나는 '챙가당챙가당' 소리의 일본말하는 지다이모노시대물인데 마구 어깻바람이 나구요.

소설이 모두 그렇게 재미가 있지요, 망가가 많지요, 사진이 많지요, 그러고도 값은 좀 헐하나요. 십오 전이면 바로 그 전달 치를 사 볼 수 있고, 보고 나서는 오 전에 도로 파는데요.

잡지도 기왕 하려거든 그렇게나 해야지, 죄선 사람들은 제엔장 큰소리는 곧잘 하더구만서도 잡지 하나 반반한 거 못 만들어내니!

그날도 글쎄 잡지가 그 꼴이라 아예 글은 볼 멋도 없고 해서 혹시 망가나 사진이라도 있을까 하고 책장을 후르르 넘기노라니깐 마침 아저씨 이름이 있겠나요! 하도 신통해서 쓰윽 펴들고 보았더니 제목이 첫 줄은 경제, 사회…… 무엇 어쩌구 잔주^{큰 주석 아래 더 자세히 단 주석}를 달아놨겠지요.

그것만 보아도 벌써 그럴듯해요. 경제는 아저씨가 대학교에서 경제를 배웠다니까 경제 속은 잘 알 것이고 또 사회는, 그것 역시 사회주의를 했으니까 그 속도 잘 알 것이고, 그러니까 경제하고 사회주의하고 어떻게 서로 관계가 되는 것이며 어느 편이 옳다는 것이며 그런 소리를 썼을 게 분명해요.

뭐, 보나 안 보나 속이야 빤하지요. 대학교까지 가설랑 경제를 배우고도 돈 모을 생각은 않고서 사회주의만 하고 다닌 양반이라 경제가 그르고 사회주의가 옳다고 우겨댔을 거니까요.

아무렇든 아저씨가 쓴 글이라는 게 신기해서 좀 보아볼 양으로 쓰윽 훑어봤지요. 그러나 웬걸 읽어 먹을 재주가 있나요. 글자는 아주 어려운 자만 아니면 대강 알기는 알겠는데, 붙여보아야 대체 무슨 뜻인지를 알 수가 있어야지요.

속이 상하길래 읽어보자던 건 작파하고서^{중도에서 그만두어 버리고서} 아저씨를 좀 따잡고 몰아셀 양으로 그 대목을 착 펴놨지요.

"아저씨?"

"왜 그러니?"

"아저씨가 여기다가 경제 무어라구 쓰구, 또 사회 무어라구 썼는데, 그러면 그게 경제를 하란 뜻이오, 사회주의를 하란 뜻이오?"

"뭐?"

못 알아듣고 뚜렛뚜렛 어리둥절하여 눈을 이리저리 굴리는 모양 해요. 자기가 쓰고도 오래돼서 다 잊어버렸거나, 혹시 내가 말을 너무 까다롭게 내기 때문에 섬뻑 어떤 일이 행해진 후 곧바로 대답이 안 나왔거나 그랬겠지요. 그래, 다시 조곤조곤 따졌지요.

"아저씨…… 경제란 것은 돈 모아서 부자 되라는 거 아니오? 그런데 사회주의란 것은 모아둔 부자 사람의 돈을 뺏어 쓰는 거 아니오?"

"이 애가 시방!"

"아니, 들어보세요."

"너, 그런 경제학, 그런 사회주의 어디서 배웠니?"

"배우나 마나 경제란 건 돈 많이 벌어서 애껴 쓰구, 나머지 모아두는 게 경제 아니오?"

"그건 보통 경제한다는 뜻으루 쓰는 경제고, 경제학이니 경제적이니 하는 건 또 다르다."

"다를 게 무어요? 경제는 돈 모으는 것이고, 그러니까 경제학이면 돈 모으는 학문이지요."

"아니란다. 혹시 이재학 재정학 이라면 돈 모으는 학문이라고 해도 근리할지 이치에 거의 맞을지 모르지만 경제학은 그런 게 아니란다."

"아니, 그렇다면 아저씨 대학교 잘못 다녔소. 경제 못하는 경제학 공부를 오 년이나 했으니 그게 무어란 말이오? 아저씨가 대학교까지 다니면서 경제 공부를 하구두 왜 돈을 못 모으나 했더니, 인제 보니깐 공부를 잘못해서 그랬군요!"

"공부를 잘못했다? 허허. 그랬을는지도 모르겠다. 옳다, 네 말이 옳아!"

이거 봐요 글쎄. 단박 꼼짝 못하잖나. 암만 대학교를 다니고, 속에는 육조를 배포했어도 그렇다니깐 글쎄…….

"아저씨?"

"왜 그러니?"

"그러면 아저씨는 대학교를 다니면서 돈 모아 부자되는 경제 공부를 한 게 아니라 모아둔 부자 사람의 돈 뺏어 쓰는 사회주의 공부를 했으니 말이지요…….”

"너는 사회주의가 무얼루 알구서 그러니?"

"내가 그까짓 걸 몰라요?"

한바탕 죽 설명을 했지요.

내 얼굴만 물끄러미 올려다보고 누웠더니 피쓱^{피식} 한번 웃어요. 그러고는 그 양반이 하는 소리겠다요.

"그게 사회주의냐? 불한당이지."

"아니, 그럼 아저씨두 사회주의가 불한당인 줄은 아시는구려?"

"내가 언제 사회주의가 불한당이랬니?"

"방금 그러잖었어요?"

"글쎄, 그건 사회주의가 아니라 불한당이란 그 말이다."

"거 보시우! 사회주의란 것은 그렇게 날불한당이어요. 아저씨두 그렇다구 하면서 아니래시오?"

"이 애가 시방 입심 겨룸을 하재나!"

이거 봐요. 또 꼼짝 못하지요? 다 이래요, 글쎄…….

"아저씨?"

"왜 그러니?"

"아저씨두 맘 달리 잡수시오."

"건 어떻게 하는 말이냐?"

"걱정 안 되시우?"

"나 같은 사람이 걱정이 무슨 걱정이냐? 나는 네가 걱정이더라."

"나는 뭐 버젓하게 요량이 있는걸요."

"어떻게?"

"이만저만한가요!"

또 한바탕 죽 설명을 했지요. 이야기를 다 듣더니 그 양반 한다는 소리 좀 보아요.

"너두 딱한 사람이다!"

"왜요?"

"……."

"아니, 어째서 딱하다구 그러시우?"

"……."

"네? 아저씨."

"……."

"아저씨?"

"왜 그래?"

"내가 딱하다구 그러셨지요?"

"아니다, 나 혼자 한 말이다."

"그래두……."

"이 애?"

"네?"

"사람이란 것은 누구를 물론하구 말이다, 아첨하는 것같이 더러운 게 없느니라."

"아첨이요?"

"저 위로는 제왕, 밑으로는 걸인, 그 모든 사람이 위선 시방 이 제도의 이 세상에서 말이다. 제가끔 제 분수대루 살아가는 데 있어서 말이다. 제 개성을 속여가면서꺼정 생활에다가 아첨하는 것같이 더러운 것이 없고, 그런 사람같이 가련한 사람은 없느니라. 사람이란 건 밥 두 그릇이 하필 밥 한 그릇보다 더 배가 부른 건 아니니까."

"그건 무슨 뜻인데요?"

"네가 일본인 여자와 결혼을 해서 성명까지 갈고 모든 생활법도를 일본화하겠다는 것이 말이다."

“네, 그게 좋잖아요?”

“그것이 말이다. 진실로 깊은 교양이나 어진 지혜의 판단에서 우러나온 것이라면 그도 모를 노릇이겠지. 그렇지만 나는 보매, 네가 그런다는 것은 다른 뜻으로 그러는 것 같다.”

“다른 뜻이라니요?”

“네 주인의 비위를 맞추고, 이웃의 비위를 맞추고 하자고…….”

“그야 물론이지요! 다이쇼의 신용을 받아야 하고, 이웃 내지인들하구두 좋게 지내야지요. 그래야 할 게 아니겠어요?”

“…….”

“아저씨는 아직두 세상물정을 모르시오. 나이는 나보담 많구 대학교 공부까지 했어도 일찌감치 고생살이를 한 나만큼 세상물정은 모릅니다. 시방이 어느 세상인데 그러시우?”

“이 애?”

“네?”

“네가 방금 세상물정이랬지?”

“네.”

“앞길이 환하니 트였다구 그랬지?”

“네.”

“환갑까지 십만 원 모은다구 그랬지?”

“네.”

“네가 말하려는 세상물정하구 내가 말하려는 세상물정하구 내용이 다르기도 하지만, 세상물정이란 건 그야말로 그리 만만한 게 아니다."

"네?"

"사람이란 건 제아무리 날구 뛰어두 이 세상에 형적 없이 그러나 세차게 주욱 흘러가는 힘, 그게 말하자면 세상물정이겠는데, 결국 그것의 지배하에서 그것을 따라가지 별수가 없는 거다."

"네?"

"쉽게 말하면 계획이나 기회를 아무리 억지루 만들어놓아도 결과가 뜻대루는 안 된단 말이다."

"젠장, 아저씨두…… 요전 〈킹구〉라는 잡지에두 보니까, 나폴레옹이라는 서양 영웅이 그랬답디다. 기회는 제가 만든다구. 그리고 불가능이란 말은 바보의 사전에서나 찾을 글자라구요. 아, 자꾸자꾸 계획하구 기회를 만들구 해서 분투 노력해나가면 이 세상일 안 되는 일이 어디 있나요? 한번 실패하거든 갑절 용기를 내가지구 다시 일어서지요. 칠전팔기 모르시오?"

"나폴레옹도 세상물정에 순응할 때는 성공했어도 그것에 거슬리다가 실패를 했더란다. 너는 칠전팔기해서 성공한 몇 사람만 보았지, 여덟 번 일어섰다가 아홉 번째 가서 영영 쓰러지구는 다시 일지 못한 숱한 사람이 있는 건 모르는구나?"

"그래두 두구 보시우. 나는 천하 없어두 성공하구 말 테니…… 아저씨는 그래서 더구나 못써요. 일해보기두 전에 안 될 줄로 낙심 먼저 하구…….”

“하늘은 꼭 올라가 보구래야만 높은 줄 아니?”

원 마지막 가서는 할 소리가 없으니 동에도 닿지 않는 비유를 가져다 둘러대는 걸 보아, 그게 어디 당한 말인구? 안 올라가 보면 뭐 하늘 높은 줄 모를 천하 멍텅구리도 있을까?

그만해두려다가 심심하길래 또 말을 시켰지요.

“아저씨?”

“왜 그래?”

“아저씨는 인제 몸 다 충실해지면 어떡하실려우?”

“무얼?”

“장차…….”

“장차?”

“어떡하실 작정이세요?”

“작정이 새삼스럽게 무슨 작정이냐?”

“그럼 아저씨는 아무 작정 없이 살아가시우?”

“없기는?”

“있어요?”

“있잖구?”

“무언데요?”

“그새 지내오던 대루…….”

“그러면 저 거시키 무엇이냐 도루 또 그걸……?”

"그렇겠지."

"아저씨?"

"……."

"아저씨?"

"왜 그래?"

"인젠 그만두시우."

"그만두라구?"

"네."

"누가 심심소일루 그러는 줄 아느냐?"

"그렇잖구요?"

"……."

"아저씨?"

"……."

"아저씨?"

"왜 그래?"

"아저씨 올에 몇이지요?"

"서른셋."

"그러니 인제는 그만큼 해두고, 맘잡아서 집안일을 할 나이두 아니오?"

"집안일은 해서 무얼 하나?"

"그렇기루 들면 그 짓은 해서 또 무얼 하나요?"

"무얼 하려구 하는 게 아니란다."

"그럼, 아무 희망이나 목적이 없으면서 그래요?"

"목적? 희망?"

"네."

"개인의 목적이나 희망은 문제가 다르니까…… 문제가 안 되니까……."

"원, 그런 법도 있나요?"

"법?"

"그럼요!"

"법이라……."

"아저씨?"

"……."

"아저씨?"

"왜 그래?"

"아주머니가 고맙잖습디까?"

"고맙지."

"불쌍하지요?"

"불쌍? 그렇지, 불쌍하다면 불쌍한 사람이지!"

"그런 줄은 아시느만?"

"알지."

"알면서 그러시우?"

"고생을 낙으로, 그놈 쓰라린 맛을 씹고 씹고 하면서 그것에서 단맛을 알아내는 사람도 있느니라. 사람도 있는 게 아니라 사람마다 무슨 일에고 진정과 정신을 꼬박 거기다가만 쓰면 그렇게 되는 법이니라. 그러니까 그쯤 되면 그때는 고생이 낙이지. 너희 아주머니만 두고 보더라도 고생이 고생이면서도 고생이 아니고 고생하는 게 낙이란다."

"그렇다고 아저씨는 그걸 다행히만 여기시우?"

"아니."

"그러거들랑 아저씨두 아주머니한테 그 은공을 더러는 갚아야 옳을 게 아니오?"

"글쎄, 은공을 모르는 건 아니지만……."

"그러니 인제 병이나 확실히 다 나신 뒤엘라컨……."

"바뻐서 원……."

글쎄 이 한다는 소리 좀 보지요? 시치미 뚝 따고 누워서 바쁘다는군요! 사람 속 차릴 여망^{앞으로의 희망} 없어요. 그저 어디로 대나 손톱만치도 쓸모는 없고 남한테 사폐^{일의 옳지 못한 경향이나 해로운 현상}만 끼치고, 세상에 해독만 끼칠 사람이니, 뭐 하루바삐 죽어야 해요. 죽어야 하고 또 죽어서 마땅해요. 그런데 글쎄 죽지를 않고 꼼지락꼼지락 도로 살아나니 성화라구는, 내…….

―1938년

세 길로

나는 자리 넓은 곳을 찾느라고 맨 꽁무니 찻간에 올랐다. 서로 먼저 오르려고 밀치고 닿치며 정신없이 서두는 사람들.

"리리…… 리리…… 고훈칸데이샤5분간 정차…… 군상 젠슈호오멘 노리카에전주 방면으로 가실 손님은 갈아타시기……."

하며 입에다 나팔통을 대고 악을 쓰며 외치는 역부들의 떠드는 소리, 플랫폼 앞에 그득히 들어선 검은 기차 옆에 모여 서서 긴장이 되어 헌화와 혼잡을 이루는 광경은 차로부터 척척 내리는 사람들의 범연한 시선과 가벼운 모양이며 차창으로부터 무심히 내다보는 사람들의 고요하고 한가한 얼굴과 알맞은 대조를 이루고 있었다.

나는 차 꽁무니로 해서 차 안에 막 들어서자 바로 문간에서 멀지 아니한 곳에 보얗게 신선하게 차린 여학생 하나에 선뜻 눈이 띄었다. 그가 썩 미인인 것도 아니요, 또 여학생이 아닌 다른 여자가 그 찻간에 타지 아니한 것도 아니었지만 '여학생' 하면 웬일인지 시선과 귀가 이상해지는 오늘날 우리 사회—모두가 그렇다는 것은 아니지만 더욱이 시골—라 그런지 나에게 역시 그가 산뜻하게 눈에 띄었고, 또 그 찻간에 탄 다른 사람들의 시선에도 호기심이 우러나지 아니한다 할 수 없었다.

그 여학생은 얼굴이 넓고 두툼하고 몸과 수족도 큼직하고 마침 바깥을 내다보며 무심코,

"어데야?"

하는 그 말소리까지 살이 찐 듯이 누두룩해서 한번 보기에 어쩐지 육감적 기분이 그의 주위에 싸여 떠도는 듯하였다.

그는 적삼도 희고 치마도 희고 속옷도 희고 무릎까지 올라온 양말도 희고 분 바른 얼굴도 희고, 다만 뾰족한 뒷굽 높은 구두와 맵시 있게 늘쩡늘쩡^{야무지지 못한 모양} 땋아내린 탐스러운 머리채만이 새까맣었다.

말하자면 시골 사람 말짝으로 '부잣집 맏며느리감'이었다. 그는 차의 진행하는 앞쪽으로 향하여 바른편 줄에 앉았고, 그의 앞에는 나이 오십쯤 되어 보이는 마나님—나는 그 마나님이 그 여학생의 어머니인 줄을 직감적으로 깨달았다—하나가 그와 마주 향하여 앉았었다.

그리고 그 마나님의 바로 등 뒤에는 전문학교 학생인지 어느 강

습소 학생인지 교복을 입지 아니하였으므로 자세히는 알 수 없으나 어쨌든 학생은 학생인 듯싶은, 얄밉고 약게 생긴 얼굴 표정의 소유자인 나이 스물네댓 되어 보이는 사내 하나가 얼른 보기에도 좀 젠체하는 기분이 있어 보이게 하고 앉았었다.

그리고 그의 앞자리는 비어 있었다.

나는 처음에는 그 사나이가 그 여학생과 친척 관계가 되거나 혹 그렇지 않더라도 동향 사람으로서 서울까지 동행하느니라고 생각하였다. 그러나 그 사나이의 그 여학생에게로 향하는 안정치 못한 교활한 시선으로 보아 서로 알지 못하는 사이인 것을 바로 알았다. 나는 그 사내의 앞 빈자리로 가서 짐을 선반에 얹고 잠깐 앉았다가 다시 일어서 윗저고리도 벗고 넥타이도 풀고 하면서 그 여학생을 한번 정면으로 쳐다보았다.

그는 미리 나를 쳐다보고 있었던지 나와 시선이 마주쳤다. 나는 무료하여 고개를 돌려 그의 시선을 피하며 속맘으로,

‘왜 바라볼꼬?’
하고 생각할 때에,

‘사람이 사람을 보는 데 의미는 무슨 의미가 있어…….’
라고 해석하였으나, 나는 그 해석에 내 스스로가 불만족이었고 도리어 그에게 쳐다보인 것이 무조건으로 기뻤다.

그러자 그 마나님도 고개를 돌려 나를 바라보고 그 사내도 또 건너편 줄에 앉은 중학생도 어느 시골 신사도 나를 바라보는 것을 알

았다. 나는 좀 불안은 하였으나 승리자의 심리 같은 기쁨을 느꼈다.

아직도 차 탄 사람은 하나씩 둘씩 올라와 눈을 내두르며 앉을 자리를 찾고 플랫폼은 여전히 요란하였다. 벤또^{도시락} 장수, 차장수, 무슨 장수 해서 모두 가까이 와 차창으로 대고 바쁘게 외었다.

그 여학생은 그 마나님과 무어라고 몇 마디 소곤거리더니 돈지갑을 집어들고 밖으로 나갔다.

그 사나이도 그를 따라 벌떡 일어서 밖으로 나갔다.

조금 있다가 그 여학생은 벤또 둘을 사 들고 들어오고, 그 사내는 아무것도 사지 아니하고 도로 들어와 곁눈으로 그 여학생을 흘끔흘끔 보며 제자리에 가 앉았다.

찌르르 하고 발차^{기차가 떠남} 종소리가 나며 호각 소리가 감감히 들리더니 우렁찬 기적 소리와 아울러 피피 소리를 연해 내며 차는 슬그머니 움직였다. 찌걱찌걱하며 교차된 여러 선을 벗어나가는 기차는 귀찮은 것을 모두 털어버린 듯이 속력을 놓아 선선하게 달려갔다.

외계^{바깥 세계}는 끊이지 않고 변하여 차 소리가 요란하여 정신이 암암한 반대로 여전히 한가한 듯이 낯에 익은 차 안의 안온한 기분에 나는 말할 수 없는 친함을 느꼈다.

그 여학생은 그때야 산 벤또를 풀어놓고 그 마나님과 함께 입을 옴죽옴죽하며 먹기 시작하였다.

나는 그의 옴죽옴죽거리는 입이 퍽도 귀여워서 한참이나 건너다 보고 있다가 마주 바라보는 그의 시선과 마주쳐 고개를 돌렸다.

나는 고개를 돌리고 다른 곳을 보는 체하고 있으면서도 그가 지금 내 옆얼굴을 바라보려니 생각하니 마음에 썩 기뻤다.

그러자 내가 앉은 편으로 따가운 햇빛이 쪼이고 연기와 석탄가루가 몹시 날아들어 와서 좀 섭섭은 하였으나—그래서 그 자리에다 모자를 벗어놓고—저편 그늘지고 연기 들어오지 아니하는 줄로 빈자리를 찾아 앉았다.

그곳에서 나는 그 여학생을 바로 측면으로 볼 수가 있었다. 얼마 아니하여 차는 또 정거장에 머물렀다.

차가 우뚝 서고 차바퀴가 뚝 그치자 안에 사람들은 약속이나 한 듯이 한가한 얼굴로 조용히 이야기하는 소리가 한꺼번에 고요히 일어났다. 몇 사람은 내리고 몇 사람은 타고 하느라고 잠깐 동안 동요가 생겼으나, 그것도 그 차 안의 낯익은 기분에 지질한 공기에 동화가 되어버리고 말았다.

그 사내는 이편 줄로 건너와서 어느 중학생—그는 그와 동행하는 듯한데 내 앞에서 서너 의자를 건너, 나와 마주 보이게 향하고 앉았었다—옆으로 가 앉으며 곁눈으로 그 여학생을 흘끔 건너다보았다.

그는 잠깐 앉았다가 다시 일어서 바로 그 뒤에 앉은 시골 신사—역시 그와 동행하는 듯싶은—에게 연필을 빌리고 그 중학생에게서는 종이를 빌려가지고 연필 끝에 침을 묻혀가며 무엇인지를 잠자코 쓰고 있었다.

나는 저 여학생한테 편지를 쓰지⋯⋯ 짐작하고 일부러 일어서서 지나가는 체하고 그 쓰는 것을 슬쩍 보았다.

나는 내 스스로 계면쩍은 미소를 하고 도로 내 자리에 앉았다.

그는 7.5, 0.5, 1.5, 0.3, 1.8, 0.7, 0.3하고 무슨 가법^{덧셈법} 운산^{연산}을 쭉 하고 있었던 것이다—그는 아마 오면서 쓴 돈을 계산하여 보는 것 같았다.

그러나 나는 그 순간에 어쩐지 마음이 약간 앙앙하고^{마음에 차지 아니하거나 야속하고} 불쾌하였다.

그는 쓰던 종이를 싹싹 비벼 내버리고 담배를 꺼내어 붙여 물고 폭폭 피웠다.

그 중학생도 담배를 피웠다.

그 사내는 중학생의 등을 탁 치며 허겁스러운^{야무지거나 당차지 못하고 겁이 많은 데가 있는} 능라주^{전라남도 능주와 나주} 사투리로,

"음마, 중학생이 담배 막 묵네요……."

라고 누구 들으라는 듯이 일부러 소리를 높여 말을 하고, 그 중학생은 미소하며 물끄러미 바라보는 곁눈으로 흘끔흘끔 그 여학생을 건너다보았다.

그 중학생도 그 여학생을 곁눈으로 한번 건너다보고 나서 그 사내를 쳐다보며,

"체, 중학은 사람 아니당가……."

하고 불복한다는 듯이 입술을 내밀고 경멸하듯이 미소하였다.

그들은 한참 동안 무엇이라고 떠들며 이야기를 하였다.

그들의 시선은 끊이지 않고 동요하였다.

그 사내는 다시 일어서 그 여학생 옆으로 해서 밖으로 나갔다가 다시 들어와 곁눈질을 여전히 슬슬 하며 그 중학생에게,

"이 근방도 농사가 말이 아니지……."

하고 그 옆에 가 앉았다.

나는 그의 하는 짓을 모두 수탉이 암탉을 대할 때 그것처럼 보았다. 그 여학생은 물론 가끔 그를 바라보았다.

그는 그것을 기대하고 다시 마음의 열락^{기뻐하고 즐거워함}을, 더 나아가서는 직접의 교제까지도 기대하고 그러느니라 나는 생각하였다.

그러나 그 여학생이 그를 바라보는 그 시선이 나를 바라보는 시선과는 다르게 나에게는 보였다.

그 여학생은 가지고 온 수박 한 통을 윗봉지를 뚝 따놓고 그 마나님과 둘이서 먹기 시작하였다.

그 수박이야말로 먹음직스러웠다.

늦신^{충분하게} 익어 단물이 솟는 듯이 사뿐사뿐해 보이는 새빨간 속에 까만 씨가 홰홰 돌아 소복소복 박힌 것이 그야말로 침이 넘어갈 듯하였다.

사실 나는—그다지 먹고 싶다는 욕망이 있는 것도 아니었지만—무의식중에 침이 꿀꺽 넘어갔다.

그 멋들어지게 익어 설설 녹는 듯한 붉은 살을 칼로 한 점 한 점 도려내어 입에 넣고는 입을 오므라뜨리고 새까만 씨만 쏙쏙 빼놓는

그의 입이야말로 썩 귀엽게 보였다.

그 사내는 벌린 입을 다물 줄도 모르고 바라보고 있다가 벌떡 일어서 먼저 앉았던 자리로 가더니 차창을 열어놓고 몸을 반이나 밖으로 내보내고 창가_{갑오개혁 이후에 발생한 근대 음악 형식의 하나}를 불렀다.

질항아리 깨뜨리는 듯한 목소리가 차 소리에 섞여 감감히 들렸다.

어느 틈에 기차는 강경역_{충청남도 논산시}에 닿았다.

오르고 내리는 것이 꽤 요란하였다.

마침 어느 나이 오십은 먹어 보이는, 아무리 보아도 여염집_{일반 백성의 살림집} 부인 같지는 아니하나 의복은 깨끔하게_{깨끗하고 아담하게} 입고 금가락지, 금비녀도 찌른 부인 하나가 올라와 그 마나님 옆에 앉았다. 빈자리를 두고 굳이 좁게 앉는 것을 보면 말동무를 찾는 듯하였다.

과연 그 부인은 가져온 담뱃대에 수건에 싼 담배를 넣어 불을 붙이면서 어쩐지 영남 사투리로 구수하게 이야기를 꺼냈다.

“아이고, 세상이라고 원, 맘을 놓고 살 수가 있어야지……”
하고 말대꾸를 청하는 듯이 그 마나님을 바라보았다.

권태에 싸인 근방 사람들의 시선은 새로운 자극을 탐내는 듯이 모두 그 부인에게로 모였다.

그 마나님은,

“왜요?”
라고 간단히 말대꾸를 하였다.

[23행 삭제]

하고 그래도 곁눈으로 그 여학생을 바라보며 코를 벌심하였다.

　그 마나님은 그의 하는 말에 감동이 되어 그를 장하게 보았던지 고개를 돌려 그를 바라보며,

　"어디까지 가시요?"

하고 물었다.

　그 사내는 성났던 얼굴을 갑자기 고쳐 공순한 ^{공손하고 온순한} 빛을 띠고 오히려 황송한 듯이,

　"예…… 저는 서울까지 갑니다…… 어디까지 가세요?"

하고 은근히 대답하고 묻기까지 하였다.

　"나두 서울까지 가오…… 대전서 갈아타지요…….."

　"예…… 대전서 갈아타십니다…… 인제 이다음이 논산, 연산, 두계, 가수원."

하고 손가락을 꼽아 헤다가 ^{세다가},

　"인제 넷밖에 안 남았습니다……."

　그의 얼굴에는 만족의 빛이 완연히 떠올랐었다.

　그의 욕망과 기대에 싸인 시선은 더욱 자주 그 여학생에게로 향하였다. 그 여학생도 호기심을 가지고 가끔 그를 바라보았다.

　기차가 대전 정거장에 다 올 때가 되어 나는 먼저 앉았던 자리로 가서 짐을 챙겼다.

　그 여학생은 나를 또 바라보았다.

　나는 그의 시선을 피하고 나서 그대로 마주 바라보지 못한 것이

후회였었다. 그러나 어쩐지 그러할 때마다 그와 마주 바라보기가 계면쩍어 할 수 없이 내가 고개를 돌리는 것이었다.

돌리고 나서 생각하면,

'마주 얼마든지 바라보았다면?'

하는 궁금한 생각과 후회가 날 뿐이었다.

차가 대전 정거장에 서자 그 마나님에게 부탁을 받은 그 사내는 아카보짐꾼를 불러주기와 짐을 날라주기에 매우 분주한 모양이었다. 그 마나님, 즉 그 여학생의 급행권도 사주고 경부선에 올라서는 자리도 골라잡아주는 그를 나는 더욱 유심히 바라보았다.

그는 그들의 자리를 잡아주고 자기 자리도 그 가까운 곳으로 옮겨갔다.

나는 그네와 딴 찻간에 탔었다. 내 옆에 빈자리가 많은 것을 나는 그네를 위하여 퍽 안타까워했다.

나는 그네가 탄 찻간을 찾아가서 슬쩍 보았다.

그 사내는 잡아놓은 자기 자리는 비워놓고 그 마나님 옆으로 가까이 가서 친밀스러운 듯이 이야기를 하고 있었다.

나는 그 여학생을 바라보았다.

그는 나를 마주 보다가 먼저 시선을 돌렸다.

내 마음에는 그 시선이 퍽 차진 것 같고 도리어 그 사내에게로 향하는 시선이 따스한 듯하였다.

그 사내도 나를 바라보았다.

그의 시선과 얼굴에는 자기의 자랑과 나를 조롱하는 듯한 기운이 보이는 듯하였다.

나는 퍽 섭섭도 하고 노엽기도 하여 맥없이 내 자리로 돌아갔다.

내 자리로 돌아가서 그제야 꿈에서나 깬 듯이 얼음보다 찬 미소를 띠었다.

나는 어슬어슬 저물어가는 저녁 해에 남대문 정거장의 혼잡한 개찰구를 빠져나와 조용한 한구석에 가 서서 그 여학생과 사내의 가는 길을 보았다.

그 여학생은 그 사내보담 먼저 나와 그 마나님과 함께 인력거를 타고 남대문 안으로 향하여 들어갔다.

급히 나오던 그 사내는 인력거 뒤만 한참이나 바라보고 섰다가 그 중학생과 함께 중국 사람 마차를 타고 서대문 전찻길 난 곳으로 갔다. 나는 혼자 전차를 타고 용산으로 나갔다.

그 이튿날 나는 거리에서 그 사내를 또 만났다.

나는 입 안에 든 미소로 그에게 전 암시를 주었다.

그 역시 빙그레 웃고 지나갔다.

-1924년

순공 있는 일요일

1

일요일이라서 그쯤만 믿고 열 시가 가깝도록 늦잠을 자다가 어린놈과 아내의 성화에 견디다 못해 필경 끄들려꺼들려 일어나다시피 일어나서는 소쇄비로 먼지를 쓸고 물을 뿌림를 마친 후 막 조반상을 물린 참이었다.

다섯 살배기 어린놈은 새로 장만한 모자야 구두야 양복 등속나열한 사물과 같은 종류의 것들을 몰아서 이르는 말을 죄다 벌써 떨쳐 입고는 물병까지 둘러메고, 문간으로 마당으로 우줄우줄 뛰어다니면서 나더러도 어서 얼른 차비를 차리고 나서라고 재촉을 하는 것이었다.

아내는 또 아내대로 부엌에서, 마지막 내가 물린 밥상을 대강 치우느라고 재빠르게 서두르는 모양이더니, 이윽고 행주치마에 손을 씻으면서 나오는데, 입은 연방 다물어지질 않았다. 어쩐지 그리고 아까부터 신수가 환하더라니, 자세히 보니 모처럼 화장을 얄풋이 다스린 얼굴이요, 머리엔 다리미 자국까지 곱살했다예쁘장하고 얌전했다.

명색이 주부에 식모, 보모를 겸해 일신 삼역을 맡아 하자매 문 앞 반찬가게와 목간목욕탕 출입이 고작이요, 게다가 또 나라는 사람이 무던히는 범연하여차근차근한 맛이 없이 데면데면하여 유진장술이나 먹고 놀러 다니기에 음악회하며 영화 구경 한 번인들 데리고 가주는 법 없고 하는 터이라, 저로서는 오늘 같은 일가 단란의 향락이 십년일득십 년 만에 한 번 얻는다는 뜻인 양 즐거움직도 한 노릇이었고 해서, 아무러나 근경요즈음이 일요일을 당한 샐러리맨의 단가살림식구가 적어 단출한 살림 가정답게 명랑한 아침인 법하기도 했다.

그러나 나만은 실상인즉 그와 정히 반대이어서, 요새로 바싹 더 연일 밤늦게까지 술을 먹고 돌아다니던 끝이라, 사족이 무겁고 머리가 텁텁한 게 인제 목욕이나 푸근히 한탕 하고서 얼큰한 국물에다 서너 잔 속이나 푼 뒤에 그대로 다시 자리에 누워 푹신 한잠 자고 났으면 거뜬 피로가 다 씻겨내려갈 것 같고, 꼭 그랬으면 세상 좋겠었다.

그런데 그 연일 밤늦게까지 술을 먹고 돌아다닌 것이 일면의 결과로는 가정에 등한하고 가족에게 불안을 끼쳐주고 하여, 그들은 정당한 소득을 소득하는 대신 억울한 부담을 부담하게 했다는 것이었고, 그러므로 그들은 거기에 대한 약간의 보상을 받아야 하겠다는 것이었다. 그래 간밤엔 아내란 자가 어린놈까지 고사^{괴로움을 말로 늘어놓음}를 시켜 필경 나로 하여금 오늘 일찌감치 창경궁에를 데리고 갔다가 점심을 화신에서 내고, 다시 오후엘랑은 영화를 보여주고 하마는 언질을 두게 했었던 것이다. 아내는 안방에서 의걸이^{위는 옷을 걸고 아래는 반닫이로 된} 장를 한참 여닫고 하더니, 미닫이를 지치는 소리가 들리는 게 마침내 옷을 갈아입는 모양이었다.

나는 이왕 면하기는 그른 노릇이니 고이 차리고 나서는 것이 옳겠다고 생각은 하면서도, 가을이라 어느새 햇살이 제법 기어오른 마룻전에 가 쪼그라뜨리고 앉은 채 손끝 하나 꼼지락하기조차 싫었다.

“옷 안 입으시우?”

아내의 재촉이었다.

“입지.”

이 다뿍 늘어진 대답이 듣기에도 딱했던지, 아내는 혀를 끌끌 차다가,

“그렇게도 쓴 약 먹기같이 싫으시우?”

“여보?”

“창식이 게 있어요?”

“저어 밖에서 소리나는구먼…… 그런데 여보?”

“네에?”

“큰 디렘마^{딜레마}가 생겼구려.”

“으응!”

“여러 날 밤늦게까지 술을 먹었더니 일어나서 나가기가…….”

“이런 죄다짐이라……?”

“아니, 가만있어…… 그래, 내 생리^{생활하는 습성}가 많이 피로하질 아니했소?”

“그러니 나가기가 싫다……?”

“아 그런데, 결과엔 아주 상극된 두 가지의 행동을 요구한단 말이지!”

“그만하면 알았어요!”

“피로를 나누어야 할 행동, 그러니깐 휴식, 그놈 하나하구…… 그러고 또 하나는 피로를 되레 더하게 한 행동, 즉 시종무관이렷다!”

“시종무관이면 나꺼정 영광이게요?”

“내 생리는 개인 문제구, 가정두 집단이란 의미루다가 사회래서 조직세포를 소모시켜 가면서라도 사회봉살 해야 한단 말이렷다?”

“그만큼 각올 하셨거들랑 진작 일어서실 게지!”

“그런데 말이지, 내가 이렇게 자꾸만 피로를 회복 못한 채 생리를 소모만 시키다가는 얼른 휘딱 늙어버릴 테니, 당신은 손실 아니오?”

“내가 늙은 푼수하면 덜 늙은 편이니깐, 어서 더 늙으시우!”

“저 여편네, 입 참 고약해가네!”

“하하하하하!”

“저런 게 다 시어머니 밑에서 톡톡히 시집살일 못한 요새 여편네들의 무엄 삼가거나 어려워함이 없이 아주 무례함이야!"

"늙기가 그렇게 원통하시우!"

"그런데 늙긴 정녕 늙었나 봐?"

"으응!"

"연애가 안 돼!"

"저를 어쩌우!"

"꼬옥 연앨 갖다가 그놈 멋들어지게 한 번만 더 했으면 꼬옥 좋겠는데, 허어! 도무지 안 돼진단 말야! 으응……? 정녕 늙은 표적이지? 에미코 에비코 머어 수두룩한데, 글쎄 연애가 돼지질 않는다니깐!"

"여급은 여급이래두, 아마 나보다는 다들 영리한 모양이죠?"

열 시를 치는 소리가 들려 게으른 기지개를 뻗치면서 겨우 마룻전에서 일어서는데, 마침 절그럭절그럭 순사 하나가 환히 열린 일각 대문 밖으로 언뜻 지나가다가 일단 지나쳐놓고는 그제야 고개만 끼웃하더니,

"안녕합시오?"

하고 아는 체를 한다. 보니 그 순사다. 호구조사도 오고, 청결검사도 오고, 또 무엇무엇 분별도 시키러 오고 하여 낯은 잘 알아도 성명은 알 기회가 없었기 때문에 단지 '그 순사'일 뿐이었다.

"안녕합시오……? 좀 들르십시오그려?"

내가 마룻전에 일어섰던 채 인사말로 권을 하는 대로,

"오늘 참, 일요일이라 한가하시군요?"

하면서 마당으로 걸어 들어온다.

　나이 지긋해 서른댓이나 되었음직하고, 얼굴도 끔찍이 순양하게 생겼고, 그런 값을 하느라고 거들먹거린다든지 딱딱거리거나 까다롭게 굴지도 않고 하는 데에 자연 호감이 가고 무관한 생각이 드는 호인 타입의 인물이었다.

　“좀 걸터앉으십시오!”

　“네, 좋습니다…… 순을 돌던 길이라…….”

　“담배라두 한 대…….”

　옆에 놓았던 미도리^{담배 이름} 갑을 집어 내미니까,

　“고맙습니다! 있습니다…….”

하고 사양하면서 같은 미도리를 꺼내더니 성냥만 받아 한 개비 피워 문다. 마악 그러자 잠깐 보이지 않던 어린놈이 대문 안으로 뛰어들면서,

　“엄마, 가아!”

하고 부르다가 순사가 있는 걸 보고는 주춤한다.

　순사는 웃음이 가득 흩어지는 얼굴로 비실비실 낯가림을 하는 어린놈한테 몸을 구부리고 들여다보면서,

　“어허허, 그놈 자알 생겼어!”

하는 양이 제 부모더러 들으라는 인사성이라기보다도 진정 아이가 귀여워 그러는 태도였다.

　“그래, 어딜 가나?”

"도옹물원……."

"도옹물원! 으음……."

순사는 마당 가운데로 그대로 쪼그리고 앉으면서 커다란 손을 까분다.

"……일루 온!"

어린놈은 낯가림하던 것은 그새 어디로 가고, 안심을 하고서 척 순사한테로 가 안긴다.

이런 게 다 내 아내의 설명에 의하면 아비 낯을 닮아 아이가 숫기가 없고 번잡스러워서 아무하고도 잘 친하고 몸을 붙여주고 하던 것이었다.

"그래 어머니하구 아버지하구, 널 데리구 동물원 가신다?"

"응."

"아, 저 자식…… 응이 뭐야? 네에 않구서……."

내가 한마디 탄하는 소리에 순사는 껄껄 웃으면서,

"거 아버지가 괘애니 꾸지람을 하시는구나! 아직은 그래야 하는 법인데, 허허허허허…… 그런데 참, 승이 뭐라……?"

"김가……."

"으음…… 그리구 이름은?"

"창식이……."

"으음, 김창식이…… 그리구 본관은?"

"김해……."

"어이쿠! 본관을 벌써 다 알구…… 양반이로구나, 아주! 허허허허허…… 그리구 나인?"

"다섯 살…….."

"음, 다섯 살…… 어 숙성한데!"

순사는 어린놈을 내려놓고도 못 미더운 듯 머리를 다시금 쓸어주면서 내게로 돌아선다.

"자제 아주 자알 두셨습니다!"

"웬걸요! 놈이 장난이 어찌도 심한지……."

"아, 어려서는 장난도 해야지요. 아주 실팍하구, 뭐 대장감인데요? 허허허허!"

순사는 한 번 더 안아주고 싶은지 그동안 흙마루로 와 서 있는 어린놈을 바라다보고 한다.

그래서 내가,

"댁에선 자녀 간에 몇이나 두셨습니까?"
하고 물었더니 쓸쓸히 웃으며 고개를 흔들면서,

"없답니다. 한 개두……."

"네에…… 거 참 적적하시겠군!"

"그래, 남의 댁 아기를 보면 죄다 귀엽구 그래요. 허허…… 자아, 그럼……."

순사는 두 발을 모으고 거수경례로 내 작별인사를 받고는 돌아서서 절그럭절그럭 대문 밖으로 나간다.

나는 차차로 멀어지는 그 순사의 발자국 소리에 귀를 기울이면서 그를 두고서 다시 아직은 모를 어떤 판단엘 도달하느라고 잠깐 기둥에 기대어 있는 채 우두커니 잠심해서 마음을 두어 깊이 생각하면서 있었던가 본데, 그동안 아내는 준비를 다 마치고 나오는 참이던지 미닫이 여는 소리가 들리면서 연달아,

"옷두 여태 안 갈아입으시구…… 아마 당신은 사람 하나 잘 친하기룬 둘째 가라면 설워하겠습니다!"

하고 오금을 박는다 단단하게 이르거나 으르다.

그때 나는 나대로 마침 그 어떤 판단에도 진행되고 있던 생각이 비로소 도달점엘 도달했다.

문오 선생…….

이 문오 선생이 생각나느라고 방금까지 나는 그랬던 것이고, 과연 그 순사와 문오 선생은 많이 비슷한 데가 있었다.

하기야 순사 그의 걸걸하니 일변 모주꾼 술을 늘 대중없이 많이 먹는 사람으로 생긴 것 같은, 차라리 색시처럼 수가 좁고 얌전하기만 하던 문오 선생에다 대면 오히려 정반대일 수도 있기는 했었다.

그러나 한편으로는 어딘지 그 촌 학자 샌님같이 고리타분해 보이는 구석이라든지, 좀 만만할 만큼 사람이 순해 보이는 것이라든지, 또 점잖기는 점잖은데 그 점잔이 신체의 '신사적'인 점잔인 게 아니라, 석양 무렵에 크막한 어지간히 큼직한 삼각관을 쓰고서 낡은 비각의 앞이라도 오락가락 하염직하게 하향 양반째의 고취 고상한 운치를 풍기는 점잔인 것이라든지, 이러한 점들은 엔간치 문오 선생인 듯 역

력스러움이 있었다.

문오 선생과 그 순사…….

역시 방불했다거의 비슷했다.

하나, 그렇지만 만약에 순사 그가 순사가 아니요, 항용흔히 늘 여느 사람이었다라고 한다면, 그의 풍모하며 성격하며 비록 문오 선생과 근사함이 있다손 치더라도 나는 그저 무심히 보고 말았기가 십상이지 궁벽스럽게 옛 글방 선생님이었던 한 촌 샌님이 구태여 생각마저 나진 않았을는지도 몰랐을 것이다.

그러므로 매양 결정적인 동기는 그 사람즉 그 순사의 단지 비슷한 풍모 때문이었던 것이 아니라 우선 무엇보다도 순사요, 순사인데 그러자 또 생김새까지 방사한매우 비슷한 데가 있고 하여 그래 마침내,

'옳아! 참…….'

하고 문오 선생의 생각이 나기까지에 이르렀음일 것이다.

그리고 그렇듯이 순사라고 하는 특징한 조건이 따랐을 경우라야만 용이하게 그를 생각하게 될 만큼 문오 선생에게는 순사 그것에 관련하여 졸연치 않은 한 토막의 '에피소드'가 있었던 것이다.

시방으로부터 삼십 년 전, 즉 내가 낳던 해라니까 경술년이겠다. 그해에 처음 우리 할아버지의 청을 받아 동촌에서 읍내 우리 집 독서당의 글방 선생님으로 들어온 문오 선생은 나이 그때가 갓 스물다섯이었더란다.

새파란 청년이었고, 그 한참 좋았을 청춘이던 무렵을 고비로, 오

십까지의 반생 동안인 이십오 년간을 두고서 그는, 시방은 남지도 않은 우리 고향 집 사랑의 저편 옆채에 딸린 서당방 아랫목에 가 자리를 잡고 앉아, 우리 할아버지의 나를 맨 끝으로 한 여섯 손자와 그보다 많은 십여 명의 동네 아이들에게, 그리고 그다음 대인 그보다 많은 여러 수십 명의 동네 아이들에게 하늘 천 따 지의 천자를 비롯하여 《사자소학》이며, 《동몽선습》, 《통감》, 《맹자》, 《논어》, 《시전》, 《서전》에 이르기까지뿐만 아니라, 미구(얼마 오래지 아니함)에는 보통학교의 교과서 복습까지, 그 밖에도 글씨 쓰기와 풍월 짓기까지, 이런 것들을 맡아 그 춘풍 추우 이십오 년을 하루같이 밤이면 밤으로, 낮이면 낮으로 정성껏 가르쳐 왔었다.

하노라니 첫째 왈, 먼지와 욕과 방귀와 이석섬도 착실히 많이 먹었고, 속은 썩을 대로 썩었고, 치질은 평생 고질이 되었고, 그러나 백 명 가까운 제자를 길러냈으매 공로야 물론 큼이 있다 하겠고, 일변 월량(다달이 내던 수업료) 외의 도조(남의 논밭을 빌려서 부치고 그 대가로 해마다 내는 벼) 물지 않는 논을 가족들의 손으로 짓게 하여 한 사오십 석 추수를 할 전장(소유하는 논밭)도 장만을 했고, 또 그리고 자녀도 과히 섭섭지 않게 셋을 두어 다 장성을 해서 남혼여가(아들은 장가들고 딸은 시집감)를 시켰고…… 하는 동안에 나이 어언간 오십을 맞아 세계는 하나도 변함없는 우리 집 서당방인 여덟 자에 열두 자의 장방형(직사각형)으로 된 그 방인데, 인생은 놀랍게 변하여 머리엔 백발이 하얗게 세었고…….

한편 그러자, 우리 집이 몰락에 몰락의 한길을 밟아오다가 지금으로부터 다섯 해 전까지엔 마침내 완전히 치패를 하여, 글방 하나조차 지탱을 할 여력이 없을 지경에 이르렀고—사실 또 초등교육이 이미 그 내용이며 제도가 서당의 필요를 십중팔구까지 해소시킨 지 오래여서 한낱 복습소에 지나지 못하기도 했던 터라—그래저래 글방은 문을 닫고 말았고…….

한 것을 기회 삼아 문오 선생은 영년긴 세월의 훈장업을 하직하고 이내 본집으로 물러가 촌 살림으로 조금도 군색함이 없는 가계에 농사를 전업하는 맏아들과 면서긴지를 부업으로 다니는 작은아들의 봉양을 받으면서 손자들의 재롱이나 보면서 한가한 여생을 보내는 팔자 편한 영감님이 되었고, 그러고 시방 오늘날까지도 그렇게 지내되 아직 건재할 것이고…….

이와 같이 무섭게 단순하고, 일종 자랑스럽기에 족할 만큼 평탄한 문오 선생의 후반생사람의 한평생을 반씩 둘로 나눈 것의 뒤쪽 반생이었는데 그런데 그중에 꼭 한 번 자못 엉뚱하고 폭탄적인 사건이 한 가지 있었으니, 가령 입 험한 우리 할아버지의 형용을 빌리면,

"선비가 머리를 깎고—혹시 홧김에 중노릇을 갔다면 용혹무괴혹시 그럴 수가 있더라도 괴이할 것이 없음이어니와—도무지 어디 당한 것이라고 망측하게스리 순검, 도둑놈 잡는 포리포도청, 지방관아에 딸려 죄인을 잡던 하리를 다닌……."

즉 순사를 다닌—보다도, 다니다가 못 다닌—그 사건이었다. 물론 그것을 일률로 순사라는 그 자체가 무슨 나쁜 것이라거나 족히

다닐 게 못 된다거나 해서가 아니라, 근본이며 처지하며 인물하며 성격하며 무릇 순사와는 인연이 먼 문오 선생이었기 때문에 그 거조^{말이나 행동 따위를 하는 태도}가 놀라웠던 것이고, 따라서 그의 그렇듯이 평범한 생애 가운데 단 하나의 요란스러운 탈선으로서 형적^{사물의 형상과 자취를 아울러 이르는 말}이 영구히 뚜렷하게 남아 있었다.

2

내 나이 아홉 살 되던 그해 가을, 추석 명절이 갓 지나고 난 초가을부터서야 우리는 오랜만에 문오 선생을 도로 맞아 여러 날 동안 폐했던 글방 공부를 다시 시작했었다.

문오 선생은 그해 섣달, 대목 임시에 항례^{보통 있는 일}대로 정월 파접^{글을 짓거나 책을 읽는 모양을 마침}이 되자, 설흥정^{설을 쇠기 위해 물건을 사는 일}을 한 것이며 세찬^{설에 차리는 음식} 받은 것이며 이것저것 한 짐을 꽁꽁 우리 집 머슴에게 지워가지고 동촌의 자기 본집으로 나가더니, 그러고는 감감 소식이 없고 말았다.

정초가 지나도록 우리한테 세배를 받으러^{실상은 우리 할아버지한테 자기가 세배를 하러} 들어오지도 않고, 보름 명절에도 역시 들어오지 않고 하다가 필경 스무날이 넘어 그믐이 지나 글방을 다시 차릴 때가 많이 늦었어도 종시 그는 싹을 보이지 않았다.

우리 집에서는 두루 궁금히 여기다 못해 하루는 할아버지가 기별을 주어 사람을 내보내 보았다. 했더니, 문오 선생은 바로 정초에 볼일이 있노라면서 타관^{타향}엘, 어느 타관인지는 모르나 아무튼 타관엘 나가고 집에는 있지 않더라는 것이었다.

그 뒤에 며칠 안 있다가 재차 또 사람을 내보냈으나 역시 같은 소리요, 아직도 돌아오지를 아니해서 집안에서들도 근심으로 지낸다는 전달이었다.

우리 할아버지는 대체 그 숙맥이 타관에 볼일이 있다니, 또 그렇기로손 한 달이 넘도록 나가서 소식이 없다니, 필시 이것은 병이 났던지 호식^{호랑이에게 잡아먹힘}이 되었던지 좌우간 무슨 탈이 단단히 붙은 거라고 걱정이 이만저만 아니었다.

그러나 우리 글방축들은 걱정은커녕 그 싫은 글 읽기를 면하고 맘대로 노는 게 다행스러워서, 문오 선생이 제발 더 더디 돌아옵시사고 은근히들 축수^{두 손바닥을 마주 대고 빎}를 했었다.

사실 어렸을 적 일로, 글방 공부같이 세상 싫고 귀찮은 노릇이라고는 없었을 것이다.

내가 처음 비로소 글방 도령이 되기는 그 전전해, 즉 일곱 살 적이요 정월인데, 하루는 아침에 할아버지가 나를 데리고—가 아니라 붙들어가지고—글방으로 나가시더니 문오 선생 앞에다 앉히고는,

"너 영섭이 이놈, 인제는 한 살 더 먹었으니 오늘부터 글 배워!"

하시면서 다시 문오 선생더러,

"접장우두머리, 이놈이 천하 별종이요, 고집불통이요, 장난 괴순 줄 알지……? 그렇지만 인제부터는 말을 잘 안 듣든지 공부를 잘 못하든지 하거들랑, 응……! 그저 걷어 세워놓고서 피가 족족 나도록 종아리를 때려줘……!"

하고 일껏 엄포를 한번 하신다는 게 마지막 가서는 고만 허허 웃으시면서 내 머리를 쓸어주시는 것이었다.

별명이많은 중에서도 호랑이 영감님이요, 집안사람에게나 남에게나 정말 호랑이같이 사납고 무섭게 굴곤 하기는 했지만, 한갓 재롱스러운 막냇손자 나한테만은 둘도 없이 순하고 착한 할아버지시었다.

나는 첫째 왈, 할아버지가 누가 큰소리 한번이라도 할세라 위하고 떠받아주시어 할머니 역시 그러하시어, 아버지 또한 만득의 막내둥이라고 귀여워하시어, 이래 놓으니 시방은 다 일찍 세파에 찌들려 속도 있는 대로 썩고 해서 어렸을 적의 소갈머리마음보는 죄다 없어지고 거진 농판실없고 장난스러운 기미가 섞인 사람이 되다시피 했지만, 그때쯤이야 집안에 무서운 사람이 없고, 밖에 나가면 망나니에 후레자식배운 데 없이 제풀로 막되게 자라 교양이나 버릇이 없는 사람을 낮잡아 이르는 말이요, 할아버지의 이른바 천하 별종이니 고집불통이니 장난 괴수니 하던 소리는 오히려 칭찬으로 들어야 했었다.

그러한 애망나니였으매 글방의 명색 없는 문오 선생 따위가 하나도 무섭거나 어려울 리가 없던 것이고, 그래 그날부터 소위 글공부라고 하늘 천 따 지를 배워 읽기 시작은 했으나, 애초에 그게 장난인 요량이어서 아무 때고 싫증이 나면 뛰어나와 내 멋대로 딴 장난을 하고 놀고, 선생이 무어 좀 수틀리는 소리를 하면, 냅다 욕을 내깔기고는 안으로 달려 들어가서 할머니한테 역성이나 청하고…….

이렇게 공부하느니보다는 숭내 내기요, 놀기 삼아 첫해 일 년은 그럭저럭 넘겼고, 그러나 그러면서도 천자와 《동몽선습》과 또 한 가지 무엇이던가를 떼기는 떼었다.

그러고는 이듬해 봄이자 《통감》을 시작하면서 일변 보통학교에 입학을 했는데, 이 그때부터서 비로소 공부의 압력과 선생 및 어른들의 단속이 차차로 무겁고 엄하여 곧잘 나의 응석으로는 배겨내기가 어려워갔다.

또다시 일 년이 지나자, 그때엔 정말 글방 공부가 싫어서 견딜 수가 없었다. 새벽 어둑어둑해 일어나서는 학교에 갈 조반 시간이 될 때까지 글을 읽어야 하고, 학교엘 갔다가 돌아오면 잠시도 놀 겨를이 없이 이내 글방에 들어박혀 앉아 글을 읽는다, 글씨를 쓴다 하기를 해가 질 때까지 해야 하고, 겨우 저녁을 먹고 나서는 밤이 이슥해, 어느 때는 닭이 울 때까지 역시 그 짓을 해야 하고…… 그 졸려서 졸려서 눈이 슬슬 감기고 하는 깐으로는 꼭 그대로 쓰러져 잤으면 사뭇 꿀맛 같겠는 것을 감히 못하는 안타까움이더라고야!

날마다 날마다 끝없는 날을 끝없이 그 짓을 되풀이하되 일요일이나 축제일도 없고, 없는 게 아니라 있기는 있는데 학교엘 안 가기 때문에 온종일 글을 읽어야 하니 차라리 더 우울하고, 추석과 정월 두

때의 과정 이외에는 방학도 없고, 일 년 열두 달을 다달이 보름과 그
믐이면 강^{배운 글을 선생이나 웃어른 앞에서 외던 일}을 해야 하고, 하다가 잘못
하는 날이면 종아리를 맞아야 하고…….

해서 도무지 기운을 펴지 못할 만큼 중압을 느껴 줄곧 기분이 뜨
악한 게 괜히 걱정스럽고 하던 그 글방 공부이고 본즉, 선생이 더디
와주어서 단 하루라도 더 마음 놓고 놀게 되는 것이 기뻤을 거야 지
극히 당연한 노릇이었을 것이다.

그래 아무튼지 정월은 즐거운 채 무사히 넘겼고, 그러고는 바로
2월 초승이 되자 어디서 우러난 소리인지,

"문오 선생이 전주로 순검 시험을 보러 갔다더라."
하는 소문이 좍 퍼졌다.

우리는 모두 놀랐고, 한편으로는 곧이 들리지를 않았다. 원, 하고
많은 사람에 하필 그 문오 선생이 순검을 다니러 가며, 대체 그이가
어떻게 다니냐는 것이었다.

그러나 좌우간 그랬다면 우리는 앞으로 다른 선생이 올 때까지는
마음을 놓고 놀 터이어서 다행이요, 제발 그게 사실이기를 바랐다.

했더니 뒤미처 연해 새 소식이 들리는데…….

"문오 선생이 순검 시험을 쳐서 합격이 됐다더라."

"문오 선생이 교습소에서 순검 복장을 입고 환도를 차고 총을 메
고 계를 하고 있다더라."

"누구는 전주엘 갔다가 문오 선생이 순검 복장을 입고 환도를 차

고 길로 지나가는 것을 보았다더라.”

드디어 사실은 사실인 듯싶었다.

그리고 그제야 생각을 하니 문오 선생이 얼마 전부터《무 선생 일어자통》이라는 책을 구해다 놓고서 ‘아이우에오’를 비롯하여 ‘곤니치와’, ‘곤방와’를 열심으로 공부하던 것도 다 딴속이 있었거니 하는 짐작이 갔다.

그것을 우리 할아버지 이하 우리며 또 다른 사람들은 다 같이 문오 선생이 글방 아이들 가운데 학교엘 다니는 아이들의 학교 과정을 보살펴주자면 자기가 깜깜속이어서는 안 되겠으므로 그러한 필요를 느껴 국어의 만학을 시작했거니 했을 뿐이지, 설마 그와 같은 의뭉스러운 속으로는 엉큼한 데가 있는 국량 도량과 재간이 있었던 줄이야 눈치인들 채었을 턱이 없었던 것이다.

물론 거의 한 일 년 동안 자습을 한 국어의 학력이란 자못 민망한 바 있을 만큼 빈약한 것이었다.

가령 할아버지의 서사로 있는 김서방이 더러,

“아, 여보 접장……? 밥 먹었냐구, 그 인사를 국어로는 무어라고 허넝그라이우?”

하고 지성으로 물은다 묻는다 치면 문오 선생은 소처럼 씨익 웃으면서,

“메시타베마시타카, 그럴 테지…….”

하고 대답을 하고…….

또 어느 때는,

"잘 갔느냐는 인사는 국어로 무어라고 허넝그라이우?"
한다 치면,
"요쿠네마시타카, 그럴 테지…….."
하고 대답을 하고…….

이렇게 시방 생각하면 매우 딱한 국어의 학력은 학력이었으나, 그러나 그때 당시만 해도 속에 한 문장이나 들고 한 사람으로, 고만 정도의 국어면 순사로 뽑히기에 또 다니기에 그다지 부족은 없을 시절이었다.

그 후 다시 얼마가 지나 2월 보름 그 무렵인데, 하루는 우리 할아버지가 드디어 적실한 사실을 아시었던지,

"허! 그런 변괴라니 원, 제가 순검이 다 어디 망한 것이라고…… 선비란 자가 포리가 어디 당한 것이어! 미쳤어……! 미쳐……! 안 미치고서야 그럴 리가 있나……? 미쳤어, 아까운 사람 버렸어."
하고 미운 소리 고운 소리, 험구^{남의 흠을 들추어 헐뜯거나 험상궂은 욕을 함}에 걱정에 해 싸시는 걸 듣고서야 우리도 마침내 그를 사실인 줄로 믿게 되었다.

3월에는, 바로 초정에 문오 선생의 대거리^{일을 교대로 바꾸어 함}로 역시 동촌에서 새 선생이 들어와 우리는 다시 글을 읽어야 했다.

그러나 선생이라는 그 영감이 어떤고 하니, 나인 칠십에 귀는 절벽이요 정기라고는 다 빠지고 없고, 게다가 우리가 학교의 과정을 복습할라치면 그런 글은 아예 들여다보지도 말라고 꾸중이고, 모든

것이 문오 선생에게다 대면 이건 아무것도 아니었다.

그러한 몰골이니 가뜩이나 성미 유난스러운 우리 할아버지의 눈에 고였을 리가 없는 노릇이어서 필경 한 달이 다 못하여 도로 쫓겨가고야 말았다.

그 며칠 동안을 우리는 글방 부엌 아궁이에다가 헌 빗자락 몽댕이를 거꾸로 세워놓고 절을 하면서,

"늙은 백여수, 어서 나갑시사! 늙은 백여수, 어서 나갑시사! 늙은 백여수, 어서 나갑시사!"
하고 세 번씩 부작^{부적}을 외어 선생 쫓는 '뱅에'를 하루에도 몇 차례씩 서로 번갈아가면서 하곤 했는데, 마침 일이 그렇게 되니까 이건 정녕 '뱅에'의 영험이 난 것이라고 좋아들 했었다.

할아버지는 또다시 선생을 물색하기는 하는가 본데, 선뜻 마땅한 잡이^{무엇을 할 만한 상대}가 없었던지 우리는 4월부터 눌러 5월, 6월, 7월, 8월 추석까지 넉 달 넘겨 다섯 달 가까이를, 선생이 또 생기나 매일같이 마음은 조마조마했어도 성가신 글을 읽지 않고 그날 그날을 놀며 지낼 수가 있었다.

그리고 어쩌면 이럭저럭해서 글방 공부의 고역을 영 아주 면하게 되지는 않나 싶어 후련한 안심이 들기도 했었다.

하는 동안에 추석을 당했고, 추석이매 한결 더 즐겁게 놀았고, 하다가 송편에 엔간히 동이 날 무렵인 스무닷새 그 어림이었는데……
누가 꿈에라도 그 생각인들 했을세말이지!

천만 뜻밖에 문오 선생이 돌아오지를 않았느냐 말이었다.

이웃 골^{고을} 곰개라는 포구에서 처억 흰 테 두른 모자에 복장을 떨쳐 입고 환도 차고 구두 신고 절그럭투드럭 뽐내고 돌아다니면서 도둑놈이 있으면 예끼놈! 붙잡아 포승으로 꽁꽁 묶어 가막소로 보내고, 이렇게 한참 거드럭거리고 순검을 다니며 있을, 그 문오 선생이 아니더냐 말이었다.

그런데 글쎄 깎은 머리에다가 탕건^{벼슬아치가 갓 아래 받쳐 쓰던 관의 하나} 받쳐 갓만 썼을 뿐, 전과 다름없는 문오 선생인 채로 별안간 아무 소리도 없이, 하물며 다시 우리의 글방 선생님으로다가 땅에서 솟은 듯이 불쑥 나타나지를 않았더냐 말이었다.

깜짝 놀랐고, 이마에 가서 하얀 망건^{상투를 튼 사람이 머리카락을 걷어올려 흘러내리지 않도록 머리에 두르는 그물처럼 생긴 물건} 자국만 남기고 박박 깎은 머리 위에 상투가 없어져버린 그의 풍모는 보기에 자못 기묘스러움이 있었고, 선뜻은 쪼끔 반가웠으나 글 읽을 일이 아득하여 정이 떨어지는 것 같았고 일변 어째 순사를 그만두었는지, 그 속이 수월찮이 궁금했고…… 우리는 누구 할 것 없이 죄다 이러한 마음자리였었다.

그중에도 특별히 글방의 문제 인물이었던, 내 끝엣삼촌 태규 같은 군은 그만 낙담 실망이 되어 퉁퉁 부어가지고는,

"대체 무슨 일이여……! 왜 고이 댕기던 순검이나 댕겨먹덜랑 않고서 어쩌자구 으실렁으실렁 도루 와, 오기를……? 내 참, 폭폭할 노릇 다 보겠당게!"

하고 혼자 두런거리기를 마지않았다.

이 폭폭한 노릇이란 소리가, 우리 다른 축들도 축들이려니와 당자인 그에게는 진실로 적절한 심정의 폭백화를 내며 말함이 아닐 수 없었다. 서당꾼은 나의 알량한 끝엣삼촌 태규, 그가 오직 하나의 대가리 굵은 꾼이요, 그다음이 내 바로 손위의 다섯째 형에, 마침 고 또래의 열네댓 살배기 동네 아이가 둘, 그리고 나…… 이렇게 모두 다섯인데, 그중에서도 글 읽기가 제일 고역인 것이—특히 밤 깊도록 밤글 읽기가 큰 고통인 것이 누구냐 하면 태규 삼촌이었던 것이다.

본디 학문이라는 것에 뜻이 없고 재주는 소 이상으로 둔하여, 여덟 살부터 열아홉 살까지 보통학교도 다니지 않은 온꽂올곧이 열두 해를 전혀 한문만 읽었다는 양이, 인제 빠듯이 《맹자》, 《양혜왕장》을 들여놓을 만큼 더딘 진보이었고 보매, 제발 다시는 모면을 했으면 싶었던 그 지긋지긋한 글방 공부를, 웬걸! 도로 또 시작하는가 할진대, 작히 가슴을 쾅쾅 찧고 싶도록 폭폭하기는 폭폭할 근경이었다.

그는 그렇다고, 한편 가만히 생각을 하면 문오 선생이 돌아옴이 우리한테나 돌연이요 의외이지, 적어도 우리 할아버지하고는 단 이삼일만이라도 앞당겨 사전에 서로 연락과 타협이 있었던 게 분명하고 사실 또 그러했어야 당연한 순서일 것이다.

한 것을, 짐짓 아무 말도 않고 있다가 느닷없이 변을 만나게 하여 선생이 없더라도 그새 배운 것이나 잊어버리지 않도록 하루 한차례씩 글들을 좀 읽어라 읽어라 해 싸시는 걸 막무가내로 펀펀 놀아먹

기만 했던 그 버력하늘이나 신령이 사람의 죄악을 징계하려고 내린다는 벌인 듯이
한바탕 착실히 우리를 갖다가 골탕을 먹인 할아버지 영감님의 심술
도 꽤 어지간한 것이었다.

　하여튼 아무리 싫고 불평이어도 절대로 피하는 도리는 없는 것,
하릴없이 우리는 당장 그날로 문오 선생 앞에서 그동안 여러 날 중
단을 했던 글방 공부를 다시금 시작했다.

　시작한 지 그리고 한 사오일가량 지난 어느 날 밤인데, 계제가 우
연하여 우리는 우리의 궁금거리였던 것으로 문오 선생이 어째 무엇
때문에 순사를 그만두었는지 그 내력을 비로소 이야기 들을 기회를
가질 수가 있었다.

　초가을이라지만 아직은 늦은 여름이요 길지 못한 밤이라, 저녁
후의 마지막 참으로 읽는 셋째 번 참이 거진거진 끝나갈 무렵엔, 하
마 오래잖아 첫닭이 울게 밤은 이슥하니 깊었다.

　그러노라매 모두 졸음이 쏟아져 눈은 슬슬 감기고 안개 속같이
몽롱한 정신에 끄덕거리는 몸은 맥 하나도 없이 시들부들, 이 모양
들을 하고 앉아서 마지못해 다뿍 갈린 음성으로 히잉히잉 읽는 시
늉만 하는 글 소리하며…… 남이 본다면 작히 민망스러운 꼴이 아
닐 수 없었다.

　단 한마디,

　"그만들 읽어라!"

하는 영이 똑 떨어졌으면 단박 퍼뜩퍼뜩들 살아날 것 같은데, 보아

야 문오 선생은, 발 딱 젖히고 앉아 흔들흔들하면서 오다가다 정신 차리란 소리만 지르곤 하는 것이었다. 그러다가 문득 청을 돋우어,

"맹자대왈, 하필왈리잇고 하필이면 이익을 말하십니까 역유인의이이의니이다 다만 인의가 있을 뿐입니다."

하고 태규 삼촌의 얼림글을 읽어주는 것이었다.

문오 선생은 청이 맑고 보드라워 글 소리 좋고 잘 읽기로 이름난 선생이었고 해서 그이가 얼림글을 내면 우리는 제 글이 아니더라도 저절로 흥이 나서 운김 남은 기운에 글이 잘 읽혀지곤 했었다. 그래, 그때도 소위 '라스트 헤비'랄까, 우리는 새로 기운을 내어 얼마 동안 보암직하게 한바탕 글을 읽었고, 그러자 이윽고 문오 선생은 자기가 먼저 읽기를 그치더니,

"그만들 읽어라!"

하는 영이 내렸다.

영이 떨어지자마자 한꺼번에 글 소리를 뚝 그치고는 없던 정신이 번쩍 들어 책을 덮어다가 치운다, 물러갈 차비를 차린다, 한참 부산했다. 하는데, 그때 마침 밖에서 인기척이 나더니 할아버지가 앞마루에서 빙그레하니 방 안을 들여다보고 서 있었다.

노인이라 초저녁에 살폿 한잠을 두르고 나서는 잠이 안 올라치면 더러 글방으로 내려와 글 읽는 것도 보고 우리와 얼러 풍월도 짓고, 문오 선생과 이야기도 하고, 하던 끝엔 밤참도 내오게 하고, 하는 걸로 적잖이 심심풀이를 삼아오던 터였다.

해서, 그날 밤에도 진작부터 내려와 문오 선생의 글 읽는 소리를
듣고 계셨던지 천천히 방으로 걸어 들어오면서,

"아 접장, 거 글을 너무 멋지게 읽어서 못쓰겠네…… 동네 어디
과부가 있을까 무서……!"
하고 실없는 소리를 하며 그를 구슬려주는 것이었다.

문오 선생은 부끄럼을 타 외면을 하고 빙긋빙긋 웃으면서 아랫목
자리를 피해 이편짝 뒤골로 비켜 앉고…… 할아버지는 아랫목으로
가 앉더니,

"응…… 그렇게 글두 잘 읽고 다 저렇게 얌전한 선비가……."
하시다가 마침 동네 아이 둘이 문오 선생과 할아버지한테,

"선생님 알량이^{안녕히} 주무세요!"

"알량이 주무세요!"
하고 돌아갈 인사를 하는 것을,

"느덜, 게 있거라, 게 있어……."
하면서 불러 앉히고는 태규 삼촌더러 안에 들어가서 무어나 밤참을
좀 하고 마른안주에 술을 몇 잔 내오게 하라고 시키는 것이었다.

우리는 도로 무릎을 꿇고 죽 앉았다. 할아버지는 빙긋이 한참이
나 문오 선생의 그 망건 자국만 하얀 '중대가리'를 건너다보다가,

"저게 무슨 망신이람! 으응? 저 중대가리 좀 보아……!"

문오 선생은 자꾸만 더 고개를 돌리고 우리는 웃음이 나오지 못
하게 입술을 다물어야 했다.

“……선비가, 선비 허구두 점잖구, 다 저렇게 얌전한 선비가 으응……? 머리 깎구…… 깊숙한 산중으로 중노릇이나 갔다면 혹시 몰라도…… 생판 순검을 댕겨……? 포리? 그걸 댕겨? 으응……? 허허허허허. 여보게, 접장!”

“…….”

“사서삼경 어디 가서 그런 대문이 있지? 선비는 머리를 깎고 포리를 댕겨야 허느니라…… 이런 대문이 어디 가서 있지?”

“…….”

“허허허허…… 그런디 참…… 여보게, 접장! 아니, 날 좀 보아!”

“예에!”

문오 선생은 외면을 한 채 겨우 대답이었다.

“내가 꼭 한 가지 궁금한 일이 있는데 날 속 좀 시원하라구 그 대답 좀 히여보소, 응?”

“…….”

“대체 기왕 한번 댕겨보자고 시작한 노릇을 그만두기는 어찌서 그만두었넝고……? 어찌서 제우 보름인가 스무날인가 댕기구는 그만두었넝고?”

“…….”

“뭣이야, 거 자네가 내게 헌 관찰 사연대루, 거 원, 젊은 놈이 평생 고리타분하게 훈장질이나 해먹을 일을 생각허닝게 답답하구 한심해서, 그래서 한때 미친 맘에 그걸 다 댕겼다구…… 그러면 말이

지 응…… 여섯 달이나 그렇게 고생을 해가면서 순검 공부를 해갖구
서니, 옳게 순검이 되었거든, 아 왜 좀 한 일 년이구 몇 해구 눌러 댕
기는 것이 아니라…… 응? 어찌서 이만 그만두었어?”

“……”

“응?”

“……”

“어찌서 그리 쉽게 작파를 하였어?”

“당하여 보닝게 못 댕기겠더만이오!”

졸리다 못해 문오 선생은 겨우 입이 떨어져 한마디 대답이 있었다.

“허허허허허……”

할아버지는 한바탕 유쾌하게 웃고 나서,

“……그래, 못 댕기겠덩가?”

“예에!”

“도둑놈 못 잡아보았넝가?”

“예에!”

“못 잡았어? 그럼…… 누구 뺨싸대기라두 더러 때려보았넝가?”

“어떻게 때려요!”

“아, 저런 놈의 알량한 순검 좀 보소! 순검하고는 참 데데허네, 뺨
싸대기도 못 때렸어!”

“……”

“도둑놈두 못 잡아보구, 어떤 놈 뺨싸대기두 한 번 못 때려보

구…… 그러구서 무얼루 순검 댕겼다구 허넝고? 응…… 단 보름이
라두 명색이 순검은 순검인디…… 복장 입고 환도 차고 말이지……
그런데 통히 아무것도 못히여? 참말인가……? 뺨싸대기 한 번도 못
때려보구…… 도둑놈두 못 잡구…… 응?”

“…….”

“나는 자네 믿구서 밤이 닥치면 대문 단속두 잘 않고 그렸더니 인
제 보닝게 큰일날 뻔하였구만 그리여! 으응…… 그런 놈의 알량한
순검이 어디가 있어…… 아아니, 하다 못해서 눈먼 노름꾼이라도
한 놈 잡아보았어야지……? 참, 순검허구넌!”

노름꾼이란 소리에 문오 선생은 웬일인지 혼자서 자꾸만 피식 웃
어쌓는 게 눈치가 좀 달라 보였다.

할아버지는 그 기수^{낌새}를 채고서,

“그럼, 노름꾼은 잡았던가?”
하고 딱지를 떼듯 묻는 것이었다.

문오 선생은 그러나 더 웃기만 하지 대답을 못 하는 것을 할아버
지는 바싹,

“노름꾼은 그리두 잡아보았지?”

“…….”

“응?”

“…….”

“잡아보았넝가?”

"……."

"잡아보았지? 응?"

질지심스럽게 남에게 짓궂게 눌어붙어 귀찮게 캐고 드는 것을 문오 선생은 드디어 나가 드러눕듯이,

"잡다가 말았답니다!"

"뭣이 잡다가 말다니……."

할아버지의 놀라면서 허겁을 떠는 엄살이라니,

"그럼, 꽁지만 잡았던가……?"

우리는 고만 참을 수가 없어서 손으로 입을 가리고 킥킥 웃어야 했다.

"……대체 원, 어떻게 히였길래 그놈을 꽁지만 잡고 말았단 말인가? 응?"

"……."

"허어허허허 어허허허…… 그래, 영 못해본 것보다는 그리두 덜 섭섭허겠네. 꽁지라두 잡아보았으닝게…… 허어허허."

할아버지는 여지껏 참고만 있던 웃음을 한꺼번에 실컷 다 웃고 나서는 다시 또,

"그래 그런디…… 원 어떻게 허다가 잡을 뻔은 하였으며, 어떻게 하다가 놓치기는 하였던가?"

"……."

"응…… 그 얘기나 좀 히여보소?"

“……”

“그 얘기를 좀 히여보라닝게? 어쩌다가 그리했어?”

“아실 것 없어요…… 괘애니 그저…….”

“아아니, 자네가 암만 히여두 눈치가 노름꾼을 잡다가 놓치구서 그 일루 순검을 못 댕기고 쫓겨왔넝개비네…… 그렇지? 매양…….”

“쫓겨오던 안 히였어두…….”

“그럼?”

“지가 내놓고 왔어요.”

“노름꾼 잡다가 놓친 것이 무렴히여서?”

“그런 게 아니라…….”

“그럼?”

“한 놈을 잡아서 묶어놓았더니…….”

“잡았어? 묶었어?”

“그놈이…….”

“도망을 갔어?”

“도망을 간 게 아니라…….”

문오 선생은 마침내 할아버지의 유도에 넘어가 부처님같이 어렵던 입이 겨우 조금 떨어져가지고는 뜨뭇뜨뭇^{뜨문뜨문} 이야기 대답을 하고 있었다.

우리는 잠은 죄다 달아나고 모두 그리로 귀가 바싹 기울어져 있었다. 그러자 마침 밤참이 나와 막 재미있으려는 대목에서 잠깐 이야기는 중단이 되었다. 속이 한참 출출했던 판이라 찐 송편이며 밤, 풋대추, 감 등속의 과실이며 수북수북 쟁반에 담겨 두 쟁반이나 앞에 와 놓였을 때는 얼른 손을 내밀고 싶게 구미가 당겼다.

할아버지 앞에는 조그마한 술반에다가 차린 조촐한 술상이 따로 놓이고…….

"어서들 먹어라!"

할아버지는 우리를 건너다보면서 그러시고는 또,

"잘 자리니 과식을랑 하지를 말구……."

하고 신칙단단히 타일러서 경계함까지 하신 뒤에,

"접장은 일러루 오소…… 나허구 두어 잔씩만……."

하면서 태규 삼촌이 붓는 잔을 당신이 먼저 죽 마시더니 손수 한 잔을 쳐 문오 선생을 권하던 말씀이,

"이게 무슨 술인고 허니, 점잖은 선비가 머리 깎고서 순감 댕긴 벌주닝게 그리 알고서 먹소오!"

술상 모로 나앉은 문오 선생은 싱그레 웃으면서 잔을 받아 훨씬 외면을 하고는 쓴 약 먹듯 가까스로 술을 마시는 것이었다.

우리는 떡이야 과실이야 직닥직닥 째금째금 맛있게들 먹으면서도 아랫목의 동정을 살피기에 정신은 한 가닥 가서 깔려 있었다.

할아버지는 문오 선생이 되부어 드리는 잔을 받아드시면서 환갑에 아직도 정정한 이로 일변 문어발을 기운 좋게 씹으면서,

"게 그리서…… 묶어놓았더니 도망을 간 게 아니라…… 어쨌다?

그 좀 마자 듣세?"

"건 머얼 들으실 것이 있다구……."

"자아…… 아까 그 잔은 벌주요, 시방 이 잔은 상주네! 꽁지만 잡
었어두 아무튼지 노름꾼 하나 잡을 뻔한 그 상주네!"

"저는 인제 더 못 허겠습니다!"

"잘 자리닝게 두어 잔 히여두 괜찮네…… 어서 마시구…… 그래
그래서 어쨌다?"

문오 선생은 쓴 술맛에 오만상을 찡그렸다가 도로 펴고는 잔에
술을 또 부으면서,

"아, 하루는 밤이 늦어서 비가 처얼철 오는데……."

"으응 그리서?"

"순을 돌러 나갔더니……."

"순행을……! 그리서?"

"외딴 주막집에서 불이 반짝반짝 허길래……."

"안 무섭던가?"

"가까이 가보닝게 돈 소리가 나고 우세두세 나직한 목소리로 두런두런
이야기하는 모양……."

"노름들을 허더라?"

"쫒아 들어갔더니……."

"그리서?"

"죄다 풍겨버리구는 흩어져 가버리고는……."

"한 놈만 잡혔단 말이지?"

문오 선생은 싱긋이 웃고 대답을 못 하는 것을 할아버지는 재촉하듯,

"그리서?"

"묶어놓았더니……."

"도망갈라구 안 부스대구 가만히 있던가?"

"묶어놓고 보닝게루……."

"그놈 참 못난 놈이던개비네! 눈먼 쇠경^{장님}이든지……."

"앉은뱅이여요!"

"뭣이, 앉은뱅이……?"

문오 선생은 대답 대신 뒤통수로 손이 올라가고, 할아버지는 몸을 커다랗게 흔들면서,

"허어 허허허! 허어허허허! 게 그리서? 학장님 순검이 앉은뱅이 노름꾼을 묶어놓았넌디…… 그러구는?"

"살려달라구 빌어쌓는데……."

"빌더라……? 그리서?"

"가만히 서서 제 몰골허며 신세를 생각허닝게……."

"앉은뱅이 노름꾼을 붙잡아서 척 묶어놓고 섰는 순검 자네 몰골하며 신세를 한번 생각해보았단 말이지? 거 그럴듯한 말이구만! 그래 생각을 허닝게?"

"기가 맥히구……."

"그렇기두 하였을 티지……."

"허허어 웃어버리구서……."

"허허어 웃었다……? 허어허…… 그러구서?"

"풀어놓아주고서 그길로 바루……."

"작파를 허구 말았다……? 허어허허허! 어허허!"

3

　나는 마루의 기둥에 가 기대선 채, 그때 그날 밤 할아버지의 술상 머리에 앉아서 단 두 잔 술로 홍당무같이 빠알간 얼굴에 웃지도 못하고 빙그레하니 말이라야 뜨뭇뜨뭇,

"풀어놓아주고서 그길로 바루……."

　순사를 작파했노란 대답을 하고 있던 문오 선생의 그 모습과 더불어, 한편 봉놋방_{여러 나그네가 한데 모여 자는, 주막집의 가장 큰 방}에서 앉은뱅이 노름꾼 하나를 꽁꽁 포승으로 묶어놓고는 놈이 제발 살려달라고 비는 것을 정복 정모에 칼을 차고 순사로 차린 문오 선생이 물끄러미 내려다보고 섰다가 그만 기가 막혀 '허허허!' 하고 _{울지 못해} 웃으면서 놈을 도로 풀어놓아주는 그 장면이 마치 '필름'의 이중 노출처럼 어리어 입가로 절로 미소가 드러남을 깨닫지 못했다.

　토방에서 구두를 제 해_것 내 해 늘어놓고 손질을 하느라 분주하던

아내가 재촉 삼아 고개를 쳐들다가 문득 내가 혼자서 웃고 있는 것을 보았던 모양으로,

"순사 친구 하나 또 사귄 게 퍽이나 재미는 나시나 보군요……? 워낙이 그 사람도 술을 좋아하게 생겼습디다!"

하면서 은근히 오금을 박는다.

하는 소리에 나는 방금 문오 선생에 대한 그 이중 노출 위에 가서 또다시 아까 그 순사의 영상이 한 개 더 곁들여 삼중 노출로 얼씬거리면서 그러면서 한 재미스러운 한 개의 구상이…….

그 순사도 저어 시골_{가령 충청도} 어디 촌 학장 샌님네 집안 태생으로 삼십이 가깝도록 상투나 탄탄 짜고 지나다가 요행 국어 마디나 아는 덕에 하루아침 뛰쳐나와 순사를 다니는 참이고, 맨 처음 누구를 포박했을 때는 역시_{그만두든 안 했어도} 기가 막혀서 '허허허' 한바탕 웃었을 것이고…….

이렇게 영락없이 문오 선생과 죄다 꼭 같은 경력이요 인물이거니 하는 상상을 고의로다가 구상하기가 웬일인지 무척 재미스러웠다.

그래 나는 한 번 더 빙긋이 웃으면서,

"그 순사가 꼭 문오 선생님 같다……."

하고 혼자말을 하다가 겨우 기둥으로부터 물러났다.

하는 것을 아내가 별안간,

"아이 참! 내 정신머리 좀 봐……!"

하면서 문간으로 부산히 나가더니 그러다가 잠깐 들여다보면서,

“그…… 문오 선생님이라는 글방 선생이 정씨우? 정문오라구?”

하고 묻는다.

“그래서? 왜?”

“아아니, 그이가 돌아갔다고 부고가 온 걸 그만…….”

“머어?”

내 스스로도 의외일 만큼 나의 놀람은 호들갑스럽다. 결코 여느 다른 날 문오 선생의 부음을 들었다면 나는 그저,

“아, 돌아가셨나!”

“그렇지만 육십도 아직 못 됐을 텐데?”

“오랜 훈장질로 모진 치질이 생겨 늘 고생을 하더니…….”

“아무려나 몇 해 더 편안히 사시다가 환갑이나 지난 뒤에 천천히 돌아가시들랑 않구서……!”

이런 태연한 가운데 좀 섭섭해하기나 했을 따름일 것이다. 그러므로 놀란 것은 항상 문오 선생이라는 옛 글방 선생의 궂김윗사람의 죽음이 무슨 나에게 아플 무엇이 있었던 때문이 아니요, 계제에 우연히 나의 정신이 시공을 떠나 그의 생애의 회상에 가서 마침 집중이 튀어 있었던 참이라, 별안간 들리는 현실의 음향, 즉 부고란 소리가 방심한 신경을 그렇듯 푼수 이상으로 놀라게스리 확대되어 들린 것이었다.

그러나 경위가 그런 줄은 알았으면서도 그래도 한편으로는 때마침 공교로이 문오 선생, 그와 비슷한 어떤 안면 있는 순사 하나가 집

문 앞을 지나다가 잠깐 들어와서 그 순사를 두고서 문오 선생의 '순사 있는 에피소드'를 생각해, 하던 참인데 그러자 또 그의 부고가 와 있다고 해, 했으니 암만해도 이건 무엇이 씌워댄 노릇인 성만 싶어 도무지 어떻다고 형용을 할 수가 없이 마음이 섬뜩하지 않을 수가 없었다.

아내는 대문 밖으로 나갔다가 이내 검은 테가 둘러져 보이는 엽서 한 장을 들고 왔다.

그는 명색이 신교육을 적잖이 받느라고 받았으면서 자라기를 내내 낡은 집안에서 자란 탓인지, 부고라면 기어이 집 안에다가 들여다 두지 않는 미신이랄까 결벽이랄까가 대단했었다.

"아, 어제 오후에 온 걸 그만…… 허긴 당신이 너무 늦어서 돌아오시기도 했지만……."

이런 발명잘못이 없음을 밝힘을 하면서 주는 엽서를 받아들고 보니…….

"학생정공오이숙환어금월×일별세자이부고."

갈데없는 문오 선생의 부고요, 어제로 벌써 장례는 지나갔다.

"거참, 별일도 가다간 있는갑다!"

결국 한 개의 우연한 일치일 따름인 것을 끝끝내 거기에 신경을 쓰잘머리쓸모 있는 면모나 유용한 구석가 없는 것이어서 웬만큼 불과심에로 처리를 하느라 혼자 한마디 뇌고는 돌아서는데,

"왜? 무엇이 어쨌수?"

하고 아내가 등 뒤에서 딸 듯이 묻는다.

"아아니 글쎄, 그이 비슷한 순사가 마침 오구…… 와이셔츠 빤 거 하나 주구려……! 아, 그래서 방금 그이 생각을 허구 있는데, 돌아갔다는 부고가 와서 있었으니……."

"제자라구 혼백이 부고에 묻어왔던 게지요?"

"글쎄…… 그렇지만 이 제자가 뭐 그다지 알뜰한 제자라구!"

"와이셔츠가 모두 에리가 헤지고 헌 걸 미처 손을 못 댔는데……."

아내는 방 안에서 장롱을 여닫다가 맨손으로 나온다.

"……오늘이나 그거 그대로 입으시우!"

"새까맸는데?"

"영 더러워요……? 어디……?"

아내는 들여다보면서,

"……아직 괜찮구먼 그러시우?"

"내야 괜찮지만 아씨가……."

"내가 어때서요?"

"드런 와이셔츨 입구서 양주^{부부} 같이 나가면 남들이 보구서 저 여편네 저는 말쑥하게 빼때리구서두 사낸 저 꼴을 시켰단 말이냐고 욕할 게 아니오?"

"것두, 당신 밤낮 떠받구 나오는 춘추필법^{대의명분을 밝혀 세우는 역사 서술 방법}이라더냐, 그 논법이시우?"

"방불허지!"

돌아서서 넥타이를 매노라니까 문지방을 짚고 섰는 아내의 얼굴이 거울 속의 어깨너머로 내다보인다.

"노파가 이뻐졌네……."

빈말이 아니고, 나는 그것을 오랫동안 잊어버렸던 모양이다.

"새루 연앨 해야 헐까 봐……."

"당신허구?"

"그럴 수밖에 없을 테지!"

"또 결혼해야 하게? 당신허구……."

"걱정스러?"

"하마, 오정 붙어요!"

"훨씬 장정이랬으면 더 좋겠다!"

이런 아무 쓰잘데없는 소리를 지껄이는 동안에 나는 어느덧 문오 선생과 그에 대한 일은 다 잊어버리고 말았다.

−1940년

쑥국새

1

왼편은 나무 한 그루 없이 보이느니 무덤들만 다닥다닥 박혀 있는 잔디 벌판이, 빗밋이^{비스듬히} 산발^{산줄기}을 타고 올라간 공동묘지. 바른편은 누르붉은^{누르불그레한} 사석이 흉하게 드러난 못생긴 왜송이 듬성듬성 눌어붙은 산비탈. 이 사이를 좁다란 산협^{산속의 골짜기} 소로^{좁은 길}가 고불고불 깔끄막져서^{비탈져서} 높다랗게 고개를 넘어갔다.

소복이 자란 길옆의 풀숲으로 입하^{24절기의 하나. 여름이 시작된다는 뜻} 지난 햇빛이 맑게 드리웠다. 풀포기 군데군데 간드러진 제비꽃이 고개를 들고 섰다. 제비꽃은 자줏빛, 눈곱만씩 한 괭이밥꽃은 노랗다. 하얀 무릇꽃도 한창이다. 대황도 꽃만은 곱다. 할미꽃은 다 늙게야 허리를 펴고 흰 머리털을 날린다. 구름이 지나가느라고 그늘이 한때 덮였다가 도로 밝아진다. 솔푸덕 가지가 다보록하게 퍼진 작은 소나무에서 놀란 꿩이 잘겁하게 울고 날아간다.

미럭쇠는 이 경사 급한 깔끄막길을 무거운 나뭇짐에 눌려 끙끙 어렵사리 올라가고 있다.

꾀는 없고 욕심만 많아, 마침 또 지난 장에 새로 벼려온 불에 달구어 두드려서 날카롭게 만들어온 곡괭이가 알심 보기보다 야무진 힘 있이 손에 맞겠다, 한데 산림간수 산림을 지키던 하급관리한테 오기는 있어, 들키면 경을 치기는 매일반이라서 들이닥치는 대로 철쭉 등걸이야 진달래 등걸이야 소나무 등걸이야 더러는 멀쩡한 옹근 손상되지 아니하고 본디대로 있는 솔까지 마구 작살을 낸 것이, 해놓고 보니 필경 짐에 넘치는 것을 제 기운만 믿고 짊어진 것까지는 좋았으나, 산에서 내려오면서는 몇 번이고 앞으로 꼬꾸라질 뻔했고, 시방 이 길을 올라가는 데도 여간만 된 게 아니다. 게다가 4월의 긴긴 해에 한낮이 훨씬 겨워 거진 새때 끼니와 끼니의 중간 되는 때나 되었으니 안 먹은 점심이 시장하기까지 하다.

끙끙 힘을 쓰는 소리에 지게가 삐이득삐이득, 지게 밑에 매달린 밥 바구니가 달그락달그락 서로 궁상맞게 대답을 한다.

중간에 한 번이나 두 번은 쉬었어야 할 것이지만, 고집이 그대로 떠받고 올라간다. 지게 밑으로 통통하니 알이 밴 새까만 두 다리가 퇴육살 사람의 몸에서 힘을 쓸 때 근육이 불거져 나오는 부분이 불끈불끈 터지기라도 할 것 같다.

고개 마루턱에 겨우겨우 올라서자 휘유 휙 쟁그랍게 숨을 몰아 내쉬면서 한옆으로 나무지게를 받쳐놓고 일어선다.

"작것이! 나는 저 때문에 이렇게……."

미럭쇠는 공동묘지께를 힐끔 돌려다 보고는 두런두런 허리의 수건을 뽑아 땀 흐르는 얼굴을 쓱쓱 씻는다.

"좋은 길루 펀허게 갈 것두 이렇게 고생허는디…… 작것이!"

시원한 바람이 한아름 고개 너머로 몰려든다. 바라다보이는 고개 밑은 또 하나 산이 가렸고 그놈을 넘어서 오 리 길을 가야 집이다.

미럭쇠는 웬만큼 땀을 들인 뒤에 지게 밑에서 밥 바구니를 떼어, 뒷짐 져 들고 어슬렁어슬렁 공동묘지로 걸어간다. 할미꽃 터럭이 눈 날리듯 허옇게 덮여 날린다.

공동묘지는 풀도 바스락 소리 않고 대낮이 밤처럼 조용하다.

여새겨 넌지시 살펴 찾지 않아도 저편 산 밑으로 치우쳐 외따로 있는 게 아내의 무덤이다. 아직 잔디가 뿌리를 못 잡아 까칠하고, 뗏장 흙이 붙어 있는 상태로 뿌리째 떠낸 잔디의 조각 과 뗏장 사이로는 검붉은 황토가 비죽비죽 비어져 나온다.

무덤 한옆으로 먹자죽이 선명하게 '密陽 朴氏之墓 밀양 박씨지묘'라고 쓴 말뚝이 섰다. 한편 짝에는 다시 '戊寅 四月二日 무인 4월 2일'이라는 날짜를 썼다.

미럭쇠는 읽을 줄도 모르면서 말뚝을 한참이나 들여다보다가 그 담에는 무덤을 한 바퀴 돈다. 뗏장도 벗겨진 데는 없고 구멍도 나지 않고 별일 없다.

한 바퀴 둘러보고 나서는 무덤 앞에다가 밥 바구니를 열고 숟갈을 꽂아 괴어놓는다. 밥이래야 뉘^벼 알갱이와 피^{볏과의 한해살이풀}가 절반이나 섞인 현미 싸라기밥, 한옆으로 짠 무김치를 몇 쪽 덧들인 것뿐이다.

"처먹어라…… 너 생각허구서 배고픈 것두 안 먹구 애꼈다가 갖구 왔다!"

마치 산 사람한테 이야기하듯 중얼거린다.

밥 바구니를 고여놓아주고 운감하기를^{제사 때에 차려놓은 음식을 귀신이 맛보기를} 기다리면서 멀거니 앞을 바라보고 앉아 한눈을 판다.

앞은 산 밑에서부터 훤하니 퍼져나간 들판, 들판이 다다른 곳에는 암암한 먼 산이 그림 같다. 들 가운데 조그마한 산모퉁이를 지나 기차가 장난감같이 아물아물 기어간다.

미럭쇠는 넋을 잃은 듯 손으로 잔디풀을 똑똑 뜯고 앉은 동안 어느 결에 눈에는 눈물이 글썽글썽한다.

"작것이 왜 죽어뻐렸어…… 가만히 있으면 갠찮얼 틴디…… 방정맞게 왜 죽어뻐리어!…… 작것이!"

목멘 소리로 두런두런 주먹을 들어다가 눈물을 씻는다.

2

바로 지나간 3월 초생^{초승}이었다.

미럭쇠가 논에 두엄^{거름}을 쳐내다가 점심 먹으러 오는 길인데, 동리 우물의 동청나무 울타리 뒤에서 점례가 해뜩해뜩 무슨 말을 하고 싶은 눈치로 웃고 섰다.

"너 이 가시내, 왜 날 보구 웃냐?"

"망할 년의 자식이네! 이년의 자식아, 내 이름이 가시내냐?"

"너 이 가시내, 나만 보면 주둥이 시어서 해룽해룽허지?"

"애개개! 참 내, 벨꼴 다 보겠네……!"

말로는 시뻐해도^{별로 대수롭지 않게 여겨도} 속으로는 분명 아픈 자리를 건드렸던 것이다.

"……이년의 자식아, 내가 저 화상이 그리 좋아서? 아나, 옜다!"

"이 가시내야, 너 암만 그리두 네까짓 건 일없단다!"

"흥! 누구는 일 있다는디? 아이구, 구역질이 마구 나오네……! 저 꼴에 그리두 새말 납순이한티 반히였다지? 참 똥싼 주제에 매화타령허네!"

"이년의 가시내, 주둥이를 찢어놀라! 내가 납순이한티 반했으니 네게 무슨 상관이여? 이년의 가시내!"

미럭쇠는 슬그머니 골이 나서 커다란 눈방울을 부라린다. 그러나 점례는 조금도 무서워하질 않는다.

“이년의 자식아, 누가 상관헌다냐?…… 그렇지만 되렌님! 속 좀 채리세유. 납순이한티는 암만 반히서 침을 지일질 흘리구 댕겨두 헛다방아무 소용없는 헛된 일입니다요.”

“걱정 말어. 이 가시내야…….”

“닭 쫓던 강아지는 지붕이나 쳐다보지! 종수허구 죽자 사자 허는 납순이한티 저 혼자 반헌 저 화상은 무얼 쳐다볼랑고?”

“이 가시내야, 거짓말허면 호랭이가 물어간다!”

“미안허시겄네! 오널두 납순이는 취 뜨으러 간다구 건너와서 뒷산으루 올라가구, 종수는 나무허러 가는 체 어실렁어실렁 뒤따러갔답니다요…… 어떠냐? 헤쩍허지? 미이.”

“참말이냐?”

“흥! 인제는 아숩지?…… 몰라 몰라!”

점례는 싹 돌아서서 두레박질을 시이실슬슬 한다.

“빌어먹을 놈의 가시내! 샘에나 퐁당 빠져 죽어라!”

미럭쇠는 내뱉으면서 흐느적흐느적 걸어간다.

걸어가면서 생각이다.

점례 가시내가 노상 거짓말은 아니구 종수 자식이 워느니워낙 눈치가 수상하기는 수상했어! 그러니 그놈의 새끼한테 납순이를 뺏기구 만담? 내가 요만할 적부터 내 걸로 맡아두었는데 다 자란 뒤에 뺏겨! 사람이 화가 나서 살 수가 있나!

하기는 종수 자식이 나보다 얼굴이 밴조고롬하니반주그레하니. 생김새가 겉보기에 반반하니 이쁘기는 이쁘겠다?

그거 원 참!

미럭쇠는 귀주머니에서 동강 난 거울 조각을 꺼내 들고 제 얼굴을 들여다본다.

넉가래^{곡식이나 눈 따위를 한곳에 밀어 모으는 데 쓰는 기구}로 푹 찌른 것처럼 가로 째진 입, 길바닥에 떨어진 쇠똥같이 지질펀펀한^{고르게 펀펀한} 코, 왕방울 같은 눈, 좁디좁은 이마, 부룩송아지^{아직 길들지 아니한 송아지} 대가리처럼 노란 머리터럭이 곱슬곱슬 자지러붙은 대가리…… 등속.

미상불 제가 보아도 그다지 출 수는 없는 인물이다.

젠장맞을! 워느니 이 화상을 누가 좋아한담! 눈깔이 삔 점례 가시내가 진짜로 반해서 그 지랄이지. 원 어쩌면 요렇게도 빌어먹게 갖다가 만들어놓더람!

가만있자, 이게 우리 어머니 아버지 잘못이겠다? 옳아! 아버지는 죽었으니 할 수 없고, 어머니를 졸라야지.

아, 그래도 내가 기운은 세고, 또 사내자식이 뭐 인물 뜯어먹고 사나? 빌어먹을 것, 들이대본다…… 눈 멀뚱멀뚱 뜨고서 뺏겨……?

미럭쇠는 허둥지둥 집으로 달려들더니 저의 모친더러, 시방 얼른 새말 납순네 집에 건너가서 혼인하자는 말을 하라고, 만일 납순이한테 장가를 못 가는 날이면 목을 매달고 죽는다고, 어머니가 나를 이렇게 못나게 낳아놓았으니까 그 대신 납순이한테 장가를 들여주어야 한다고, 마치 미친놈이 날뛰듯 주워섬기고서는 도로 부리나케 뒷산으로 올라간다.

온 산을 다 헤매고 다니던 끝에 으슥한 골짜구니의 양지바른 언덕 밑에서 둘이 나란히 누워 있는 종수와 납순이를 찾아냈다.

납순이는 질겁하게 놀라 달아나고, 그러나 저만치 가 서서 거취를 보고 있고, 종수는 여느 때 같으면 눈만 부릅떠도 비실비실 피하던 것이, 오늘은 눈살이 팽팽해가지고 아기똥하니^{말이나 행동이 매우 거만하고 앙큼하니} 버티고 서서 있다. 미럭쇠는 그놈에 비위가 더 상했다.

"너 이놈의 새끼!"

미럭쇠는 눈을 불근불근 그 잘난 코를 벌씸벌씸 내리 으깨어버릴 듯이 바싹 다가선다.

"그리서?"

말소리며 몸은 떨려도 종수의 대답은 다구지다^{다부지다}.

"아, 요것 보게!"

"왜? 어찌서 그리여? 늬가 무슨 상관이여?"

"왜 상관이 없어? 내가 맡아놓은 지집애를 늬가 왜 건디려? 그리두 상관이 없어?"

"뭐, 밭두덕의 개똥참외더냐? 맡어놓구 어쩌구 허게? 그녀러^{그놈의} 자식, 생긴 것허구 넉살두 좋네!"

"아, 요년의 새끼가……!"

말로는 암만해야 달리고, 미럭쇠는 종수의 멱살을 움켜쥔다. 실상 진작에 그럴 것이었다. 종수도 마주 멱살을 잡는다.

"그리여? 어찌여?"

"요, 싹둥머리 없는 놈의 새끼! 사알살 돌아댕기면서 남의 집 지집애나 바람맞히구…… 죽어봐!"

와락 잡아낚는데 종수는 휘둘리면서도,

"웬 상관이여…… 내가 늬 에미를 후려냈더냐? 늬 할미를 후려냈더냐?"

고 입은 끄은히^{끈질기게} 놀린다.

그러나 그 말이 떨어지기 전에 둘이는 어우러져 뒹군다.

말은 없고 잠시 동안 식식거리면서 엎치락뒤치락했지만, 악으로 덤빈 종수는 다 같은 스물한 살배기 장정이라도 미럭쇠의 황소 같은 힘을 당해내는 수가 없었다. 미럭쇠는 종수의 배를 타고 앉아서 주먹으로 가슴패기를 짓찧는다.

"요놈의 새끼, 다시두?"

"오냐, 헐 대루 히여라!"

"요것이 그리두 산소리^{어려운 가운데서도 남에게 굽히지 않으려고 하는 말}여!"

미럭쇠는 종수의 목을 내리누른다. 종수는 캑캑 눈을 헤번덕헤번덕^{희번덕희번덕} 얼굴에 푸른 핏대가 선다.

그러자 마침 그때다. 등 뒤에서 작대기가 딱 하더니 미럭쇠의 정수리를 보기 좋게 후려갈긴다.

"아이쿠!"

미럭쇠는 정신이 아찔해서 앞으로 넘어지려 하는데 재우쳐^{잇따라}

한 번 더 딱 내리갈긴다.

미럭쇠는 그대로 정신을 놓고 쓰러지고 납순이는 달려들어 종수의 손목을 잡아 일으켜가지고 달아난다.

3

납순네는 계집애가 못된 종수 녀석과 좋지 않은 소문을 퍼뜨리고 다니는 참이라 걱정을 하던 판에, 청혼을 하니까 마침 좋다고 납채 신랑 집에서 신부 집으로 혼인을 청하는 의례 삼십 원에 선뜻 혼인을 승낙했다.

미럭쇠네는 작년에 저의 부친이 제 장가 밑천으로 장만해놓고, 죽은 송아지가 중소나 된 것을 오십 원에 팔고, 또 양 돼지 새끼 여섯 마리를 삼십 원에 팔고 해서 납채 삼십 원을 보내고 나머지 오십 원으로 혼인을 치렀다. 그게 바로 미럭쇠가 납순이한테 작대기를 맞던 날부터 겨우 열흘 만이다.

혼인을 한 첫날밤.

미럭쇠는 달리느라고 맞은 발바닥이 아파서 절름절름 신방으로 들어온다. 생전 처음으로 촛불이 환하니 켜져 있는 신방에는 불보다 더 환하게 연지 찍고 곤지 찍고 분단장한 신부 납순이가 소곳하니 고개를 귀엽게 조금 숙이고 앉아 있다.

미럭쇠는 가뜩이나 큰 입이 귀밑까지 째져 느긋해라고 한참이나 웃고 섰다가 신부 앞에 가서 털썩 주저앉는다.

"히히, 작것! 늬가 작대기루 날 때렸지?"

납순이는 마치 눈이 오려는 겨울날처럼 새초롬해서 눈을 아래로 내리깔고 눈썹 한 개도 까딱 않는다.

"그때 혼났다 야! 원 그렇기두 사정없이 때린단 말이냐? 히히."

"……."

"그리두 나는 늬가 이뻐서 이렇기 네한티루 장개를 가잖었냐? 그렇지? 히히히히."

"……."

"그러닝개루……."

미럭쇠는 납순이의 두 손을 덥석 쥔다. 그 손은 얼음같이 찼다.

"……너두 그전 일은 죄다 잊어뻬리구서 인제버텀은 우리 각시닝개루, 응? 내 말 잘 듣구 그리라, 응?"

이렇게 첫날밤은 지냈다. 미럭쇠는 노염이 다 풀려서 이제는 종수를 죽이지 않는다고 말을 냈고, 그래서 종수는 며칠 만에 도로 동네로 돌아왔고, 납순이는 그대로 까딱없이 눈 오려는 겨울날처럼 새초롬한 채 그날그날을 보내고.

그리한 지 보름이 되는 어느 날 석양.

미럭쇠가 등 너머 봄보리밭에 소마오줌를 져내고 있노라니깐, 난데없이 점례가 '미럭쇠, 미럭쇠' 불러대면서 헐레벌떡 달려오고 있었다. 미럭쇠는 웬일인지 가슴이 서늘해서 밭두둑으로 나오는데 점례는 가빠하는 체하고 쓰러질 듯 팔에 가 매달린다.

"저어……."

"왜 그리여?"

"저어, 시방 오다가 어머니더러두 일러주었어……."

"무얼?"

"저어, 납순이가……."

"납순이가……."

"내가 망을 보닝개루우……."

"그리서?"

"종수가……."

"종수가……!"

"응, 종수허구우 납순이허구우, 방으루우……."

"뭣?"

미럭쇠는 점례를 떠다박지르고 마구 떠다밀어 넘어뜨리고 소처럼 내리 뛴다. 등을 넘어서자 '이녀언, 이년' 모친의 게목 듣기 싫은 목소리 지르는 소리가 들린다. 단걸음에 사립문 안으로 들어서는데, 모친은 납순이의 머리채를 감아쥐고 마당 가운데서 이리저리 개 끌듯 끌어 동댕이를 치고 있다. 조그마한 보따리가 한편으로 굴러져 있다.

"어서 오니라……."

노파는 더욱 기광 극성스레 마구 날뛰는 행동이나 기세이 나서 허덕허덕 들렌다 야단스럽게 떠든다.

"……이년이, 이년이 대낮에 응…… 대낮에 그러구서…… 그러구서두 그놈허구 도망을 갈라구 보따리를 싸구…… 이년! 이 찢어 죽일 년!"

미럭쇠는 잡아먹을 듯 험한 얼굴을 휘휘 두르다가 토방^{마당}으로 우르르 절굿공이를 집어들고 납순이에게로 달려든다.

"이년을!"

방아 찧듯 절굿공이를 번쩍 쳐들어, 단번에 골통에 칵^꽉 내리바수려는 순간, 납순이와 딱 눈이 마주친다. 그것은 미럭쇠 제가 이뻐하는 납순이의 얼굴, 마주 말끄러미 올려다보는 그 눈이 어떻게도 액색한지^{운수가 막혀 군색한지} 그만 눈물이 날 것 같았다.

"퍽."

내리치는 절굿공이에 애매하게시리 굳은 마당 바닥이 움푹 팬다.

"이년을 이렇게 쳐 죽일 참인디…… 가만있자……."

미럭쇠는 절굿공이를 내던지고 허둥지둥 둘러본다.

"이놈은? 이놈허구 한디다가 묶어놓구서 한꺼번에 놈년을 쳐 죽여야 헐 턴디이…… 놈을 잡아와야지, 이놈을…… 어머니! 그년 놓치지 말구 꼭 붙들구 있수…… 내 이놈마저 잡아갖구 올 티닝개루……."

이르고는 쭈르르 사립문께로 달려 나간다. 사립문 밖에서는 동리 아이들이 진을 치고 구경을 하다가 양편으로 쫙 길을 터준다.

점례가 마침 배슥이^{한쪽으로 조금 기울어진 정도로} 웃고 서서 눈을 찌긋찌긋한다. 미럭쇠는 짐짓 제 몸뚱이로 점례를 칵 떠받아―그것은 방금 납순이를 절굿공이로 내리찧으려던 그 웅심 용졸한 마음과 꼭 같았다—그렇게 죽어라고 떠받아 나동그라뜨리고서 횡하니 뛰어간다.

종수를 잡는다고 선불 설맞은 총알 맞은 범 마구 날뛰는 모양을 비유적으로 이르는 말처럼 뛰어나간 미럭쇠는 그길로 용머리의 술집으로 가서 밤이 늦도록 술을 먹고, 그대로 쓰러져 잤다.

이튿날 새벽에야 철럭거리고 집으로 돌아온 미럭쇠는 납순이가 부엌 서까래에 목을 매고 늘어진 시체를 제 손으로 풀어 내려놓아야 했다.

노파가 밤새도록 붙들고 지키다가 새벽녘에 잠깐 잠이 든 사이에 납순이는 빠져나가서 그 거조 어떤 일을 꾸미거나 처리하기 위한 조치를 냈던 것이다. 서방 미럭쇠가 돌아오는 날이면 맞아 죽고 말 것, 가령 죽지 않는다고 하더라도 병신이 될 만치 얻어맞을 것 아까 내리치던 그 무서운 절굿공이, 그러고서도 평생을 맘 없이 매달려 살아야 할 테니 차라리 진작 죽는 것만 못하다고, 그래 자결을 하고 만 것이다.

"그년을 꼭 내 손으루 쳐 죽일랬더니, 에잉 분히여!"

미럭쇠는 동리 사람들이 모여 섰는 데서 이렇게 장담을 하고 못내 분해하는 체했다. 눈물까지 쏟아졌다. 모두 분해서 그러는 줄만 알았지, 미럭쇠의 정말 슬픈 심정은 알아채지 못했다.

4

아내 납순이의 무덤 옆에 넋을 놓고 앉았던 미럭쇠는 이윽고 정신이 들어 무덤으로 고개를 돌린다. 숟갈을 꽂아 괴어놓은 밥 바구니에는 어디서 날아왔는지 파리가 서너 마리나 엉기었다.

"쪼깨 먹었냐?"

미럭쇠는 중얼거리면서 밥 바구니를 집어든다.

"물이 없는디, 목 마쳐서 어쩌꺼나!"

마디지게 한숨을 내쉰다.

"작것이 왜 죽어뻐맀어…… 가만히 있으면 갠찮얼 턴디…… 방정맞게 왜 죽어뻐리어…… 작것이!"

두런두런, 눈물을 찔끔찔끔, 밥 바구니를 차고 앉아서 숟갈을 뽑아든다.

"꼬시레고수레. 민간 신앙에서 산이나 들에서 음식을 먹을 때나 무당이 굿을 할 때, 귀신에게 먼저 바친다는 뜻으로 음식을 조금 떼어 던지는 일."

조금 떠서 앞으로 던지고 또 한 번은 뒤로 던지면서,

"꼬시레."

양편 옆으로 한 번씩,

"꼬시레."

"꼬시레."

골고루 고사액운이 없어지고 행운이 오도록 신령에게 비는 제사를 한다.

할 때에 마침 등 위의 산허리께서,

"쑥꾸욱."

"쑥꾸욱."

쑥국새 우는 소리가 들린다. 미럭쇠는 막 밥을 먹으려던 숟갈을 멈추고 끌리듯 고개를 돌린다.

"쑥꾸욱."

"쑥꾸욱."

형체는 안 보이고 울음소리만 들린다.

"쑥꾸욱."

"쑥 쑥꾸욱."

산을 돌아 넘어가는지 소리가 감감하니 멀어간다.

미럭쇠는 옛이야기가 생각이 났다.

며느리가 해산을 했는데 야속한 시어미가 미역국을 안 끓여주고 쑥국만 끓여주었다. 며느리는 피가 걷히지 않고 속이 쓰리다 못해 삼칠일 만에 그만 죽었다. 그 며느리가 죽어 혼이 새가 되었는데 쑥국에 원한이 잦아져 그래서 밤낮 '쑥꾸욱 쑥꾸욱' 운다고 한다.

"우리 납순이는 죽어서 무엇이 되었을꼬? 쑥국새가 되었으면 우는 소리나 듣지!"

미럭쇠는 우두커니 쑥국새 우는 곳을 바라보다가 소스라쳐 한숨을 내쉰다.

"쑥꾸욱."

“쑥 쑥꾸욱.”

마지막 소리가 아스란히 들리더니 그다음은 잠잠하다. 미럭쇠는 밥 먹기도 잊고 도로 넋이 나가서 우두커니 앉아 있다.

—1938년

∙∙∙
두 순정

1

산중이라 그렇기도 하겠지만 절간의 밤은 초저녁이 벌써 삼경인 듯 깊다. 윗목 한편 구석으로 꼬부리고 누워 자는 상좌^{불도}를 닦는 사람의 조용하고 사이 고른 숨소리가 마침 더 밤의 조촐함을 돕는다.

바깥은 산비탈의 참나무 숲, 솨아 때때로 이는 바람이 한참 제철 진 낙엽을 우수수 날려 흩뜨린다. 바람이 지나가고 나면 이어 어디선지 모르게 싸늘한 찬 기운이 방 안으로 스며들어 등잔의 들기름 불을 위태로이 흔들어놓는다.

가느다란 등잔불이 흔들릴 때마다 아랫목 벽에는 노장의 검은 그림자가 커다랗게 얼씬거린다.

이야기를 시초만 내다가 말고서 합장을 하고 눈을 감고 앉은 노장은 언제까지고 움직일 줄을 모른다.

머리는 곱게 밀어 맨살같이 연하다. 수굿이 숙인 그 머릿길 없는 머리와 이마 위로는 무엇인지 모를 슬픔이 흐르는 듯 드리워 있다. 하얗게 센 눈썹이 갖다 붙인 것 같다. 길기도 길어 한 치는 넉넉되는 성부르다. 은실을 심은 듯 고운 수염이 그리 더북하지 않아서 더욱 해맑다. 얼굴은 가는 주름살이 골고루 덮이고 티끌 하나 없이 몹시도 청아하다. 그 청아한 품이 지나치게 잘 그린 그림같이 방금 숨을 쉬는 산 사람의 얼굴인가 싶질 않다.

그렇거니 하고 보노라면 어쩌면 숨도 하마 행여나 어찌하면 쉬지 않느니라 싶어진다. 숙인 이마, 감은 눈, 합장한 손, 모두 저 오랜 옛적부터 이렇게, 그리고 앞으로 영겁 영원한 세월까지 이렇게 이마를 숙이고 눈을 감고 손을 합장하고 앉았을 한 폭의 슬픈 그림이 아니던가 하는 환각을 일으킬 듯 정적의 한동안이 계속되고 있다. 나는 혼자 어떤 내력 모를 비극의 전설을 눈으로 보는 것 같은 이 노승의 그렇듯 비애가 흐르는 정적의 풍모에만 온갖 정신이 쏠려, 그가 꺼내다가 만 이야기 끝을 기다리기도 잊어버렸다.

얼마를 그러고 있었는지 모른다. 이윽고 노장의 입술이 가느다랗게 움직이면서 소리도 들릴락 말락,

"나무아미타불, 관세음보살!"

말은 염불이나 음성은 탄식하듯 하염없다.

"어서 주무실걸!"

노장은 합장했던 손을 내리고 조용히 눈을 뜨다가 나를 보고 혼잣말하듯 중얼거린다. 주인 된 인사상이겠지, 눈초리와 입가로 미소가 드러난다.

"네, 아직 졸리지도 않구, 그리구……."

나는 아닌 변명을 하면서 아주 웃는 걸로 무료함을 껐다.

"……또 하시던 이애기두 마저 듣구 싶어서……."

"허허, 그만 이애기가 무어 그리 들음직한 게 있다구……."

"아니, 재미있습니다. 어디 그다음에 마저 좀……."

"허허, 재미가 무슨…… 정 듣고자 하시면 하기는 하리다마는, 나두 원 들은 지가 하두 오래서……."

노장은 아까 맨 처음에 하던 변명을 또 하고 있다. 이야기가 자기의 소경사겪어 지내온 일가 아닌 양으로 하자 함이다.

실상 오늘 우연히 유산산으로 놀러 다님을 나왔던 길인데, 다른 일행은 아랫절에서 유하고 있고, 나는 전부터 이곳에 이상한 노승이 있다는 말을 들었던 터라, 위정 혼자만 이 암자를 찾아 올라와서 시방 그로 더불어 하룻밤을 지내게 된 것이다.

"게, 그래서…… 가만있자, 내가 어디까지 이애기를 했던가? 아, 오옳지, 응응……."

노장은 잊었던 이야기 끝을 찾아냈대서, 머리 없는 머리를 끄덕

끄덕한다.

"게, 그래서…… 색시는 밤이 이슥하두룩 졸린 것을 참고 앉아서 바느질을 하다가…… 그러자니 촌 농갓집 며느리로 새벽 어둑어둑 하면 일어나서 소물을 쑨다, 세때^{세끼} 끼니를 해치운다, 빨래질 다듬질을 한다, 하느라고, 겨울이라 다른 일은 없다지만 온종일 오죽이나 몸이 고되며, 그러니 밤이면 오죽이나 졸립겠소? 그런 걸 눈을 쥐어뜯구 참아가면서 꾸벅꾸벅 졸아가면서……."

이렇게 이야기를 하고 앉은 노장은 눈앞에 그 이야기의 환영을 보는 듯, 고개를 들어 우두커니 한눈을 팔면서 하는 말소리는 꿈같이 고요하다.

이어서 이야기는 다음같이 풀려나간다.

2

색시가 그렇게 밤이 깊도록 기다리고 있노라면 이슥해서야 겨우 겨우 이웃집 글방에서 글 읽는 소리가 끊친다.

색시는 얼른 방문 소리 기침 소리를 연달아 내면서 사립문께로 나간다. 그때면 벌써 사립문 밖으로 쿵쿵쿵 어린 새서방 봉수가 급하게 뛰어오다가,

"어머니!"

하고 외쳐 부른다.

언제고 이렇게 부르는 것이지만 실상 모친이나 부친을 찾는 것이 아니요, 거기에 제네 색시가 기다리고 있는 줄 알면서 부를 수 없는 색시 대신 어머니라고 부르던 것이다.

부르는 소리에 대답하듯 색시가 기침을 하면서 지친 사립문을 열라치면 봉수는 반갑다고 한걸음에 뛰어들어 색시 앞에 가 우뚝, 어둠 속에서도 배식이 웃는다. 색시도 웃는다.

색시가 사립문을 잠글 동안 봉수는 기다리고 섰다가 둘이 같이서 앞서거니 뒤서거니 제네들 방으로 들어온다.

이렇게 비둘기 한 자웅 암수처럼 쌍지어 노는 색시와 새서방이라고는 하지만 색시는 스물한 살, 새서방은 열두 살, 그러니 모자간이라면 좀 무엇하겠고 그저 헴든 철든 누이와 어린 오랍동생 남동생 같은 사이다. 색시는 새서방 봉수를 꼭 오랍동생한테 하듯 귀애하고 새서방 봉수는 어머니를 제쳐놓고 어머니한테 따르듯 색시를 따른다. 봉수는 밖에 나갔다가 돌아와서 모친은 눈에 안 띄어도 그만이지만 색시가 없든지 하면 단박 시무룩해가지고 찾는다.

이렇게 둘이는 부부간의 정이 들기 전에 그것을 건너뛰어 의좋은 동무, 정다운 오뉘가 되었던 것이다.

방으로 들어서기가 바쁘게 봉수는 노랑 초립 어린 나이에 관례를 한 사람이 쓰던 갓과 빨강 두루마기를 훌러덩훌러덩 벗어 내던진다. 색시는 그것을 일일이 집어서 갓집과 횃대에다가 넣고 걸고 한다.

"망건은 안 벗구?"

색시는 벌써 눈에 졸음이 가득한 새서방을 갸웃이 들여다보면서 웃는다.

"응…… 참, 아이 졸려!"

새서방은 눈을 시이실 감으면서 커다란 상투가 올라앉은 머리로 조그마한 손이 올라간다.

"내가 벳겨주어?"

"응."

좋아라고 새서방은 색시의 무릎에 엎드린다. 색시는 망건을 사알살 벗기기 시작한다.

"이애기…… 응?"

새서방은 색시의 무릎에 엎드려 망건을 벗기우면서 고담_{옛날이야기}을 조른다.

"아이! 졸려서 곤드레만드레허믄서 이애기를 해달래."

"그래두…… 이애기해주어예지 뭐…….."

"가만있어, 그럼 내 망건 갖다가 걸구…… 잘 누어서 이애기해주께, 응?"

"응."

색시는 벗긴 망건을 걸고 와서 새서방을 아랫목으로 뉘고 이불을 덮어주고, 저도 한 가닥으로 허리를 가리고 그 옆에 가 드러눕는다. 새서방은 모로 돌아누워 이야기를 기다린다.

"저어 옛날에에에, 저어……."

"응."

"아이! 하두 해쌓서 인전 할 이애기가 있어예지, 어떻거나?"

"호랭이 이애기……."

"호랭이 이애기는 백 번두 더한걸!"

"그래두……."

"가만있어, 그럼 내 호랭이 이애기는 아니라두, 재미있는 이애기 하나 허께, 응?"

"응."

"저어 옛날에 쬐꼬만한 새서방하구 커다란 색시허구……."

"이잉 싫다, 이잉……."

새서방은 저를 빗대놓고 무슨 이야기를 지어서 하려는 줄 알고 지레 방색_{하지 못하게 막음}을 한다.

"아이참, 쬐꼬만한 새서방이라믄 왜 그렇게 질색을 허꼬!"

"해해……."

"하하."

"아, 가만있어! 요게 무어야?"

새서방은 색시가 웃는 볼로 옴폭하니 패는 보조개를 손가락으로 꼭 누른다. 오늘 밤 처음 본 것은 아니지만 오늘 밤에야말로 그것이 퍽 좋아 보였던 것이다.

"인전 그만 불 끄구 자, 응?"

“이애기는?”

“내일 저녁에 해주께.”

“시방…….”

“어쩌나…… 그럼 저어 옛날에…….”

색시는 아무거나 되는대로 둘러대서 호랑이 이야기를 한다. 새서방은 동화를 들으면서 미처 다 듣지도 않고 스르르 잠이 든다. 색시는 이불을 여며주고 다독거려주고 하면서 무심코 새서방의 자는 얼굴을 들여다본다.

눈에 익은 나무 같아 안 자라는 성불러도 이태지간에 퍽 자라기는 자람 셈이다. 키도 자랐거니와 헴도 들고…….

재작년 섣달에 시집을 왔으니까 꼬박 이태다. 그때는 새서방의 나이 열 살, 정말로 애기여서 밤이면 자다가 엄마를 부르고 울기도 가끔 했고 언젠가는 오줌도 쌌었다. 조금만 제 비위를 맞추어주지 않으면 울고 안방으로 달려가서 일러바치고, 그 끝에는 의례건 시어머니한테 걱정을 듣게 하고…….

그러던 것이 시방은 따르는 것도 따르는 것이거니와 도리어 제네 어머니를 가지고 색시한테 이르게 되었으니 그만해도 철이 났다고 할는지.

역시 그해 그 겨울, 섣달 대목이 임박해서다.

시부모는 겨울이라 농사일도 별반 바쁠 게 없고 하니 봄이 되기 전에 며느리를 친가로 보내기로 했다.

재작년에 혼인을 했으니 햇수로는 삼 년이요, 삼 년이면 근친도 보낼 때다. 그러니 기왕 보낼 바이면 명절도 제네 친가에 가서 쇠게 할 겸 그믐 전으로 보내는 게 좋겠다고, 그래 모레 글피로 아주 날을 받고 부랴부랴 서두르기를 시작했다.

새 며느리의 첫 근친이라면 하기야 혼인잔치 못지않게 이바지를 차려야 하는 것이지만, 가난한 촌 농가에서 어디 그런 격식을 갖게 차릴 수는 없는 노릇, 그저 흰떡이나 한 말하고 인절미나 한 말하고 도야지 다리에 닭이나 한 마리하고 엿이나 좀 고고 술이나 한 병하고, 이것이다.

이래서 집안이 갑자기 바짝 바빴는데 새서방 봉수는 대목이니까 설 차림인 줄 심상히 알았다, 바로 그날 저녁.

여느 때처럼 글방에서 늦게 돌아와 자리에 누운 새서방 봉수는 역시 여느 날 밤처럼 옆에 나란히 누운 색시더러 이야기를 조른다.

색시는 요새로는 저녁마다 그 이야기를 대기에 밑천이 달려 적잖은 걱정거리다.

"저어, 옛날에에에……"

색시는 이렇게 시초만 내놓고 까막까막 생각하다가 언뜻 좋은 이야깃거리가 생각이 났다.

"아이참, 나 말이여, 응?"

"응?"

"저어 모레 글피, 응? 저어 우리 집에 갔다 오께, 응?"

"우리 집? 저어기 재 너머 쇠꼴? 이잉 싫다, 잉."

"흐흐흐, 어쩌나…… 그래두 꼭 가야 하는 법인걸? 어머니 아버지가 갔다 오라구 해서 가는걸?"

"그래두 난 몰라…… 뭐."

"그러지 말구, 응! 내 가서 꼬옥 한 달만 있다가 오께…… 이애기두 많이 배워가지구 오구……."

"싫다 잉…… 한 달, 뭐 서른 밤이나 뭐 자구 와?"

색시는 아닌 게 아니라 속으로 딱하기는 했다. 시집을 왔으면 이태고 삼 년 만에 내남없이 나와 다른 사람이나 모두 마찬가지로 의례건 한 번씩은 근친을 가는 법, 그래서 시부모도 시키는 노릇이고, 시키는 노릇이어서 마지못해 하는 게 아니라, 시켜주기를 까맣게 기다리던 즐거운 한때다.

그러니까 즐거운 마음으로 가기는 가는 것이지만 그대도록 따르던 새서방을 비록 한두 달일망정 떼어놓고 혼자 가서 있자니 두루 안된 게 한두 가지가 아니다. 밤으로 글방에서 돌아올 때면 누가 나서서 맞아주며, 그 밖에 아침저녁의 잔시중은 누가 들어준단 말이냐.

어머니가 없는 것이 아니나 암만해야 그새처럼 색시 제가 해주듯
이 마음에 들도록 살뜰히 해줄까 싶질 않다.

이렇게 생각을 하면 근친이고 무엇이고 다 그만두었으면 싶기도
하다. 그러나 맘대로 그만둘 수도 없는 일이거니와 가령 저 혼자는
그만두자고 한다더라도 시부모한테 뻐젓이 내세울 말이 없다.

그렁저렁 색시는 마음이 민망하여 속을 질정하지 갈피를 잡아서 분명하
게 정하지 못한 채 새서방 봉수는 그날 밤부터 이짐 고집이나 떼이 나가지
고 뿌루퉁한 채 근친 떠나는 날이 되었다.

새서방은 필경 고집이 터져, 글방에도 안 가고 울어대다가 저의
부친한테 매를 맞았다.

매는 맞았어도 속에 맺힌 노염이야 풀릴 이치가 없어 종시 시무
룩하고 한편 구석으로 비켜서서 색시가 떠나는 눈치만 본다.

색시는 마음에 걸려 몇 번이고 뒤를 돌아보면서 내키지 않는 길
을 떠났다. 떠나기 전에 아무도 안 보는 조용한 틈을 타서, 인제 글
방이 파접하거든 모임을 마치거든 설에 어머니 아버지더러 말씀하고 꼬
마둥이나 앞세우고서 오라고 달래기는 했으나, 새서방은 울먹울먹
대답도 안 했다.

색시의 뒷그림자가 멀어지자, 새서방은 사립문 밖으로 나서서 손
가락을 입에 물고 바라다본다. 이바지 고리짝을 진 꼬마둥이가 앞
을 서고 뒤에는 색시와 또 하나 안동해 사람을 데리고 함께 가거나 물건을 지니
고 감 보내는 동리의 일가집 아주머니가 나란히 들판을 건너가고 있

다. 분홍 저고리에 갈매옥색 치마를 입고 시방 저리로 까맣게 멀리 가는, 색시 얼굴이 눈앞에 어른어른한다.

해죽이 웃고, 웃으니까 볼에 옴폭 보조개가 팬다.

방금 떠나갔는데 자꾸만 보고 싶다. 보고 싶은데 자꾸만 멀어간다. 멀어가는 그것이 어쩌면 색시가 영영 가버리는 것이나 아닌가 싶어진다. 그 생각을 하니 그만 안타까워 몸부림이라도 치고 울었으면 시원할 것 같다.

저 벌판을 다 건너 다시 그 앞을 막고 섰는 산을 넘어서 또 조금만 가면 처갓집인 줄은 안다.

그러나 그것은 제가 장가를 갈 때와 또 그 뒤에 한 번 가본, 제 기억이 아니라 색시가 노상 손을 들어 가리켜주던 말일 따름이다. 그러니까 색시가 한 그 말대로 그렇거니 하기만 했지, 어디로 어떻게 가는 게 그 길인 줄은 모른다.

가든 안 가든, 가는 길도 모르는 것이 봉수는 더욱 안타까웠다.

시방이면 아직은 보이니까 쫓아가면 갈 것도 같다.

부르면서…… 무어라고? 어머니라고 부르면 알아들을걸…… '어머니, 어머니' 부르면서 쫓아가면 거기 서서 기다려줄걸…….

곧 뛰어가고 싶다. 다리가 움찔거린다. 저어기 시방 가고 있는, 분홍 저고리에 갈매옥색 치마를 입은 색시가 돌아서서 웃고 기다리고, 그럴라치면 얼른 집으로 가자고 데리고 오고…….

어느 결에 눈물이 흐르는 것도 몰랐다.

4

　사흘 뒤에 봉수의 부모는 할 수 없이 봉수를 아내가 가 있는 처가로 보내기로 했다.

　울고 이짐을 부리고 할 때는 매질을 해서 다스렸지만 그저 시무룩하니 풀이 죽어가지고 있는 것은 애처로워 볼 수가 없다. 그러나마 자식이라고는 그것 하나밖에 없는 외아들.

　외아들이기 때문에 농투성이^{농부}의 터수^{살림살이의 형편이나 정도}에 그래도, 장차 생일이야 해 먹을 값에, 제 성명 석 자나마 알아보고 쓰고 하라고 글방에도 보내어 《통감》 권이라도 읽히던 것이고.

　그러나 그렇기 때문에 글방이 내일 모레면 파접이 될 것도 상관않고 '하루 이틀 덜 다닌다고 무슨 그리 우난 공부래서 밑질 게 있을까 부냐'고 생각난 길에 그날로 보내기로 한 것이다.

　봉수는 처가에—처가가 무엇인지는 몰라도 색시한테 가라는 말만 듣고도 기운이 나서 날뛰었다.

　사실 그는 색시가 없고 나니 아무 재미도 없고 모두 불편하기만 했다. 밤에 글방에서 돌아오면서 두 번 세 번 어머니를 불러야만 겨우 대답하고 그거나마 사립문께까지 나온 것도 아니요, 겨우 방에서 그런다. 이래저래 짜증이 나서 소리소리 어머니를 처부르면 아버지가 저놈은 다 자란 놈이 장가를 가서 남 같으면 아이를 낳을 놈이 생얼뚱애기로 응석만 한다고 나무람을 한다.

마지못해 어머니 옆으로 가야, 옷도 받아서 걸어주지 않고 이야기는 물론 해주지도 않는다. 자다가 요강을 찾아야 얼른 대주지도 않는다. 그래서 자다가 깼을 때는 옆에 색시가 없는 것이 한결 더 섭섭하고 방금 울고 싶다. 잠도 재미있게 자지질 않고 밥도 먹히지 않는다. 그러고서 자꾸만 색시가 옆에 있으면 하는 그 생각만 난다.

사흘 낮 사흘 밤을 이렇게 풀죽어 지내다가 인제는 어쩌면 영영 색시를 만나지 못하는 것이 아닌가 하는 낙망까지 하던 끝에 갑자기 처가에를 가라는 말이 나오니 신이 나지 않을 수가 없던 것이다. 하기야 기왕이면 색시가 집으로 오니만은 못했다. 그래서 속으로, 가거든 단박에 색시를 데리고 같이 집으로 오려니 하는 엉뚱한 꾀를 내었다.

색시가 설빔으로 해서 농 속에 차곡차곡 넣어둔 새 옷을 갈아입었다. 부모는 간 길에 아주 설까지 쇠고 있다가 제네 아내와 같이 오라는 뜻으로 이렇게 차려 보내는 것이다.

처가에 설 세찬으로 달걀 세 꾸러미와 장닭 한 마리를 꼬마둥이가 지게에 얹어지고, 길라잡이 삼아 앞을 섰다. 봉수는 노랑 초립에 빨강 두루마기에 인제 갈아 신을 새 버선을 보따리에 싸 짊어지고 뒤를 따라섰다. 우쭐거리면서 촌집의 이른 조반을 먹고 나섰어도 이십 리 들판을 건너, 오르기 오 리, 내리기 오 리의 소잡한^{꾸밈이 없고 잡스러운} 재를 넘어 다시 십 리를 걸어, 겨우 쇠말의 처가에 당도했을 때는 쪼작거리는 ^{느리게 아장아장 걷는} 어린애 걸음이라 오때^{낮때}가 겨웠었다.

새서방이 찰락거리고 들어서는 걸 본 색시는 꼬꾸라질 듯이 마당으로 뛰어내려온다. 꼬마둥이며 또 뒤미처 나서는 친정어머니며 동생이 보는 데가 아니면 반가움에 겨워 그대로 얼싸안을 듯하다. 새서방은 배식이 웃고 섰다.

장모도 반겨하고, 마침 앓고 누웠는 장인도 방문으로 고개를 내민다.

"어서 방으로 들어가세…… 잘 오기는 왔네마는 추운데 오느라구 고생했네."

장모가 이런 소리를 하면서 방으로 인도하재도 새서방은 그래도 서서 있다.

"어서 방으로 들어가요, 응?"

색시가 들여다보면서 애기 어르듯 하니까 새서방은 차차로 볼때기가 나오더니,

"집에 가!"

한다.

여섯 살배기의 처제까지 모두 웃는다. 색시도 웃기는 웃으나 그의 고집을 알기 때문에 단단히 속으로는 걱정이 된다.

"어쩌나…… 그러지 말구, 자아 어서 방으로 들어가요! 추워서 말두 잘 못 하믄서……."

"집에 가!"

“호호호, 아 나두 오래간만에 우리 어머니 아버지한테 왔으니깐
좀 편안히 있다가 가예지! 응? 그렇잖어?”

“집에 가!”

“글쎄, 가던 안 가던……”

장모가 보기에 하도 답답해서 달래는 말이다.

“방으루나 들어가서 이애기를 해야지 원, 우리 착한 새서방님이
이럴 디가 있더람! 자아 어서.”

“어서 일러서 들어오너라…… 그 자식이 고집두 유난하구나! 춥
다, 어서 들어오너라.”

장인도 내다보고 있다 못해 말을 거든다.

그래도 꼼짝 않는 것을 색시가 할 수 없이 아무튼 그러면 가기는
갈 테니 위선 방으로 들어가자고 짐짓 조르니까 겨우 마음이 조금
풀리는지 비실비실 방으로 따라 들어온다.

5

이튿날 오때가 훨씬 겨웁고 거진 새때나 됨직해서 색시는 새서방
을 앞세우고 친정집을 나섰다.

도무지 장인이고 장모고 색시고 천하 없어도 그의 고집을 당해
낼 수가 없었다. 어제 당도하던 길로 그렇게 고집을 부리면서 점심

을 주어야 먹지도 않고 저녁도 안 먹고 옴파듯이 속을 오목하게 파듯이 앉아 조르기만 했었다.

졸리다가 못해 되는대로, 그러면 오늘은 날이 기왕 저물었으니 내일 아침에 일찍 가자고 졸랐다. 그 말에 또 한 번 솔깃해서 저녁밥을 먹는 시늉, 그 밤을 지냈다.

날이 훤히 밝자 일어나 앉아서 가자고 졸라댄다.

조반도 안 먹고 점심때가 되니까는 필경 울음을 내놓는다.

인제는 아무렇게도 도리는 없고 다만 한 가지, 색시가 같이 시집으로 오는 것뿐이다. 사맥일의 내력과 갈피이 이렇게 다급했던 것이다. 색시는 참말 딱했다.

새서방이 이쯤 따르고 하는 걸 여겨, 가령 근친을 와서 오래 편안히 있지 못하고 닷새 만에 도로 가는 것이야 글로 메꿀 수도 없는 것은 아니다. 실상 말이지 근친이라고 왔대야, 생각하더니보다는 그다지 즐거움도 모르겠고 흡사히 남의 집에 온 것 같아 하루바삐 시집으로 돌아가고 싶은 생각이 오던 그 이튿날부터 나지 않은 것도 아니었다. 더욱이 저를 잃어버리고 풀죽어 있을 새서방의 양자얼굴의 생긴 모양가 눈에 암암 밟혀 밤으로도 편안한 잠을 이룰 수도 없었다. 하니 어떻게 생각하면 무지금코미련하고 어리석은 듯이 일찌감치 돌아가는 것이 일변 좋지 않은 것도 아니다.

그러나 시집에 대한 인사를 못 차려서 일이 아니다. 명색 근친이라고 왔던 길이니, 시부모의 버선 한 켤레 주머니 염낭 하나씩이라도 해가지고 돌아가야 할 것이고, 다만 인절미 한 고리짝이라도 지워가지고 갔어야 할 것이다. 그런데 이처럼 맨손이다. 민망하여 얼굴을 들고 시부모를 보랴 싶다.

겨우 술 한 병에 마침 동리 사람이 꿩 사냥을 해둔 게 있어서 그놈 한 자웅을 구해가지고 나서는 수밖에 없었다. 꿩은 새서방이 보따리에 꾸려 짊어지고 술은 색시가 손에 들었다. 부친은 앓고 누워 기동을 못 하고 그렇다고 누구 마음맞게 배웅해줄 사람도 없어 모친이 겨우 오 리가량 따라나와 주었다. 이럴 줄 알았으면 어저께 데리고 온 꼬마둥이라도 잡아두었을 것을, 하고 후회도 했으나 역시 후회될 따름이다.

그러나 해는 좀 기울었다지만 아는 길이니 저물기 전에 재만 넘어서면 그다음에는 평탄한 들판인즉 좀 저물더라도 그리 상관은 없으리라는 안심으로 그것도 묻뜨리고 나선 것이다.

아침부터 잔뜩 흐렸던 하늘에서는 금시로 눈이 쏟아질 것 같다. 바람이 또한 여간만 차고 거세게 불지를 않는다. 오 리 바탕이나 바래주러 따라나왔던 모친이, 딸이 근친이라고 왔다가 느닷없이 이렇게 쫓겨가고 있는 양이 새삼스럽게 어이가 없어 뻐언히 보고 섰을 무렵부터 눈발이 하나씩 둘씩 포올폴 날리기 시작했다. 바람도 차차로 더 거칠어, 걸음 걷는 앞으로 채어든다. 그러던 것이 필경 재 밑에까지 당도했을 때는 이미 사나운 눈보라로 변하고 말았다. 바람은 사정없이 앞을 채이는데 눈발이 미친 듯 휘날려 걸음도 걸을 수가 없거니와 가는 길이 어떻게 되었는지 분간할 수가 없다.

색시는 겁이 더럭 나고, 어쩐지 마음이 내키질 않았다. 새서방은 보니 입술이 새파랗게 얼어가지고 달래달래 떤다. 어떻게도 애처로운지 차마 볼 수가 없다. 그럴수록 자꾸만 더 뒤가 돌아뵌다. 시방이면 한 십 리 길밖에 오지 않았으니 친정집으로 돌아가도 그리 어려울 것은 없을 듯싶다. 그래 새서방더러 그렇게 했다가 내일 날이 들거든 오자고 댈래니까, 그건 죽어라고 도리질을 한다. 색시는 할 수 없이 새서방이 짊어진 보따리를 벗겨 제가 한편 어깨에 걸치고 한 손으로 새서방의 손을 잡아 이끌면서 재를 오르기 시작했다.

비탈은 험한데 길이래야 겨우 발이나 붙임직한 소로다. 그 위에다가 눈이 벌써 허옇게 덮였으니 어느 것이 길이고 아닌지 알아보기가 어렵다. 우환격정이나 근심 중에 바람이 앞을 채이고 자욱한 눈발이 시야를 가로막으니 짐작 삼아 더듬고 간다는 것도 대중을 할 수가 없다.

드디어 길을 잃고 말았다.

하마 마루턱까지는 올라왔으려니 싶은데 그대로 올라가는 길이다. 그런가 하고 한참 올라가노라면 갑자기 내리쏠리는 비탈이 앞으로 기울어졌다. 비탈을 겨우겨우 내려가면 도로 또 올라가는 언덕바지언덕의 꼭대기다.

색시는 옳게 겁이 나고 마음이 다뿍 급해서 허둥지둥한다. 새서방은 손목을 잡혀 매달려 오면서 세 걸음에 한 번씩 꼬꾸라진다. 와

들와들 떨면서 얼굴이 사색이다. 참다못해 새서방을 들쳐업었다돌러업었다. 업고 나서니 새서방은 편할지 몰라도 색시는 더 어렵다. 꿩을 싼 보따리는 띠 삼아 동쳐맸다지만동여맸다지만 손에 든 술병이 여간만 주체스럽질 않다.

새서방을 들쳐업고 다시 얼마를 헤매는 동안에 길은 종시 찾지 못했는데 날이 깜박 저물었다. 눈보라는 더욱 사나워 세 걸음 앞이 보이질 않고 바람은 앞뒤로 치어 퍽퍽 꼬꾸라뜨린다.

등에 업힌 새서방은 어엉엉 울어댄다. 춥고 배가 고프다는 것이다.

그도 그럴 것이 어제부터 고집을 쓰노라고 끼니를 변변히 먹지 않았으니 묻지 않아도 배는 고플 것이다. 속이 비었으니 춥기도 한결 더할 것이고.

그러나 춥고 배가 고프기는 새서방만이 아니다. 색시도 새서방이 밥을 안 먹고 하는 운김에 어제 점심부터 오늘 점심까지 줄곧 설쳤기 때문에 시방 여간만 속이 허한 게 아니요, 따라서 추위도 더 심하다.

등에 업힌 새서방의 우는 소리에 애가 녹다 못해, 색시는 치마를 벗어서 덤쑥덥썩 무릅씌운다뒤집어서 머리에 덮어씌운다. 그러나 그것 한 껍데기 벗어버린 색시는 갑절이나 더 추웠어도 새서방이 그만큼 갑절 따스운 것은 아니다. 다시 얼마를 헤맸는지 모른다.

눈보라도 눈보라려니와 인제는 날이 아주 어두워져 지척아주 가까운 거리을 분간할 수가 없다. 앞으로 옆으로 허방땅바닥이 움푹 패어 빠지기 쉬운 구덩이을 딛고는 쓰러진다.

그렇게 쓰러지기까지 하노라고 더욱 기운이 빠져 아주 기진맥진한 걸음도 옮겨놓기가 어렵게 되었다. 기운이 없을 뿐만 아니라 정신도 아득하니 횡총망총해진다 정신이 맑지 못하고 흐리게 된다.

그러한 중에도 한 가지 등에서 우는 새서방을 생각하여 이래서는 안 되겠다고 정신을 가다듬고 기운을 차려가면서 구르듯 기어가듯 하는 참인데, 그럴 무렵에 어쩌다가 한번 앞으로 푹 꼬꾸라지는 손에 잡혀지는 것이 있었다.

어떻게도 반가운지.

그것은 논바닥의 벼포기였다.

벼포긴 줄 알자, 인제는 산중을 벗어져 나왔구나 하는 안심에 그대로 펄씬 펄썩 주저앉아버렸다. 다시 일어날 기력이 없기도 하려니와 그는 시진한 기운이 빠져 없어진 정신에 시방 좀 쉬어 가자는 생각이 든 것이다. 이 눈보라 속에서 쉬어 가자고 주저앉아 있는 것이 벌써 정신을 차리지 못한 것인 것은 말할 것도 없다. 그러나 그러한 중에도 등에 업었던 새서방을 내려서 제 품안에 담쑥 안고 치마로 싸주고 하기를 잊지 않았다.

하는 동안에 정신이 차차로 더 오리소리하고 정신을 차리지 못하고, 그러자 새서방의 우는 울음소리가 차차로 차차로 멀어감을 알았다.

'혼자 먼첨 가나 보다. 그렇다면 다행이지!'

여기까지 생각하다가 깜박 정신을 놓아버렸다. 새서방은 그대로 울고 있고…….

6

그날 밤, 그리 깊든 않아선데, 동리 사람 몇이 마침 재를 넘어오다가 길옆 논바닥에서 사람 우는 소리를 들었다. 그들은 처음 귀신 우는 소린 줄 알고 모두 머리끝이 쭈뼛했으나 일행이 여럿이기 때문에, 대체 그놈의 귀신이 어떻게 생긴 것인지 좀 본다고 쫓아와서 횃불을 비추어 보니 봉수네 내외였다.

꽁꽁 얼어서 오그라 붙은 색시와 다 죽어가는 새서방을 동리 사람이 업어오기는 했으나 색시는 영영 소생을 못 했고, 새서방만 무사히 살아났다.

7

봉수는 죽은 색시를 잊지 못했다. 언제고, 분홍 저고리에 갈매옥색 치마를 입고 해죽 웃는 얼굴에 이쁜 보조개가 옴폭하니 패는 색시가 눈에 밟혔다. 봉수는 이렇게 색시의 얼굴을 생각해보는 것이 슬프면서 그게 기쁨이었다.

그러는 동안에 그의 나이 열셋, 열넷, 열일곱, 스물 더해가고 사람도 자라 철이 들어갔다. 그러나 분홍 저고리에 갈매옥색 치마를 입고 보조개가 옴폭 패게 웃는 색시의 환영은 그대로 가슴속에서 사라지지 않았다. 도리어 점점 더 뚜렷해갔다.

스무 살 때에 그의 부모가 다시 장가를 들이려고 했으나 봉수는 막무가내로 듣지를 않았다.

스물다섯 살까지에 양친이 다 돌아가자, 봉수는 집과 살림과 밭뙈기와 논 몇 마지기를 모조리 팔아가지고 동리를 떠났다. 누구의 말에는 어느 산중에 들어가서 중이 되었다고도 한다.

8

"누구의 말에는 산중에 들어가서 중이 되었다고 한답디다."

이 말로 노장의 이야기는 끝이 났다. 나는 비로소 이 노장의—아주 속세의 인정사와 인연이 없는 성불러도, 기실 지극히 슬픈 인정 비화세상의 드러나지 아니한 따뜻한 이야기의 주인공인—내력을 안 것 같아서 혼자 고개를 끄덕거렸다.

"그래 노장, 올에 연치나이가 어떻게 되셨나요?"

"내 나이요? 허! 여든둘이랍니다."

"여든둘…… 그러니 칠십 년이군! 칠십 년, 칠십 년, 일 세기 가까운 순정!"

나는 혼잣말로 이렇게 중얼거리다가 다시 물어보았다.

"그래 시방두 그 분홍 저고리에 갈매옥색 치마를 입고 볼에 보조개가 옴폭 패는 색시가 늘 보입니까?”

“실없는 말씀을!”

노장은 나를 나무라면서 눈을 감고 고개를 숙이고 합장을 한다.

머리 없는 머리와 숙인 이마로 흔적 없이 드리운 비애, 흰 눈썹에 은실 같은 수염, 그림같이 청아한 얼굴, 숨도 쉬지 않는 듯한 정적…… 이런 것이 모두 아까와 같았으나 대하는 나에게는 새로이 인상이 핍절했다 진실하여 거짓이 없고 매우 간절했다.

윗목에서는 상좌가 여전히 꼬부리고 누워 숨소리 고르게 자고 있다. 잊었다가 생각이 난 듯 쇄아 하니 밖에서 바람이 일어 낙엽을 흩뜨린다. 찬 기운이 방 안으로 스며들면서 등잔의 들기름 불이 가느다랗게 춤을 춘다. 아랫목 벽에 어린 노장의 꼼짝도 않는 그림자가 홀로 얼씬거린다.

—1938년

소망

남아여든 모름지기 말복날 동복을 떨쳐 입고서 종로 네거리 한복판에 가 버티고 서서 볼지니…… 외상진 싸전가게 앞을 활보해볼지니…….

아이, 저녁이구 뭣이구 하두 맘이 뒤숭숭해서 밥 생각도 없구…….

괜찮아요, 시방 더위 같은 건 약관걸.

응. 글쎄, 그 애 아버지 말이우…… 대체 어떡허면 좋아! 생각허면 고만.

냉면? 싫어, 나는 아직 아무것두 먹구 싶잖어. 그만두구서 뭣 과일즙이나 시원하게 한 대접 타주. 언니는 저녁 잡섰수? 이 집 저녁 허구는 꽤 일렀구려.

아저씨는 왕진 나가셨나 보지? 인력거가 없구, 들어오면서 들여
다보니깐 진찰실에도 안 기실 제는…….

옳아, 영락없어. 그 아저씨가 진찰실에두 왕진두 안 나가시구서,
언니허구 마주 안 붙어 앉었을 때가 있다가는 큰일나라구?

원 눈두 삐뚤어졌지. 우리 언니 저 아씨가 어디가 이쁜 디가 있다
구 그래! 시골뜨기는 헐 수 없어. 아따 저 누구냐 ‘쇠알?’ 읽은 지가
하두 오래돼서 다 잊었네, 뭣이냐 《보바리 부인》 남편 말이야…….

허는 소리 좀 봐요. 늙어가는 동생더러 망할 년이 뭐야? 하하하.
내가 웃기는 웃는다마는, 남의 정신이지 내 정신은 하나두 아니야.

양복장 새루 맞췄다더니, 벌써 들여왔구려. 아담스럽게 이쁘우.
제엔장! 나는 더러 와서 언니네가 모두 이렇게 재미나게 사는 걸 본
다 치면, 새앰이 나구 속이 상해 죽겠어.

무얼? 양복장을 하나 사주겠다구? 언니두 참! 누가 그까짓 양복
장 말이우? 그런 건 백날 없어두 좋아. 낡으나따나 한 개 있으면 그
만이지 뭐. 가난해서 좀 고생허구 그러는 건 아무렇지도 않어요.

글쎄 다 같은 한 아버지 딸에 한 어머니 태 속에서 생겨나가지굴
랑, 꼭 같이 자라구 꼭 같이 공부허구 그랬으면서두 언니는 이렇게
안존허게 아무 근심 없이 사는데, 나는 하필 그이 때문에 육장<sup>한 번도
빼지 않고 늘</sup> 애가 밭구^{근심, 걱정 따위로 몹시 안타깝고 조마조마하고} 맘이 불안허
니, 그런 고루잖을 디가 어디며, 생각하면 화가 더럭더럭 난다니깐.

구식 여자들이 걸핏하면 팔자니 사주니 하는 게 아마 그런 소린

가 봐. 아닌 게 아니라 미신이라두 좋으니 오늘 같아서는 어디 무꾸리무당이나 판수에게 길흉을 점침라두 가서 해보구 싶습디다.

그러나마 참 사람이라두 변변치 못했을세말이지, 아 유식하것다, 기개 좋것다, 무엇 굽힐 게 있수? 부모 유산 넉넉히 못 타구난 거야 어디 그이 탓이우? 돈이야 부자질 안 할 바에 기를 쓰구 모아서는 무얼 해.

애개개!

그이는 이 집 아저씨더러 하등동물이란다우. 병자 고름 긁어서 돈이나 모을 줄 알지, 세상이 곤두서건 인간이 돼지가 되건 감각두 못 허구, 그저 맛있는 음식에 좋은 옷, 편안헌 집에서 호박 같은 마나님이나 이뻐허구, 그런 것밖에는 아무것두 모른다구, 하하하. 언니두 그런 줄은 잘 아는구려?

참, 결혼을 하면 남편 성질을 닮는다는데, 그게 정말인가 봐? 우리가 어려서는 언니가 되려 신경질루 감정이 섬세허구 잔 결벽이 유난스럽구 했는데, 그리구 나는 털펑이덜렁이구. 안 그랬수? 그랬는데, 시방은 꼭 반대니. 아무튼 나두 언니처럼 의사허구 결혼이나 했더라면 시방쯤 언니 부러워 않구서 엄벙덤벙 아무 근심 없이 살아 갔을 거야.

네에, 옳습니다. 이번에는 내가 언니한테 졌습니다. 가치는 어디루 갔든지 간에 당장 언니가 나보담 팔자가 좋구, 그걸 내가 한편으루 부러워하는 게 사실은 사실이니깐요.

그러나저러나 대체 어떡허면 좋수? 이 일을…….

나 혼자서 두루두루 생각다 못해 이 집 아저씨허구나 상의를 좀 해볼까 허구서 부르르 오기는 왔어두, 상의를 하자면 그새 통히^{도무지} 토설^{숨겼던 사실을 비로소 밝히어 말함}을 않던 속사정을 다 자상하게 언니한 테랑 설파를 해야 허겠구, 그랬다가 그런 줄을 그이가 알든지 헐 양이면 성미에 생벼락이 내릴 테구, 멀쩡한 사람 가져다 미친놈 만들려구 헌다구. 그래서 섬뻑 엄두가 나든 않지만, 그래두 어떡허우. 증세가 좀처럼 심상치 않어 뵈구, 그러니깐 도리를 좀 차리기는 차려야지만 헐 것 같은데.

이 집 아저씨 동창이든지 친구든지 누구 신경과 전문하는 이 없나 모르겠어?

신경쇠약이냐구?

그렇지, 신경쇠약은 신경쇠약이지 뭐. 그런데 시방은, 오늘버텀은 암만해두 여니 우리가 생각하는 신경쇠약에서 한 고패^{두 지점 사이를 왕복하는 일}를 넘을 기미야.

언니네는 시골서 올라온 지 얼마 안 되구, 또 내가 이것저것 털어놓구 설파를 안 했구 해서 모르기두 했겠지만, 실상 나두 그새까지는 좀 심한 신경쇠약이거니, 신경쇠약으루 저만큼 심하니깐 더 도질 리야 없구 차차 나아가겠거니, 일변 걱정은 하면서두 한편으루는 낙관을 허구 있었더라우.

아, 그랬는데 글쎄 오늘은, 아까 점심 나절이야. 사람이 사뭇 십</sup>

년감수를 했구려. 시방두 가끔 이렇게 가슴이 울렁거리군 하는걸.
내 원 참, 어떻게 생각하면 어처구니가 없기두 허구.

아까 그게 그러니까 두 시가 조꼼 못 돼서야. 부엌에서 무얼 좀
허구 있는 참인데 뚜벅뚜벅 구두 소리가 나요.

무심결에 돌려다 봤지. 봤더니, 웬 시꺼먼 양복쟁이야, 첨에는 몰
라봤어. 그래 웬 사람인가 허구 자세 보니깐, 그이겠지! 그이가 쇠
통^{온통} 글쎄 겨울 양복을 꺼내 입었어요. 이 삼복중^{초복, 중복, 말복 기간}
에 겨울 양복을.

저를 어쩌니, 가 아니라 뭐 정신이 아찔하더라니깐.

그게 제정신 지닌 사람이 할 짓이우? 하얀 아사^{삼베} 양복을 싹 빨
아 대려서 양복장에다가 걸어준 걸 두어두구는, 이 삼복 염천^{몹시 더운}
^{날씨}에 생판 겨울 양복허구두 그나마 뭐 홈스팡이라든지, 그 손꾸락
같이 올 굵구 시끄무레한 거, 게다가 맥고모자^{밀짚모자}며 흰 구두까
지 멀쩡할 걸 놓아두구서 겨울 모자에 검정 구두에 넥타이 와이샤
쓰꺼정 언뜻 봐두 죄다 겨울 거구려.

그러니, 그렇잖어두 늘 맘이 조마조마하던 참인데, 문득 그 광경
을 당허니 얼마나 놀랬겠수? 내가 말이야. 그냥 가슴이 더럭 내려
앉구, 어쩔 줄을 모르겠어. 팔다리허며 입술이 사시나무 떨리듯 떨
리구.

아이머니, 저이가아! 이 소리 한마디를 죽어가는 소리루 겨우 입
술만 달싹거리구는 넋이 나간 년매니루 멍하니 섰느라니깐, 그이

좀 보구려! 마당에 우뚝 선 채 나를 마주 뻐언히 바라보더니, 아 혼자서 벌씸허구 웃겠지! 웃어요, 글쎄.

작년 가을 이짝 도무지 웃는 일이라구는 없던 사람이, 근 일 년 만에 웃는구료. 전에 혹시 무슨 유쾌한 일이 있든지 허면, 벌씸허구 웃던, 꼭 그런 웃음째야. 일변 반갑기두 허구, 그러면서구 가슴이 더 두군거려쌓는군. 그럴 게 아니우? 일 년짝이나 웃질 않던 사람이 갑자기 웃으니, 여편네 된 맘에 웃는 그것만은 반가워두 저이가 영영 상성^{본성을 잃어버리고 전혀 다른 사람처럼 됨}이 된 게 아닌가 해서 말이야.

어떻다구 맘을 진정헐 수가 없구, 눈물이 좌르르 쏟아지는 것을, 그제야 힝허케 마당으로 쫓아나가서 두 팔을 덥썩 잡었대지만, 목이 미어 말이 나오우? 그이는 내가 사색이 질려가지구는—내 얼굴이 다 죽었을 게 아니겠수? 그래가지구는 당황해허다가 끝내 울구 달려나오니깐, 첨에는 성가신 듯이 이맛살을 찌푸리더니, 용히 재갸^{자갸. 자기를 조금 높여 이르는 말} 차림새가 생각이 나던가 봐. 힐끔 아랫도리를 한번 내려다보더니 좀 점직하다는^{부끄럽고 미안하다는} 속인지, 피쓱 웃어요. 그 웃는 데 사람이 애가 더 받더라니깐.

"왜 그래? 여름에 동복을 좀 입었기루서니, 왜 죽는 시늉이야?"

혀를 끌끌 차면서 얼굴 기색허며 말소리허며 아주 천연덕스럽구 전대루지, 죄끔두 공허헌 데가 없어요. 사람이 실성을 하면 어덴지 말하는 음성이며 태도허며 건숭이구 공허해 보이잖우?

"천민! 속물! 세상이 곤두서는 데는 태평이면서, 옷 좀 거꾸루 입은 건 저대지 야단이야.”

속물이란 소리는 노상 듣는 독설이구, 나는 그이 눈을 주의해 보느라구 경황 중에두 정신이 없지. 저 뭣이냐, 사람이 영 미치구 나면 눈자가 틀린다구 않수?

그런데 암만 찬찬히 파구 보아야 전대루 정기가 들구 맑지, 뭐 아무렇지두 않어. 그래두 그걸루 어디 안심이 되우?

그래 팔을 잡아 흔들면서 ‘아이, 여보오’ 부르니까,

“왜 그래 글쎄!”

하면서 보풀스럽게 모질고 날카롭게 톡 쏘아붙이는 것까지두 여전해요.

“대체, 이 모양을 허시구 어디를 나갔다가 오시우?”

분명 어디를 나갔다가 오는 참이야. 얼굴이 버얼겋게 익구, 땀을 흠벅 흘리는 게. 탈은 거기가 붙었어, 탈은.

아아니, 그이가 글쎄 갑작스레 의관 남자가 정식으로 갖추어 입는 옷차림을—동복은 동복이라두—단정허게 차리구서는 출입을 허다께. 그게 사람이 기색을 헐 노릇이 아니우? 이건 천지가 개벽을 했다면 모르지만.

그이가 작년 초가을에 신문사를 그만두던 그날버텀서 인해 일 년짝을 굴속 같은 그 건넌방에만 처박혀 누워서는, 통히 출입이라구 하는 법이 없구, 산보가 다 뭐야, 기껏해야 화동 사는 서씨라는 친구나 닷새에 한 번큼, 열흘에 한 번큼 찾어가는 게 고작이더라우.

그러구는 허는 일이라는 게 책 들이파기, 신문 잡지 뒤지기, 그렇잖으면 끄윽 드러누워서 웃지두 않구, 이야기두 않구, 입 따악 봉허구서는 맘 내켜야 겨우 마지못해 묻는 말대답이나 허구, 그러다가는 더럭 짜징이 나가지굴랑 날 몰아세기나 허구, 그럴 때만은 여전히 웅변이지. 그러니 나만 죽어날밖에.

아, 아무 데두 맨 데가 없는 몸이것다, 좀 좋수? 집 뒤 바루 중앙학교 후원으로 해서 조금만 가면 삼청동이요, 풀이 있것다, 마침 태호 녀석이 유치원두 쉬는 때라, 동무가 없어서 어린것이 심심해 못 견디기두 허구 허니 기직왕골껍질이나 부들 잎으로 짚을 싸서 엮은 돗자리이나 한 닢 들구 그 애 손목이나 잡구, 매일 거기라두 가서 물에두 들어가 놀구, 물에 지치거든 그늘 좋은 솔밭으루 나와 누워서 독서두 허구, 그러노라면 몸에두 좋구 더위두 잊구 또 아는 사람두 만나구 새루 사귀는 사람두 생기구 해서, 어우렁더우렁 만사 다 잊구 지낼 게 아니겠수? 그런 걸 글쎄, 내가 혀가 닳두룩 말을 해두 안 들어요. 냅다 날더러 신경이 둔한 속물이 돼서 자꾸만 보기 싫은 인간들허구 섭슬려한께 섞여 휩쓸려 돼지처럼 엄벙덤벙 지내란다구 독설이나 뱉구.

그뿐인가 뭐. 언니두 알 테지만, 집에서 어머니가 지난 첫여름버틈 벌써 네 번째나 편지를 하셨다우. 아이 아범이 올해는 아무 데두 맨 데가 없다면서 예가 바루 해변이것다, 넉넉진 못하지만 느이들이 서울서 지내느니보담야 다만 성한 생선 한 토막을 먹어두 나을 테니, 집일라컨 예서 서울 속내 잘 알구 착실한 여인네 하나가 마침 있으니깐 올려보내서, 한여름 동안 집을 봐주게 하께시니, 부디 어린놈 데리구 세 식구 다 내려와서 이 여름 더웁잖게 지나라구, 제일에 내가 어린놈이 보구 싶어 못 살겠다구, 그리구 요전번 네 번째 하신 편지에는 혹시 여비라두 없어서 못 내려가는 줄 아시구서 내려오겠다면, 집 보아줄 사람 올려보내는 편에 돈을 얼마간 보낼 테니 곧 기별허라구까지 허셨구려.

사우^{사위} 이뻐할사 장모라구, 그게 다 딸이나 외손주놈보담두 실상 알구 보면 그 알뜰한 사우 양반 생각허시구, 그러시는 거 아니우? 그러니 말이우. 그렇게 살뜰스럽게 오래지 않는다구 하더래두, 딴 비발^{비용} 써가면서 남들은 위정 피서두 갈라더냐. 거봐요! 언니네는 갈 맘이 꿀안 같어두 속으로는 하고 싶은 생각이 간절해두 못 가잖수. 그러니 글쎄 선뜻 내려갔으면 오죽 좋수?

그러나마 처가래야 처남인들 하나나 있으니, 어려운 생각이며 편안찮은 맘이 나겠수? 장인 장모 단 두 분이것다, 참말이지 재갸 본가집보담두 더 임의롭구 자유롭고 호강받이루 지낼 건데.

내가 얼마를 졸랐다구. 그래두 영 도래질^{도리질}이야. 그러구는 헌닷 소리가 '나를 목을 베어봐라, 단 한 발이라두 서울서 물러서나', 이러는구려!

대체 무엇이 그다지 서울이 탐탁해서 마음에 들어 만족해서 죽어두 안 떠날 테냐구 캘라치면 '네까짓 것 하등동물이, 동아줄 신경이, 설명을 해준다구 알아들으면 제법이게? 설명해서 알 테면 설명해주기 전에 알아챌 일이지', 이러면서 몰아세요.

그러구두 졸리다 졸리다 못하면, 임자나 태호 데리구 가겠거든 가래는 거야. 웬만하거든 아주 영영 가버리라구. 시방, 세상에 통째루 사개_{모퉁이를 끼워 맞추기 위해 서로 맞물리는 끝을 들쭉날쭉하게 파낸 부분}가 벙그러지는_{벌어지는} 판인데 부부구 자식이구 가정이구 그런 건 다 가버리라구. 고담 같대나. 내 어디서 원.

왜 혼자라두 안 가느냐구 말이지? 언니두 그런 말 마시우.

허기야 참, 몇 번 벼르기두 했더라우. 그래두 차마 훌쩍 못 떠나가겠습디다. 그런 사람을 여기다가 떼어놔두구서 나 혼자 가다께 될 말이우? 것도 신경이 노말한 사람이면 몰라. 그렇지만 병인인걸, 병인을 혼자 남의 손에 맡겨두구서야 어디.

에구 무척! 언니는 아저씨라면 들입다 깨질 똥단지 위하듯 위하면서, 하하하, 내가 그이 물이 들어서 자꾸만 이렇게 입이 걸쭉해가나 봐.

신문사 나온 거? 뭐 누구 동료나 손윗사람허구 다투거나 의견 충돌이 생겼던 것도 아니구, 그저 불시루 그날 그 자리서 사직원을 써서는 편집국장 앞에다가 내놓구 나왔다는걸. 그게 벌써 신경이 심상찮어진 표적이 아니우?

신문사서두 어디루 보구, 어떻게 생각했던지 첨에는 편지가 오구, 둘째 번은 정치부장이 오구, 셋째 번에는 사장의 전갈이라구 편집국장이 명함을 적어 보내구, 도루 사에 나오라는 권면이야. 그래두 번번이 몸이 건강칠 못해서 일 감당을 못 하겠다는 핑계만 대지,

종시 움쩍을 안 했더라우.

남들은 다 같이 대학을 마치구 나와서두 삼사 년씩 취직을 못 해 쩔쩔매는 세상에, 그해 동경서 나오던 멀루 신문사에 들어갔구, 인해 오 년이나 말썽 없이 있어 왔으니깐, 그만하면 신문사 인심두 얻구 또 사장두 자별하게 대접을 했답디다. 그런 것을 헌신짝 벗어 내던지듯 내던지구는 사람마저 저 지경이 됐으니…… 허기는 눈동자가 옳게 박힌 놈은 이 짓 못 해먹겠다구, 그 무렵에 바싹 더 침울해 허기는 했었지만서두.

생활비?

뭐 그저, 작년 가을 겨울 두 철은 신문사서 나온 퇴직금 한 삼백 원 되는 걸루 그럭저럭 지냈구, 올봄으루 첫여름은 시댁에서 두 번인가 백 원씩 보낸 걸루 지내는 시늉은 했지만.

시댁두 별수는 없구, 막내 시아재(시동생)가 작년버텀 금광을 해요. 그리 우난 건 아니지만, 동기간이 객지서 어려이 지낸다구 가끔 돈 백 원씩 그렇게 띄워 보내군 했는데, 그 뒤에 광이 팔리기루 됐다나 봐. 팔리기만 하면은 몇만 원 생길 텐데, 매매에 걸려가지구는 두 달 장간(긴 동안)이나 오늘내일 밀려 내려오기만 허구, 돈이 들어오덜 않는 대나 봐. 그걸 바라구 있다가 우리두 고슴도치 오이 지듯 빚을 다 뿍 짊어진걸.

그렇지만 괜찮아요. 영 몰리면 집은 우리 것이니깐 팔아서 빚두 가리구 한동안 먹구살 거리만 냉기구서 시외루 오막살이나 한 채 얻어 나앉지. 그런 것은 나두 뱃심 유해졌다우. 의식주 같은 건 근심하지 말구서, 돼가는 대루 살아가기루.

정말이지 그런 건 죄꼼두 걱정두 안 되구, 위협두 느끼잖어요. 그저 그이만 몸을 도루 일으켜가지구, 생화야 있든지 없든지 남처럼 활달하게 나돌아다니구 허기만 해주었으면, 뭐 내가 어디 가서 빨래품을 팔아다가 사흘에 한 끼씩 먹구 살아두 좋아요.

흰말이 아니라우. 진정이야. 그런데 글쎄, 아유 답답해! 아, 밖에 나가서 돌아다니구, 뭐 삼청동 풀에를 다니고, 피서를 떠나구, 그런 것두 외려 열두째야. 내 참!

언니두 와서 봤으니깐 알 테지만, 우리 집 건넌방이라는 게 그게 방이우? 여름 한철은 도무지 사람이 거처를 못 해요. 앞문이 정서향으루 나놔서 오정만 지나면 그 더운 불볕이 쨍쨍 들이쬐지요. 게다가 처마 끝 함석^{표면에 아연을 도금한 얇은 철판} 채양^{햇볕을 가리거나 비가 들이치는 것을 막기 위해 처마 끝에 덧붙이는 좁은 지붕}에서는 후끈후끈 더운 기운이 숨이 막히게 우리지요. 북창 하나 없구 겨우 마루루 샛문이 한쪽 났다는 게 바람 한 점 드나들덜 않지요. 뭐 방 속이 아니라 영락없는 한증가마 속이야. 나더러는 단 십 분을 들앉어 있으래두 죽으면 죽었지 못 해. 어느 미쟁이^{미장이} 녀석이 고따우루 소견머리 없이두 집을 지어놨는지.

그런 걸 글쎄 그이는 꼬박 그 속에서 배겨내는군. 가을이나 겨울이나 또 봄철은 외려 괜찮아요. 아, 이건 이 삼복중에 그 뜸가마 속

에서 끄윽 들박혀 있으니, 더웁긴들 오죽허며, 여느 사람두 더위에
너무 부대끼면 신경이 약해져서 못쓰는 법인데, 이건 가뜩이나 뭣
한 사람이 그 지경을 허구 있다께, 멀쩡한 자살이 아니우?

제발 마루루라두 나와서 누웠으라구, 경을 읽어두 안 들어요. 마
룬들 그다지 신통헐꼬만서두, 그래두 건넌방보담은 덜허구, 또 안방
은 앞뒷문으루 맞바람이 쳐서 제법 시원하다우.

단 두 내외에 어린놈 하나것다, 남의 식구라구는 없으니, 아닐 말
루 활씬 벗구는 여기저기 시원한 자리루 골라 눕던 못허우?

성가시구 다 힘이나 드는 노릇이라면, 그두 몰라. 누웠던 자리에
서 몸 한 번만 뒤치면 마루루 나와지구, 또 한 번만 뒤치면 안방 뒷
문 치루 옮아 누워지구 하는걸, 웬 고집이며 무슨 도섭^{능청맞고 수선스}
^{럽게 변덕을 부리는 짓}으루다가 고걸 꼼지락거릴라구 않구서, 생판 뜸가
마 속에서만 늘어붙어설랑 육성으루 그 고생이우?

가슴이 지레 터지구, 내가 얼마나 폭폭하겠수? 사뭇 살이 내려요.

허기야 사람이 전에두 고집이 세구 신경질이 돼서 편성^{한쪽으로 치}
^{우친 성질}이구 허기는 했지만, 시방 저러는 건 고집두 편성두 아니구
서, 그저 나무토막이구 돌덩어리라니깐. 그러니 병이지, 병이 아닌
담에야 어디 그럴 법이 있수.

병원? 진찰?

흥! 그런 말만 내보우. 생사람 하나 죽구 말지 안 돼요. 안 되구,
아까 이야기하다가 말았지만, 여기 아저씨가 누구 잘 아는 이루 신

경과 전문의사가 있으면 미리 짜구서, 그런 눈치 저런 눈치 뵐 게 아니라 놀러온 양으루 어물쩍하구 좀 보아달래야지, 내 억측으루는 천하 없어두 병원에는 데리구 가는 장사는 없어요.

이거 봐요, 글쎄, 오늘은 이런 재주를 다 부려보잖었겠수?

오정이 조끔 못 돼서야. 태호 벙어리를 털으니깐 제법 일 원짜리루 두 장이나 나오구, 죄다 해서 한 오육백 원은 돼요. 옳다구나, 태호허구두 구누를 해가지구서는 모자가 건넌방으루—그 양반이 농성을 허구 있는 그 한증가마 속이었다—글러루 처억 쳐들어갔구려.

들어가설랑, 아 날두 이렇게 몹시 더웁구, 이 애두 벌써 며칠째 어디를 가자구 조르구 허니깐, 우리 가서 수박두 먹을 겸, 물에두 들어갈 겸, 안양이나 잠깐 갔다가 오자구. 듣자니 사람두 그리 많지두 않구, 조용한 자리두 얼마든지 있다더라구. 뭐 있는 소리 없는 소리 주워 보태가면서 은근히 추스르지를 안 했다구요. 태호는 태호대루 내가 외워준 말을 강한다는 외운다는 게 '안양' 먹으러 '수박' 가자구 조르구 앉었구.

첨에는 대답두 안 해요. 그래두 자꾸만 앉어서 조르니깐, 겨우 헌 닷 소리가 '태호 데리구 갔다오구려', 이러는군!

그러면서 슬며시 돌아눕는데, 글쎄 잠뱅이잠방이. 가랑이가 무릎까지 내려오도록 짧게 만든 홑바지만 입구 알몸으루 누웠던 등허리가 땀이 어떻게두 지독으루 났든지 방바닥이 흥건해요. 오죽해서 내가 걸레를 집어다가 닦었으니, 천주학이라구는!

일 그른 줄 알면서두, 그러지 말구 같이 갑시다. 당신두 같이 가서 소풍두 허구 그래야 좋지, 우리 둘이만 무슨 재미루다가 가겠수. 자, 어서 일어나서 우선 냉수루 저 땀두 좀 씻구 그러라구 비선^{비손.}허듯 애기 달래듯 허니깐,

"재미?"

암말두 않구 한참 있다가 따잡듯 시비조야.

"재미라……? 게 임자네 재미 보자구 나는 고통을 받아야 하나?"

"그런 억지소릴라컨 내지두 마시우!"

나두 그제서는 속에서 부애^{부아}가 치밀다 못해 대구 쏠 밖에.

"원, 놀러 가는 게 어쩌니 고통이며, 당신 말대루 설령 고통이 된다구 합시다. 당신 좀 고통받구서, 뭐 나는 둘째야, 저 어린것 하루 실컷 즐겁게 해주면, 그게 못할 일이우?"

"그것두 천하사를 도모하는 노릇이라면……."

"에구! 그저……."

"……."

"글쎄, 여보!"

"……."

"당신 이러다가 아닐 말루 죽기나 하면 어떡허자구 그러시우?"

"헐 수 없겠지. 인간 목숨이 소중하다는 것두 요새는 전설 같아서 까마득허이!"

"드끄러워요! 내가 어디 가서 기두 맥두 없이 죽어버려야 당신이

정신을 좀 차릴려나 보우.”

“알망거리지^{지나치게 약삭빠르고 까다롭지} 않는 여편네는 넉넉 만금 값이 있어. 아닌 게 아니라 아씨의 그 다변은 좀 성가셔!”

“그렇다면 아무래도 나는 죽어야 하겠구려? 당신 성가시지 않게, 또 정신을 버쩍 좀 차리게. 소원이라면 죽어드리리다.”

“나를 위해서…… 죽는다……?”

“빈말이 아니라, 두구 봐요.”

“남을 위해서 내가 죽는 것두 개죽음일 경우가 많아! 제1차 세계대전 후에 아메리카 녀석들이 무얼루 오늘날 번영을 횡재했게! 귀곡성^{귀신의 울음소리}이 이천만이 합창을 하잖나! 억울하다구. 생때 같던 장정 이천만 명!”

“아이구 답답이야! 이 답답. 제에발 덕분 하느라구 저기 마루나 안방으루라두 좀 나가서 누워요. 제에발.”

“그만 입 다물지 못해! 이 하등동물 같으니라고.”

소리를 버럭 지르면서 되사리구 일어나 앉어요, 화가 나설랑.

“이 동물아! 내가 이렇게 꼼짝 않구서 처박혀만 있으니깐, 아무 내력 없이 그러는 줄 알아? 나는 이게 싸움이라구, 이래 봬두. 더위가 나를 볶으니까, 누가 못 견디나 보자구 맞겨누는 싸움이야, 싸움!”

내 원, 어처구니가 없어서.

더 옥신각신해야 되려 그이 신경에만 해롭겠어서 벌떡 일어나 나와버렸지. 속두 상허구, 허는 깐으루는 재갸 말대루 태호나 데리구 안양이라두 곧 가겠어. 그렇지만 어디 그럴 수가 있어야지. 내가 애를 폭신 삭히구 말았지.

그러자 마침 생각하니깐 오늘이 말복이야. 그래, 온 여름 내내 그 생지옥에 처박혀 있으면서 연계영계 한 마리두 못 얻어먹구 꼬치꼬치 야윈 게 애처롭기두 허구, 또 태호두 며칠 설사 끝에 눈이 빠꼼하구, 에라 남대문장에나 가서 연계를 두어 마리 사다가 삶어주리라구, 태호를 앞세우구 나섰지.

그이더러는 장에 가서 닭 사가지구 오마구, 좋은 말루 말을 허구 나가려니깐 되부르더니, 내려가는 길에 싸전가게 주인더러 재갸가 엊그제 시골서 올라오기는 했는데, 일이 여의치가 못했다구, 미안헌 대루 이달 8월 그믐꺼정만 더 참어달라구 이르라는군. 그런 걸 봐두 정신 말짱허잖수?

대놓구 먹던 아래거리 싸전에 묵은 외상값이 한 이십 원 돼요. 그걸 지난봄부터 몇 번 밀어오다가 6월 그믐껜가는 재갸가 돈을 마련하러 시골을 내려가니, 수히쉬이 올라와서 셈을 막어주마구 그랬다는군. 그래놓구는 7월 그믐을 문두룸히우두커니 하는 일 없이 넹겼는데, 글쎄 그이 허는 짓을 좀 봐요. 시골 내려갈 줄루 거짓말을 허구서는, 그담버텀은 그 앞으루 지내다니기가 안됐으니까 화동 서씨네 집을 갈 때면 곧장 내려와서 가회동으루 넘어가덜 못하구서는 위정 중앙학교 뒤루 길을 피해 비잉빙 돌아다니는구려! 애초에 시골이니 뭣이니 할 게 아니라, 그대루 이럭저럭 한동안 밀어가다가 생기는 날

갚어줄 것이지, 또 그래놓구서, 그 앞을 얼찐 못할 건 무엇이며, 사람이 고렇게 소심허다구는! 그런 걸 보면 천하 졸장부야.

그래 아무려나 시키는 대루 싸전엘 들러서 말을 그대루 이르구는 전차를 타고 남대문장까지 가서 연계 세 마리를 털 뜯구 속 낸 걸루 사가지구 그리구 돌아오니깐 한 시가 조꼼 못 됐더군. 아마 한 시간 남짓 했나 봐. 그런데 집에를 당도하니깐, 그이가 어디루 가구 없어요. 집은 텅 비워놓구 대문만 지쳐두구서.

그저 짐작에 화동 서씨네 집에나 갔나 보다구 심상하게 여기구서 별 치의^{의심을 둠}두 안 했지. 늘 동저구리 바람으루 시간 대중 없이 주르르 가군 하니깐. 그랬지, 누가 글쎄 동복을 지성으루 꺼내 입구, 그 야단을 떨었을 줄이야 꿈엔들 생각했수?

그랬는데, 그래 시방 부랴부랴 닭을 삶는다, 또 그이가 칼국수를 좋아허길래 밀가루를 반죽해가지구 늘여서, 썰어서, 삶어 건져놓는다, 양념을 장만한다, 거진거진 다 돼가는 판에, 마침 들어오기는 때맞추어 잘 들어왔다는 게 쇠통 그 모양을 해가지구 처억 들어서지를 않는다구요!

하마 조꼼 뭣했으면 내가 미칠 뻔했다우. 허겁이 아니라 시댁두 시댁이지만 집에서 만약 어머니가 아시면 기절을 하셨지. 그래 겨우 정신을 차려가지구, 그 얼풍아기를 데려다가 마룻전에 걸터앉히구서 모자를 벗기구, 저구리를 벗기구, 조끼를 벗기구, 부채질을 해주구 하면서 대체 어디를 갔다가 오느냐구 재쳐 물으니깐, 종로! 종로를 갔다 온대요. 자그마치 종로를.

나는 기가 막혀서 울다가 웃었구려.

젊은이 망령은 참나무 몽둥이루 고친다는데, 이건 몽둥이질을 하잔 말두 안 나구. 아닌 게 아니라 국수를 늘이느라구 거기 마루에 놓아둔 방망이가 돌려다 보입디다!

"아아니 여보, 말쑥한 여름 양복은 두어두구서 무슨 내력으루 이걸 꺼내 입구, 종로는 또 무엇하러 가신단 말이오?"

"속 모르는 소리 말아. 이걸 떠억 입구 이걸 푸욱 눌러쓰구, 저 이글이글한 불볕에, 어때? 온갖 인간들이 더위에 항복하는 백기 대신 최저한도루다가 엷구 시원한 옷을 입구서 그러구서 허덕허덕 쩔쩔매구 다니는 종로 한복판에 가 당당하게 겨울옷을 입구서 처억 버티구 섰는 맛이라니! 그게 어떻게 통쾌했는데!"

연설조루 팔을 내저으면서 마구 기염을 토하겠지.

"남들이 보구 웃잖습니까?"

"그까짓 속충벌레 같은 속된 무리들이 뭘 알아서? 어허허, 그 친구 토옹쾌허다! 이 소리 한번 치는 놈 없구, 모두 피쓱피쓱 웃기 아니면 넋나간 놈처럼 멍허니 입을 벌리구는 쳐다보구 섰지."

보니깐 그 두꺼운 양복 밖으루 땀이 뱄겠지. 얼마나 더웠어!

"그리구 참, 내 올라오면서 싸전가게 앞으루 지내와 봤는데……."

"무어랍디까?"

"그저, 안녕히 다녀오셨느냐구. 그런데 말이야, 그 앞을 지내오면서 가만히 생각하니까 썩 유쾌하겠지.”

“진작 그러실 거지.”

“응, 길을 피해서 돌지두 말구, 맘을 터억 놓구서 고개를 들구서 팔을 커다랗게 치면서 그 앞을 어엿하게 지내왔단 말이야. 아주 당당히. 그래! 그게 해방이란 거야, 해방! 해방은 유쾌한 거야!”

사뭇 우줄거리는데 얼굴은 보니깐, 그새처럼 침울하기는 침울해두, 말소리는 애기같이 명랑하겠지!

재갸 말대루 통쾌하구 유쾌하구 한 덕분인지 모르겠어두, 닭국에다가 국수를 말어주니깐 큰 바리^{놋쇠로 만든 밥그릇}루 하나를 다 먹구 또 주발루 반이나 먹더군.

그러니 말이우, 그게 요행 병을 돌려서 그러는 거라면 오죽 기쁠 일이우. 그렇지만 불행히 병이 도져가는 징조라면 그 일을 장차 어떡헌단 말이우?

혈통?

없어요. 시방 당대구 선대구 그런 일은 없어요. 아니야, 내가 글쎄 그이허구 결혼헌 지가 칠 년인데, 그이 학부 마칠 동안 삼 년허구 취직한 뒤에 살림 시작하기 전 이 년허구, 오 년이나 시댁에서 지냈는걸, 아무런들 그이 집안에 정신병 혈통이 있는지 없는지 몰랐겠수?

옳아, 언니 시방 하는 말이 맞었어. 나두 실상 그렇게 짐작은 했다우. 그러니 말이지, 사내대장부가 어찌 그대지 못났수? 이건 과천

서 뺨 맞구, 서울 와서 눈 흘기기 아니우? 젠장맞을, 차라리 뛰쳐나
서서 냅다 한바탕…… 응? 그럴 것이지, 그렇잖수?

그러구저러구 간에 시방 나루서는 병 시초나 또 뿌렁구^{뿌리}나 그
게 문제가 아니야. 다못^{다만} 그이가 정말루 못쓰게 신경 고장이 생겼
느냐, 요행 일시적이냐, 만약에 중한 고장이라면 어떻게 해야만 그
걸 나수어주겠느냐, 이것뿐이지. 그밖에는 아무것두 내가 참견할
게 아니야. 날더러 그이를 이해를 못 한다구? 딴전을 보구 있네! 그
게 어디 이해를 못 허는 거유?

마침 맞게 아저씨가 들어오시는군.

내친 걸음이니 아무려나 같이 앉아서 상의를 좀 해보구…….

−1938년

논 이야기

1

일인^{일본인}들이 토지와 그밖에 온갖 재산을 죄다 그대로 내놓고 보따리 하나에 몸만 쫓겨나게 되었다는 이야기를 듣는 한생원은 어깨가 우쭐하였다.

"거 보슈 송생원. 인전 들, 내 생각 나시지?"

한생원의 허연 탑삭부리_{짧고 다보록하게 수염이 많이 난 사람을 놀림조로 이르는 말}에 묻힌 쪼글쪼글한 얼굴이 위아래 다섯 대밖에 안 남은 누런 이빨과 함께 흐물흐물 웃는다.

"그러면 그렇지, 글쎄 놈들이 제아무리 영악하기로서니 논에다 네 귀탱이 말뚝 박구섬 인도깨비_{사람 모양을 한 도깨비}처럼 어여차 어여

차, 땅을 떠가지구 갈 재주야 있을 이치가 있나요?”

한생원은 참으로 일본이 항복을 하였고, 조선은 독립이 되었다는 그날—8월 15일 적보다는 신이 나는 소식이었다. 자기가 한 말이 꿈결같이도 이렇게 와 들어맞다니…… 그리고 자기가 한 말대로, 자기가 일인에게 팔아넘긴 땅이 꿈결같이도 도로 자기의 것이 되게 되었다니…… 이런 세상에 신기하고 희한할 도리라고는 없었다.

조선이 독립이 되었다는 8월 15일, 그때는 한생원은 섬뻑 만세를 부르고 싶은 생각이 나지 않았어도, 이번에는 저절로 만세 소리가 나와지려고 하였다.

8월 15일 적에 마을에서는 젊은 사람들이 설도를 하여 태극기를 만들고 닭을 추렴하고 여럿이 각각 얼마씩의 돈을 내어 거두고 술을 사고 해놓고 조촐히 만세를 불렀다.

한생원은 그 자리에 참례를 하지 아니하였다. 남들이 가서 같이 만세를 부르자고 하였으나 한생원은 조선이 독립이 되었다는 것이 별양 별반 반가운 줄을 모르겠었다. 그저 덤덤할 뿐이었다.

물론 일본이 항복을 하였으니 전쟁은 끝이 난 것이요, 전쟁이 끝이 났으니 벼 공출 국민이 국가의 수요에 따라 농업 생산물이나 기물 따위를 의무적으로 정부에 내놓음을 비롯하여 솔뿌리 공출이야, 마초 말을 먹이기 위한 풀 공출이야, 채소 공출이야, 가지가지의 그 억울하고 성가신 공출이 없어지고 말 것이었다.

또 옆여덟 살배기 손자놈 용길이가 징용에 뽑혀나갈 염려가 없을 터였다. 얼마나 한생원은 일찍이 아비를 여의고, 늙은 손으로 여태껏 길러온 외톨 손자놈 용길이가 징용에 뽑히지 말게 하려고, 구장과 면의 노무계 직원과 부락 담당 직원에게 굽은 허리를 굽실거리며 건사^{제게 딸린 것을 잘 보살피고 돌봄}를 물고 하였던고. 굶는 끼니를 더 굶어가면서 그들에게 쌀을 보내어주기, 그들이 마을에 얼찐얼찐하면^{눈앞에 잠깐씩 나타나면} 부랴부랴 청해다 씨암탉 잡고 술 대접하기, 한참 농사일이 몰릴 때라도, 내 농사는 손이 늦어도 용길이를 시켜 그들의 논에 모 심고 김매어주고 하기. 이 노릇에 흰머리가 도로 검어질 지경이요, 빚은 고패^{고비. 한창 막다른 때의 상황}가 넘도록 지고 하였다.

하던 것이 인제는 전쟁이 끝이 났으니, 징용 이자는 싹 씻은 듯 없어질 것. 마음 턱 놓고 두 발 쭉 뻗고 잠을 자도 좋았다.

이런 일을 생각하면 한생원도 미상불 다행스럽지 아니한 것은 아니었다. 그러나 오직 그뿐이었다.

독립?

신통할 것이 없었다.

독립이 되기로서니, 가난뱅이 농투성이가 별안간 나으리 주사될 리 만무하였다. 가난뱅이 농투성이가 남의 세토^{해마다 일정한 양의 벼를 주인에게 세로 바치고 부치는 논밭} 얻어 비지땀 흘려가면서 일 년 농사지어, 절반도 넘는 도지^{소작료} 물고 나머지로 굶으며 먹으며 연명이나 해가기는 독립이 되거나 말거나 매양 일반일 터였다.

공출이야 징용이야 해서 살기가 더럭 어려워지기는 전쟁이 나면서부터였다. 전쟁이 나기 전에는 일 년 농사지어 작정한 도지 실수 않고 물면 모자라나따나 아무 시비와 성가심 없이 내 것 삼아놓고 먹을 수가 있었다.

징용도 전쟁이 나기 전에는 없던 풍토였다. 마음놓고 일을 하였고, 그것으로써 그만이었지, 달리는 근심 걱정될 것이 없었다.

전쟁 사품_{어떤 일이나 동작이 진행되는 바람이나 겨를}에 생겨난 공출이니 징용이니 하는 것이 전쟁이 끝이 남으로써 없어진 다음에야 독립이 되기 전 일본 정치 밑에서도 남의 세토 얻어, 도지 물고 나머지나 천신_{철 따라 새로 난 과일이나 농산물을 먼저 신에게 올리는 일}하는 가난뱅이 농투성이에서 벗어날 것이 없을진대, 한갓 전쟁이 끝이 나서 공출과 징용이 없어진 것이 다행일 따름이지, 독립이 되었다고 만세를 부르며 날뛰고 할 흥이 한생원으로는 나는 것이 없었다.

일인에게 빼앗겼던 나라를 도로 찾고, 그래서 우리도 다시 나라가 있게 되었다는 이 잔주_{술에 취하여 늘어놓는 잔말}도, 역시 한생원에게는 시쁘둥한_{마음에 차지 아니하여 아주 시들한 기색이 있는} 것이었다. 한생원은 나라를 도로 찾는다는 것은 구한국_{대한제국} 시절로 다시 돌아가는 것으로밖에는 달리는 생각할 수가 없었다.

한생원네는 한생원의 아버지의 부지런으로 장만한 열서 마지기와 일곱 마지기의 두 자리 논이 있었다. 선대의 유업도 아니요, 공문서_{무등기} 땅을 거저 주운 것도 아니요, 뻐젓이 값을 내고 산 것이었다. 하되 그 돈은 체계나 돈놀이로 모은 돈이 아니요, 품삯 받아 푼

푼이 모으고 악의악식하면서 ^{너절하고 조잡한 옷을 입고 맛없는 음식을 먹으면서} 모은 돈이었다. 피와 땀이 어린 땅이었다. 그 피땀 어린 논 두 자리에서, 열서 마지기를 한생원네는 산 지 겨우 오 년 만에 고을 원^{군수}에게 빼앗겨버렸다.

지금으로부터 오십 년 전, 갑오 을미 병신 하는 병신년 한생원의 나이 스물한 살 적이었다.

그 안 해 을미년 늦은 가을에 김아무라는 원이 동학란에 도망 뺀 원 대신으로 새로이 도임을 해와서, 동학의 잔당을 비질하듯 잡아 죽였다. 피비린내 나는 살육이 이듬해 병신년 봄까지 계속되었고, 그리고 여름…… 인제는 다 지났거니 하여 겨우 안도를 한 참인데, 한태수^{한생원의 아버지}가 원두막에서 동헌으로 붙잡혀 가서 옥에 갇혔다. 혐의는 동학에 가담하였다는 것이었다.

한태수는 전혀 동학에 가담한 일이 없었다. 그의 말대로 하면, 동학 근처에도 가보지 아니한 사람이었다.

옥에 가두어놓고는 매일 끌어다가 실토를 하라고, 동류의 성명을 불라고 주리를 틀면서 문초를 하였다. 육십이 넘은 늙은 정강이가 살이 으깨어지고 뼈가 아스러졌다. 나중 가서야 어찌 될 값에 당장의 아픔을 견디다 못하여 동학에 가담하였노라고 자복을 하였다. 입에서 나오는 대로 아는 사람의 이름을 불렀다.

불린 일곱 사람이 잡혀 들어와 같은 문초를 받았다. 처음에는 들내뻗었으나 원체 아픔을 이기지 못하여 자복을 하였다.

남은 것은 처형을 하는 것뿐이었다.

하루는 이방이 한태수의 아내와 아들^{한생원}을 조용히 불렀다.

이방은 모자더러 '좌우간 살려낼 도리를 해야 않느냐'고 하였다.

모자는 엎드려 빌면서 '제발 이방님 덕택에 목숨만 살려지이다'고 하였다.

"꼭 한 가지 묘책이 있기는 있는데…… 그럼 내가 시키는 대로 할 테냐?"

"불속이라도 뛰어들어 가겠습니다."

"논문서를 가져오너라. 사또께다 바쳐라."

"논문서를요?"

"아까우냐?"

"……."

"가장이나 애비의 목숨보다 논이 더 소중하냐?"

"그 땅이 다른 땅과도 달라서……."

"정히 그렇게 아깝거든 고만두는 것이고."

"논문서를 가져다 바치면, 정녕 모면을 할까요?"

"아니 될 노릇을 시킬까?"

"그럼 이 길로 나가서 가지고 오겠습니다."

"밤에 조용히 내아^{관사}로 오도록 하여라. 나도 와서 있을 테니. 그리고 네 논이 두 자리가 있것다?"

"네."

“열서 마지기와 일곱 마지기.”

“네.”

“그 열서 마지기를 가지고 오느라.”

“열서 마지기를요?”

“아까우냐?”

“…….”

“아깝거들랑 고만두려무나.”

“그걸 바치고 나면 소인네는 논 겨우 일곱 마지기를 가지고 수다한 권솔한집에 거느리고 사는 식구에 살아갈 방도가…….”

“당장 가장이나 애비의 목숨은 어데로 갔던지?”

“…….”

“땅이야 다시 장만도 할 수가 있는 것이 아니냐?”

모자는 서로 돌아보면서 말하였다.

“바칩시다.”

“바치자.”

사흘 만에 한태수는 놓여나왔다. 다른 일곱 명도 이방이 각기 사이에 들어, 각기 얼마씩의 땅을 바치고 놓여나왔다.

그 뒤 경술년에 일본이 조선을 합방하여 나라는 망하였다.

사람들이 나라 망한 것을 원통히 여길 때 한생원은,

“그깟 놈의 나라, 시원히 잘 망했지.”

하였다. 한생원 같은 사람으로는 나라란 백성에게 고통이지, 하나도 고마운 것이 아니었다. 또 꼭 있어야 할 요긴한 것도 아니었다. 그런 나라라는 것을 도로 찾았다고 하여 섬뻑 감격이 일지 아니한 것도 일변 의당한 노릇이라 할 것이었다.

논 스무 마지기에서 열서 마지기를 빼앗기고 나니 원통한 것도 원통한 것이지만, 앞으로 일이 딱하였다. 논이나 겨우 일곱 마지기를 가지고는 어림도 없었다. 하릴없이 남의 세토를 얻어 그 보충을 해야 하였다. 그러나 남의 세토는 도지를 물어야 하는 것이라, 힘은 내 논을 지을 때와 마찬가지로 들면서도 가을에 가서 차지^{남의 땅을 빌려씀}를 하기는 절반이 못되는 것이었다. 그렇지만 그렇다고 남의 세토를 소작 아니할 수는 없었다.

이리하여 한생원네는 나라 명색이 망하지 않고 내 나라로 있을 적부터 가난한 소작농이었다. 경술년 나라가 망하고 삼십육 년 동안 일본의 다스림 밑에서도 같은 가난한 소작농이었다. 그리고 속담에 남의 불에 게 잡기로, 남의 덕에 나라를 도로 찾기는 하였다지만 한국 말년의 나라만을 여겨 그 나라가 오죽할 리 없고, 여전히 남의 세토나 지어 먹는 가난한 소작농이기는 일반일 것이라고 한생원은 생각하던 것이었다.

일본이 항복을 하던 바로 전의 삼사 년에 공출이야 징용이야 하면서 별안간 군색함과 불안이 생겼던 것이지, 그 밖에는 나라가 망하여 없어지고서 일본의 속국 백성으로 사는 것이 경술년 이전 나라가 있어가지고 조선 백성으로 살 적보다 별양 못할 것이 한생원에게는 없었다. 여전히 남의 세토를 지어 절반 이상이나 도지를 물고, 그 나머지를 천신하는 가난한 소작인이요, 순사나 일인이나 면서기들의 교만과 압박보다 못할 것도 없거니와 더할 것도 없었다.

독립이 된 이 앞으로도, 그것이 천지개벽이 아닌 이상, 가난한 농투성이가 느닷없이 부자장자 될 이치가 없는 것이요, 원·아전·토반^{여러 대를 이어서 그 지방에서 붙박이로 사는 양반}이나 일본놈 대신에 만만하고 가난한 농투성이를 핍박하는 '권세 있는 양반들'이 생겨날 것이요 할 것이매, 빼앗겼던 나라를 도로 찾아 다시금 조선 백성이 되었다는 것이 조금도 신통하거나 반가울 것이 없었다.

원과 토반과 아전이 있어, 토색질^{돈이나 물건 따위를 억지로 달라고 하는 짓}이나 하고 붙잡아다 때리기나 하고 교만이나 피우고 하되, 세미^{조세로 바치던 쌀}는 국가의 이름으로 꼬박꼬박 받아가면서 백성은 죽어야 모른 체를 하고 하는 나라의 백성으로도 살아보았다.

천하 오랑캐, 아비와 자식이 맞담배질을 하고, 남매간에 혼인을 하고, 뱀을 먹고 하는 왜인^{일본 사람을 낮잡아 이르는 말}들이 저희가 주인이랍시고서 교만을 부리고 순사와 헌병은 칼바람에 조선 사람을 개돼지 대접을 하고 공출을 내어라, 징용을 나가거라, 야미^{뒷거래}를 하지 마라 하면서 볶아대고, 또 일본이 우리나라다, 나는 일본 백성이다, 이런 도무지 그럴 마음이 우러나지를 않는 억지 춘향이 노릇을 시키고 하는 나라의 백성으로도 살아보았다.

결국 그러고 보니 나라라고 하는 것은 내 나라였건 남의 나라였건 있었댔자 백성에게 고통이나 주자는 것이지, 유익하고 고마울 것은 조금도 없는 물건이었다. 따라서 앞으로도 새 나라는 말고 더한 것이라도 있어서 요긴할 것도 없어서 아쉬울 일도 없을 것이었다.

2

신해년…… 경술합방 바로 이듬해였다. 한생원—때의 젊은 한덕문—은 빼앗기고 남은 논 일곱 마지기를 불가불 팔아야 할 형편에 이르렀다. 칠팔 명이나 되는 권솔인데, 내 논 일곱 마지기에다 남의 논이나 몇 마지기를 소작해가지고는 여간한 규모와 악의악식이 아니고서는 도저히 현상 유지를 하기가 어려웠다.

한덕문은 그 부친과는 달라 살림 규모가 없었다. 사람이 좀 허황하고 헤픈 편이었다. 부친 한태수가 죽고, 대신 당가산^{집안의 재산을 주}^{관하여 맡음}을 한 지 불과 오륙 년에 한덕문은 힘에 넘치는 빚을 졌다.

이 빚은 단순히 살림에 보태느라고만 진 빚은 아니었다.

한덕문은 허황하고 헤픈 값을 하느라고, 술과 노름을 쑬쑬히^{수준,}^{정도 따위가 웬만하여 기대 이상으로} 좋아하였다. 일 년 농사를 지어야 일 년 가계가 번연히 모자라는데, 거기다 술을 먹고 노름을 하니, 늘어가느니 빚밖에는 있을 것이 없었다.

빚은 갚아야 되었다. 팔 것이라고는 논 일곱 마지기 그것뿐이었다.

한덕문이 빚을 이리 틀어막고 저리 틀어막고, 오늘로 밀고 내일로 밀고 해오던 끝에, 마침내는 더 꼼짝을 할 도리가 없어 논을 팔기로 작정을 대었을 무렵에, 그러자 용말 사는 일인 길천이가 요새로 바싹 땅을 많이 사들인다는 소문이 들렸다. 그리고 값으로 말해도 썩 좋은 상답^{토양조건과 물의 형편이 좋아서 농사가 잘되는 논}이면 한 마지기에 스무 냥으로 스물닷 냥까지 내고, 아주 박토^{메마른 땅}라도 열 냥 안짝은 없다고 하였다.

땅마지기나 가진 인근의 다른 농민들도 다들 그러하였지만, 한덕문은 그중에서도 귀가 반짝 뜨였다.

시세의 갑절이었다.

고래실논^{바닥이 깊고 물길이 좋아 기름진 논}으로, 개똥배미^{집앞이나 집터에 붙어 있는 논의 구역} 상지상답이라야 한 마지기에 열 냥으로 열두어 냥이요, 땅 나쁜 것은 기지개 써야 닷 냥이었다.

'팔자!'

한덕문은 작정을 하였다.

일곱 마지기 논이 상지상답은 못 되어도 상답은 되니, 잘하면 열 냥은 받을 것. 열 냥이면 이 칠 십사 일백마흔 냥. 빚이 이럭저럭 한 오십 냥 되니, 그것을 갚고 나면 아흔 냥이 남아. 아흔 냥을 가지고 도로 논을 장만해. 판 일곱 마지기만 한 토리^{메마르거나 기름진 흙의 성질}의 논을 사더라도 아홉 마지기를 살 수가 있어. 결국 논 한 번 팔고 사고 하는 노름에 빚 오십 냥 거저 갚고도, 논은 두 마지기가 늘어 아홉 마지기가 생기는 판이 아니냐.

이런 어수룩한 노름을 아니하잘 머리 까닭이나 필요가 없는 것이었다.

양친은 이미 다 없은 때요, 한덕문 그가 대주 호주였으므로, 혼자서 일을 결단해도 간섭을 받을 일은 없었다.

곡우 24절기의 하나. 봄비가 내려서 온갖 곡식이 윤택해진다는 뜻 머리즈음의 어느 날 한덕문은 맨발 짚신 풀상투 푸상투. 아무렇게나 틀어맨 상투에 삿갓 쓰고 곰방대 물고, 마을에서 십 리 상거 서로 떨어져 있는 거리의 용말 출입을 나갔다. 일인 길천이가 적실히 거짓이 없고 진실하게 그렇게 후한 값으로 논을 사는지, 진가를 알아보자 함이었다.

금강 어구의 항구 군산에서 시작되어, 동북 간방 방위의 각 사이으로 임피읍을 지나 용말로 나온 한길이, 용말 동쪽 변두리에서 솜리 익산로 가는 길과 황등장터로 가는 길의 두 갈래길로 갈리는, 그 샅 사이에 전주집이라는 주모가 업을 하고 있는 주막이 오도카니 홀로 놓여 있었다.

한덕문은 전주집과는 생소치 아니한 사이였다.

마당이자 바로 한길인, 그 마당 앞에 섰는 한 그루의 실버들이 한창 푸르른 전주집네 주막, 살진 봄볕이 드리운 마루에 나란히 걸터앉아 세상물정 이야기, 피차간 살아가는 이야기, 훨씬 한담을 하던 끝에 한덕문이 지난 말처럼 넌지시 물었다.

"참 저, 일인 길천이가 요새 땅을 많이 산다구?"

"많얼 께 아니라 그 녀석이 아마 이 근처 일판 어떤 지역의 전부을, 땅이라구 생긴 건 깡그리 쓸어 사자는 배폰가 봅디다!"

"헷소문은 아니루구면?"

"달리 큰 배포가 있던지, 그렇잖으면 그 녀석이 상성_{본래의 성질을 잃}어버리고 다른 사람처럼 됨을 했던지."

"……."

"한서방 으런두 속내 아는 배, 이 근처 논이 물 걱정 가뭄 걱정 없구, 한 마지기에 넉 섬은 먹는 논이라야 열 냥이 상값 아니우? 그런 걸 글쎄, 녀석은 스무 냥 스물댓 냥을 퍼주구 사는구랴. 제마석_{논 한 마지기에서 두 섬의 곡식이 나는 것을 이르는 말}두 못 먹을 자갈 바탕의 박토라두, 논 명색이면 열 냥 안짝 잽히는 건 없구."

"허긴 값이나 그렇게 월등히 많이 내야 일인한테 논을 팔지, 그렇잖구서야 누가."

"제엔장, 나두 진작에 논이나 시늉만 생긴 거라두 몇 섬지기 장만해두었더라면, 이런 판에 큰 횡잴 했지."

"그래, 많이들 와 파나?"

"대가릴 싸구 덤벼든답디다. 한서방 으런두 논 좀 파시구랴? 이런 때 안 팔구, 언제 팔우?"

"팔 논이 있나!"

이유와 조건의 어떠함을 물론하고 농민이 논을 판다는 것은 남의 앞에 심히 떳떳스럽지 못한 일이었다. 번연히 내일모레면 다 알게 될 값이라도, 되도록 그런 기색을 숨기려고 드는 것이 통정이었다.

뚜벅뚜벅 말굽 소리가 나더니 말 탄 길천이가 주막 앞을 지난다. 언제나 그러하듯이 깜장 됫박모자 중산모자. 꼭대기가 둥글고 높은 서양 모자에, 깜장 복장 양복을 입고, 깜장 목 깊은 구두를 신고 허리에는 육혈포 탄알을 재는 구멍이 여섯 개 있는 권총를 차고 하였다.

한덕문은 길에서 몇 차례 본 적이 있어 그가 길천인 줄을 안다.

"어디 갔다 와요?"

전주집이 웃으면서 알은체를 하는 것을 길천은 웃지도 않으면서,

"웅, 조기. 우리, 나쁜 사레미 자바리 갔소 왔소."

길천의 차인꾼 남의 장사하는 일에 시중드는 사람이요 통역꾼이요 한 백남술이가 밧줄로 결박을 지은 촌 젊은 사람 하나를 앞장 세우고 뒤미처 나타났다.

죄수(?)는 상투가 풀어지고, 발기발기 찢긴 옷과 면상으로 피가 묻고 한 것으로 보아, 한바탕 늘씬 두들겨 맞은 것이 역력하였다.

"어디 갔다 오시우?"

전주집이 이번에는 백남술더러 인사로 묻는다.

백남술은 분연히,

"남의 돈 집어먹구 도망 댕기는 놈은 죽어 싸지."

하면서 죄수에게 잔뜩 눈을 흘긴다. 그러고 나서 전주집더러,

"댕겨오께시니 닭이나 한 마리 잡구 해놓게나. 놈을 붙잡느라구 한 승강했더니 옥신각신했더니 목이 컬컬허이."

그러느라고 잠깐 한눈을 파는 순간이었다. 죄수가 밧줄 한끝 붙

잡힌 것을 홱 뿌리치면서 몸을 날려 쏜살같이 오던 길로 내뺐다.

"엇!"

백남술이 병신처럼 놀라다 이내 죄수의 뒤를 쫓는다.

길천이 탄 말이 두 앞발을 번쩍 들어 머리를 돌리면서 땅을 차고 달린다. 그러면서 길천의 손에서 육혈포가 땅! 풀씬 연기가 나면서 재우쳐 잇따라 땅!

죄수는 그러나 첫 한 방에 그대로 길바닥에 가 동그라진다. 같은 순간 버선발로 뛰어내려간 전주집이 에구머니 비명을 지른다.

죄수는 백남술에게 박승 죄인을 잡아 묶는 노끈 한끝을 다시 붙잡혀 일어난다. 길천은 피스톨 권총 사격의 명인은 아니었다.

일인에게 빚을 쓰는 것을 왜채라고 하고, 이 젊은 친구는 왜채를 쓰고서 갚지 아니하고 몸을 피해 다니다가 붙잡힌 사람이었다.

길천은 백남술이가,

"이 사람은 논이 몇 마지기가 있소?"

하고 조사 보고를 하면, 서슴지 아니하고 왜채를 주곤 한다. 이자도 항용 체계나 장변 장에서 꾸는 돈의 이자 보다 혈하였다.

빚을 주는 데는 무른 것 같아도 받는 데는 무서웠다.

기한이 지나기를 기다려 채무자를 제 집으로 데려다 감금을 하고, 사형 개인이나 사적 단체가 범죄자에게 벌을 주는 일 으로써 빚 채근을 하였다.

부형이나 처자가 돈을 가지고 와서 빚을 갚는 날까지 감금과 사형을 늦추지 아니하였다. 논문서를 가지고 오는 자리는 우대를 하였다. 이자를 탕감하고 본전만 쳐서 논으로 받는 것이었다. 논이 있는 사람은 돈을 두어두고도 즐거이 논으로 갚고 하였다.

한덕문은 다시 끌려가고 있는 죄수의 뒷모양을 우두커니 바라다보면서,

'젠장, 양반 호랑이도 지질한데 우환 중에 왜놈 호랑이까지 들어와서 이 등쌀이니, 갈수록 죽어나는 건 만만한 백성뿐이로구나!'

'쯧, 번연히 알면서 왜채를 쓰는 사람이 잘못이지, 누구를 원망하나.'

'참새가 방앗간을 거저 지날까. 이왕 외상술이라도 한잔 먹고 일어설까, 어떡헐까?'

이런 생각을 하고 앉았던 차에, 생각잖이 외가 편으로 아저씨뻘 되는 윤첨지가 퍼뜩 거기에 당도하였다. 윤첨지는 황등장터에서 제 논 섬지기나 지니고 탁신히 남에게 몸을 의탁하고 사는 농민이었다.

아저씨 웬일이시냐고, 조카 잘 있었느냐고, 항용 하는 인사가 끝난 후에 이 동네 사는 길천이라는 일인이 값을 후히 내고 땅을 사들인다는 소문이 있으니 적실하냐고 아까 한덕문이 전주집더러 묻던 말을 윤첨지가 한덕문더러 물었다.

그렇단다는 한덕문의 대답에, 윤첨지는 이윽고 생각을 하고 있더니 혼잣말같이,

"그럼 나두 이왕 궐 그를 낮잡아 이르는 말 한테다 팔아야 하겠군."
하다가 한덕문더러,

“황등이까지 가서두 살까? 예서 이십 리나 되는데.”

하고 묻는다.

“글쎄요…… 건데 논은 어째 파실 영으루?”

“허, 그거 원 참…… 저어 공주 한밭^{대전}서 무안·목포루 철로가 새루 나는데, 그것이 계룡산 앞을 지나 연산·팥거리^{두계}루 해서 논메^{논산}·강경으루 나와가지구, 황등장터를 지나게 된다네그려.”

“그런데요?”

“그런데 철로가 난다 치면 그 십 리 안짝은 논을 죄 버리게 된다는 거야.”

“어째서요?”

“차가 댕기는 바람에 땅이 울려가지구 모를 심어두 뿌릴 제대로 잡지 못하구 해서, 벼가 자라질 못한다네그려!”

“무슨 그럴 리가…….”

“건 조카가 속을 몰라 하는 소리지. 속을 몰라 하는 소린 것이, 나두 작년 정월에 공주 한밭엘 갔다, 그놈 차가 철로 위루 달리는 걸 구경했지만, 아 그 쇳덩이루 만든 집채 더미 같은 시꺼먼 수레가 찻길 위루 벼락 치듯 달리는데, 땅바닥이 사뭇 움죽움죽하드라니깐! 여승 지동^{지진}이야…… 그러니 땅이 그렇게 지동하듯 사철 들이 울리니 근처 논의 모가 뿌리를 잡을 것이며, 자라기를 할 것인가?”

“…….”

듣고 보니 미상불 근리한 말이었다.

"몰랐으면이어니와 알구두 그대루 있겠던가? 그래 좀 덜 받더래두 팔아넘길 양으루 하구 있는데, 소문을 들으니 길천이라는 손이 요새 값을 시세보담 갑절씩이나 내구 논을 산다데그려. 정녕 그렇다면 철로 조간이 아니라두 팔아가지구 딴 데루 가서 판 논 갑절 되는 논을 장만함직두 한 노릇인데, 항차……."

"철로가 그렇게 난다는 건 아주 적실한가요?"

"말끔 다 칙냥^{측량}을 하구, 말뚝을 박아놓구 한걸…… 황등장터 그 일판은 그래, 논들을 못 팔아 난리가 났다니까."

3

일인 길천이에게 일곱 마지기 논을 일백마흔 냥에 판 것과, 그중 쉰 냥은 빚을 갚은 것, 이것까지는 한덕문의 예산대로 되었다.

그러나 나머지 아흔 냥으로 판 논 일곱 마지기보다 토리가 못하지 아니한 논으로 두 마지기가 더한 아홉 마지기를 삼으로써 빚 쉰 냥은 공으로 갚고, 그러고도 논이 두 마지기가 붙게 된다던 것은 완전히 허사가 되고 말았다.

아무도 한덕문에게 상답 한 마지기를 열 냥씩에 팔려는 사람은 없었다. 이왕 일인 길천이에게 팔면 그 갑절 스무 냥씩을 받는 고로 말이었다. 필경 돈 아흔 냥은 한덕문의 수중에서 한 반년 구르는 동안 스실 사실 다 없어지고 말았다.

이리하여 한덕문은 논 일곱 마지기로 겨우 빚 쉰 냥을 갚고는 아무것도 남은 것이 없이 손 싹싹 털고 나선 셈이었다.

친구가 있어 한덕문을 책하면서 물었다.

"어떡허자구 논을 판단 말인가?"

"인제 두구 보게나."

"무얼 두구 보아?"

"일인들이 다 쫓겨가면 그 땅 도로 내 것 되지, 갈 데 있던가?"

"쫓겨갈 놈이 논을 사겠나?"

"저이 놈들이 천지 운수를 안다든가?"

"자네는 아나?"

"두구 보래두 그래."

한덕문은 혼자 속으로 '아뿔싸, 논이라야 단지 그것뿐인 것을 팔고서 인제는 송곳 꽂을 땅도 없으니 이 노릇을 어찌한단 말이냐'고 심히 후회하여 마지않았다.

그러면서도 남더러는 그렇게 배포 있이 장담을 탕탕하였다.

한덕문은 장차에 일인들이 쫓겨가리라는 것을 확언할 아무런 근거도 가진 것이 없었다. 따라서 자신도 없었다. 오직 그는 논을 판 명예롭지 못함과 어리석음을 싸기 위하여, 그런 희떠운 분에 넘치며 버릇이 없는 소리를 한 것일 따름이었다.

한덕문이 일인들이 다 쫓겨가면 그 논이 도로 제 것이 될 터이라

서 논을 팔았다고 한다더라, 이 소문이 한 입 두 입 퍼지자 듣는 사
람마다 그의 희떠움을, 혹은 실없음을 웃었다.

하는 양을 보느라고 위정,

"자네 논 팔았다면서?"

한다 치면,

"팔았지."

"어째서?"

"돈이 좀 아쉬워서."

"돈이 아쉽다구 논을 팔구서 어떡허자구?"

"일인들이 다 쫓겨가면 그 논 도루 내 것 되지, 갈 데 있나?"

"일인들이 쫓겨간다든가?"

"그럼 백 년 살까?"

또 누구는 수작을 바꾸어,

"일인들이 쫓겨간다지?"

한다 치면,

"그럼!"

"언제쯤 쫓겨가는구?"

"건 쫓겨가는 때 보아야 알지."

"에구 요 맹추야, 요 허풍선이야. 우리나라 상감님을 쫓아내구 저
이가 왕 노릇을 하는데 쫓겨가?"

"자넨 그럼 일인들이 안 쫓겨가구, 영영 그대루 있으면 좋을 건

무언가?"

"좋기루 할 말이야 일러 무얼 하겠나만, 우리 좋구픈 대루 세상 일이 돼준다던가?"

"그래두 인제 내 말을 이를 때가 오너니."

"괜히 논 팔구섬 할 말 없거들랑, 국으루 국으로. 자기 주제에 맞게 잠자쿠 가만히나 있어요."

하고 비웃곤 하는 것이었다.

"체에. 내 논 내가 팔아먹는데, 죄 될 일 있니?"

"걸 누가 죄라니?"

"길천이한테 논 팔아먹은 놈이 한덕문이 하나뿐인감?"

"누가 논 판 걸 나무래? 희떤 장담을 하니깐 그러는 거지."

"희떤 장담인지 아닌지 두구 보잔 말야."

이로부터 한덕문은 그 말로 인하여 마을과 인근에서 아주 호세상에 널리 드러난 이름가 났고, 어느 겨를인지 그것이 한 속담까지 되었다.

가령 어떤 엉뚱한 계획을 세운다든지 허랑한 일을 시작해놓고서는 천연스럽게 성공을 자신한다든지, 결과를 기다린다든지 하는 사람이 있다 치면,

"흥, 한덕문이 길천이게다 논 팔아먹던 대 났구나."

하고 비웃곤 하는 것이었다.

그 후 그 속담은 삼십오 년을 두고 전하여 내려왔다. 전하여 내려올 뿐만이 아니었다. 일본 제국주의의 조선에 있어서의 지반기초나 근

거가 될 만한 바탕이 해가 갈수록 완구한 완전하여 오래 견딜 수 있는 것이 되어감을 따라, 더욱이 만주사변 일본군의 중국 둥베이 지방에 대한 침략전쟁 때부터 시작하여 중일전쟁을 거쳐 태평양전쟁 일본과 연합국 사이에 벌어진 전쟁 으로 일이 거창하게 벌어진 결과, 전쟁 수단으로서 조선의 가치는 안으로 밖으로, 적극적으로 소극적으로 나날이 더 커감을 좇아 일본이 조선에다 박은 뿌리는 더욱 깊이 뻗어 들어가고, 가지와 잎은 더욱 무성해서 일본이 조선으로부터 물러간다는 것은 독립과 한가지로 나날이 더 잠꼬대 같은 생각이던 것처럼 되어버려감을 따라, 그래서 한덕문의 장담하던 '일인들이 다 쫓겨나면⋯⋯' 이 말이, 해가 가고 날이 갈수록 속절없이 무색해감을 따라, 그와 반비례하여 그 말의 속담으로서의 가치와 효과만이 멸하지 않고 찬란히 빛을 내었다.

바로 8월 14일까지도 그러하였다. 8월 14일까지도,

"흥, 한덕문이 길천이한테 논 팔아먹던 대 났구나."

는 당당히 행세를 하였다.

그랬던 것이 8월 15일에 일본이 항복을 하고, 조선은 독립 실상은 우선 해방 이 되고 하였다. 그리고 며칠 아니하여 '일인들이 토지와 그밖 온갖 재산을 죄다 그대로 내놓고 보따리 하나에 몸만 쫓겨가게 되었다'는 데까지 이르렀다.

한생원 한덕문 의,

"일인들이 다 쫓겨가면⋯⋯."

은 이리하여 부득불 빛이 환해지고 반대로,

“한덕문이 길천이한테 논 팔아먹던 대 났구나.”

는 그만 얼굴이 벌게서 납작하고 말 수밖에 없었다.

4

“여보슈, 송생원?”

한생원이 허연 탑삭부리에 묻힌 쪼글쪼글한 얼굴이 위아래 다섯 대밖에 안 남은 누런 이빨과 함께 흐물흐물 자꾸만 웃어지는 웃음을 언제까지고 거두지 못하면서, 그러다 별안간 송생원의 팔을 잡아 흔들면서 아주 긴하게,

“우리 독립만세 한번 부르실까?”

“남 다 부르고 난 댐에, 건 불러 무얼 허우?”

송생원은 한생원과 달라 길천이한테 팔아먹은 논도 없으려니와, 따라서 일인들이 쫓겨가더라도 도로 찾을 논도 없었다.

“송생원, 접때 마을에서 만세를 부를 제, 나가 부르셨던가?”

“난 그날 허리가 아파 꼼짝 못하구 누웠는걸.”

“나두 그날 고만 못 불렀어.”

“아따 못 불렀으면 못 불렀지, 늙은것들이 만세 좀 아니 불렀기루 귀양살이 보내겠수?”

“난 그래두 좀 섭섭해 그랬지요…… 그럼 송생원 우리 술 한잔 자

실까?"

"술이나 한잔 사주신다면."

"주막으루 나갑시다."

두 늙은이가 지팡이를 짚고 마을에 단 한 집밖에 없는 주막으로 나갔다.

"에구머니, 독립두 되구 볼 거야. 영감님들이 술을 다 자시러 오시구."

이십 년이나 여기서 주막을 하느라고, 인제는 중늙은이가 된 주모 판쇠네가 손님을 환영이라기보다 다뿍 걱정스러워한다.

"미리서 외상인 줄이나 알구, 술 좀 주게나."

한생원이 그러면서 술청_{술집에서 술을 따라놓는 널판지로 만든 긴 탁자}으로 들어가 앉는 것을, 송생원도 따라 들어가 앉으면서 주모더러,

"외상 두둑이 드리게. 수가 나섰다네."

"독립되는 운덤_{운이 좋아 덤으로 생기는 소득}에 어느 고을 원님이나 한자리 해가시는감?"

"원님을 걸 누가 성가시게, 흐흐……."

한생원은 그러다 다시,

"거, 안주가 무어 좀 있나?"

"안주두 벤벤찮구 술두 막걸린 없구 소주뿐인걸, 노인네들이 소주 잡숫구 어떡허시게."

"아따, 오줌은 우리가 아니 싸리."

젊었을 적에는 동이술^{질그릇에 담은 술}을 사양치 아니하던 영감들이
었다. 그러나 둘이가 다 내일모레가 칠십. 더구나 자주자주는 술을
입에 대지 않던 차에, 싱겁다고는 하지만 소주를 칠팔 잔씩이나 하
였으니 과음일 수밖에 없었다.

송생원은 그대로 술청에 쓰러져 과연 소변을 지리기까지 하였다.

한생원은 송생원보다는 아직 기운이 조금은 좋은 덕에, 정신을
놓거나 몸을 가누지 못할 지경은 아니었다.

"우리 논을 좀 보러 가야지, 우리 논을. 서른다섯 해 만에 우리 논
을 보러 간단 말야, 흐흐흐."

비틀거리면서 한생원은 술청으로부터 나온다.

주모 판쇠네가 성화가 나서,

"방으루 들어가 누섰다, 술 깨신 댐에 가세요. 노인네들 술 드렸
다구 날 또 욕허게 됐구면."

"논 보러 가, 논. 길천이게다 판 우리 논, 흐흐흐. 서른다섯 해만
에 도루 찾은 우리 일곱 마지기 논, 흐흐흐."

"글쎄 논은 이 댐에 보러 가시면, 어디루 가요?"

"날 희떤 소리 한다구들 웃었지, 미친놈이라구 웃었지, 들. 흐흐
흐. 서른다섯 해 만에 내 말이 들어맞을 줄을 누가 알았어? 흐흐흐."

말은 혀 꼬부라진 소리로 몸은 위태로이 비틀거리면서 한생원은
지팡이를 휘젓고 밖으로 나간다. 나가다 동네 젊은 사람과 마주쳤다.

"아 한생원, 웬일이세요?"

“논 보러 간다, 논. 흐흐흐. 너두 이 녀석, 한덕문이 길천이한테 논 팔아먹던 대 났구나, 그런 소리 더러 했었지? 인제두 그런 소리가 나오까?”

“취하셨군요.”

“나, 외상술 먹었지. 논 찾았은깐 또 팔아서 술값 갚으면 고만이지. 그럼 한 서른다섯 해 만에 또 내 것 되겠지, 흐흐흐. 그렇지만 인전 안 팔지, 안 팔아. 우리 용길이놈 물려줘야지, 우리 용길이놈.”

“참, 용길이 요새 있죠?”

“있지. 길천이한테 팔아먹었을까?”

“저, 읍내 사는 영남이가 산판^{멧갓: 산의 일대} 하날 사서 벌목을 하는데, 이 동네 사람들더러 와 남구^{나무} 비어주구^{베어주고}, 그 대신 우죽^{잔가지} 가져가라구 하니, 용길이두 며칠 보내서 땔나무나 좀 장만하시죠.”

“걸 누가…… 논을 도루 찾았는데.”

“논만 찾으면 땔나문 없어두 사시나요?”

“논두 없어두 서른다섯 해나 살지 않었느냐?”

“허허 참. 그러지 마시구 며칠 보내세요. 어디서 다 비어버려야 할 텐데 도무지 사람을 못 구해 그러니, 절더러 부디 그럭허두룩 서둘러달라구, 영남이가 여간만 부탁을 해 싸야죠. 아, 바루 동네서 가찹겠다, 져 나르기 수월허구…… 요 위 가잿골 있는 길천농장 멧갓이래요.”

"무어?"

한생원은 별안간 정신이 번쩍 나면서 대어든다.

"가잿골 있는 길천농장 멧갓이라구?"

"네."

"네라니? 그 멧갓이, 가만있자, 아니 그 멧갓이 뉘 멧갓이길래?"

"길천농장 멧갓 아녜요? 걸, 영남이가 일인들이 이번에 거덜이 나는 바람에 농장 산림감독 하던 강서방한테 샀대요."

"하, 이런 도적놈들. 이런 천하 불한당놈들. 그래, 지끔두 벌목을 하구 있더냐?"

"오늘버텀 시작했다나 봐요."

"하, 이런 천하 날불한당놈들이."

한생원은 천방지축으로 가잿골을 향하여 비틀걸음을 친다.

솔은 잘 자라지 않고 개간하여 밭을 만들자 하니 힘이 부치고 하여, 이름만 멧갓이지 있으나 마나 한 멧갓 한 자리가 있었다. 한 삼천 평 될까 말까, 그다지 크지도 못한 것이었다.

이 멧갓을 한생원은 길천이에게다 논을 팔던 이듬핸지 그 이듬핸지 돈이 아쉽고 한 판에, 또한 어수룩이 비싼 값으로 팔아넘겼다.

길천은 그 멧갓에다 낙엽송을 심어 삼십여 년이 지난 지금 와서는 아주 한다 하는 산림이 되었다.

늙은이의 총기요, 논을 도로 찾게 되었다는 것에만 정신이 팔려, 깜빡 멧갓 생각은 미처 아직 못하였던 모양이었다.

마침 전신주전봇대감의 쪽쪽 곧은 낙엽송이 총총들이 섰다. 베기에 아까워 보이는 나무였다. 한 서넛이 나가 한편에서부터 깡그리 베어 눕히고, 일변 우죽을 치고 한다.

"이놈, 이 불한당놈들. 이 멧갓 벌목헌다는 놈이 어떤 놈이냐?"

비틀거리면서 고함을 치고 쫓아오는 한생원을, 사람들은 영문을 몰라 일하던 손을 멈추고 뻔히 바라다보고 섰다.

"이놈, 너루구나?"

한생원은 영남이라는 읍내 사람 벌목주인 앞으로 달려들면서, 한대 갈길 듯이 지팡이를 둘러멘다.

명색이 읍사람이라서, 촌 농투성이에게 무단히 해거괴상하고 얄궂은 짓를 당하면서 공수하거나공경의 뜻을 나타내거나 늙은이 대접을 하려고는 않는다.

"아니, 이 늙은이가 환장을 했나? 왜 그러는 거야, 왜."

"이놈. 네가 왜 이 멧갓을 손을 대느냐?"

"무슨 상관여?"

"어째 이놈아, 상관이 없느냐?"

"뉘 멧갓이길래?"

"내 멧갓이다. 한덕문이 멧갓이다, 이놈아."

"허허, 내 별꼴 다 보니. 괜시리 술잔 든질렀거들랑들이질렀거들랑 고이 삭히진 아녀구서, 나이깨 먹은 것이, 왜 남 일하는 데 와서 이 행악야 행악이. 늙은인 다리 뼉다구 부러지지 말란 법 있나?"

"오냐! 이놈, 날 죽여라. 너구 나구 죽자."

"대체 내력을 말을 해요. 무엇 때문에 이 야론지^{까닭 없이 트집을 잡고} 함부로 떠들어대는지 내력을 말을 해요."

"이 멧갓이 그새까진 길천이 것이라두, 조선이 독립됐은깐 인전 내 것이란 말야, 이놈아."

"조선이 독립됐는데, 어째 길천이 멧갓이 한덕문이 것이 되는구?"

"길천인, 일인들은 땅을 죄다 내놓구 간깐, 그전 임자가 도루 차 지하는 게 옳지, 무슨 말이냐?"

"오오, 이녁^{듣는 이를 조금 낮추어 이르는 말}이 이 멧갓을 전에 길천이한 테다 팔았다?"

"그래서."

"그랬으니깐, 일인들이 땅을 다 내놓구 가니깐, 이녁은 팔았던 땅 을 공짜루 도루 차지하겠다?"

"그래서."

"그 개 뭣 같은 소리 인전 엔간치 해두구, 어서 없어져버려요. 난 뻐젓이 길천농장 산림관리인 강태식이한테 시퍼런 돈 이천 환 주구 서 계약서 받구 샀어요. 강태식인 길천이가 해준 위임장 가지구 팔 구. 돈 내구 산 사람이 임자지, 저 옛날 돈 받구 팔아먹은 사람이 임 잘까?"

8월 15일 직후 낡은 법이 없어지고 새로운 영^{법령}이 서기 전, 혼 란한 틈을 타서 잇속에 눈이 밝은 무리들이 일본인 농장이나 회사

의 관리자와 부동이 되어가지고, 일인의 재산을 부당 처분하여 배
를 불린 일이 허다하였다. 이 산판 사건도 그런 것의 하나였다.

5

그 뒤 훨씬 지나서.

일인의 재산을 조선 사람에게 판다, 이런 소문이 들렸다.

사실이라고 한다면 한생원은 그 논 일곱 마지기를 돈을 내고 사
지 않고서는 도로 차지할 수가 없을 판이었다. 물론 한생원에게는
그런 재력이 없거니와 도대체 전의 임자가 있는데, 그것을 아무에
게나 판다는 것이 한생원으로 보기에는 불합리한 처사였다.

한생원은 분이 나서 두 주먹을 쥐고 구장에게로 쫓아갔다.

"그래 일인들이 죄다 내놓구 가는 것을, 백성들더러 돈을 내구 사
라구 마련을 했다면서?"

"아직 자세힌 모르겠어두, 아마 그렇게 되기가 쉬우리라구들 하
더군요."

해방 후에 새로 난 구장의 대답이었다.

"그런 놈의 법이 어데 있단 말인가? 그래, 누가 그렇게 마련을 했
는구?"

"나라에서 그랬을 테죠."

“나라?”

“우리 조선 나라요.”

“나라가 다 무어 말라비틀어진 거야? 나라 명색이 내게 무얼 해
준 게 있길래. 이번엔 일인이 내놓구 가는 내 땅을 저이가 팔아먹으
려구 들어? 그게 나라야?”

“일인의 재산이 우리 조선의 재산이 되는 것이야 당연한 일이죠.”

“당연?”

“그렇죠.”

“흥, 가만둬두면 저절루 백성의 것이 될걸, 나라 명색은 가만히
앉었다 어디서 툭 튀어나와가지구, 걸 뺏어서 팔아먹어? 그따위 행
사가 어딨다든가?”

“한생원은 그 논이랑 멧갓이랑 길천이한테 돈을 받구 파셨으니
깐, 임자로 말하면 길천이지 한생원인가요?”

“암만 팔았어두, 길천이가 내놓구 쫓겨갔은깐, 도루 내 것이 돼야
옳지, 무슨 말야. 걸 무슨 탁^턱에 나라가 뺏을 영으루 들어?”

“한생원한테 뺏는 게 아니라, 길천이한테 뺏는 거랍니다.”

“흥, 둘러다 대긴 잘들 허이. 공동묘지 가보게나. 핑계 없는 무덤
있던가? 저, 병신년에 원놈^{군수} 김가가 우리 논 열두 마지기 뺏을 제
두 핑곈 다 있었드라네.”

“좌우간, 아직 그렇게 지레 염렬 하실 게 아니라, 기대리구 있느
라면 나라에서 다 억울치 않두룩 처단을 하겠죠.”

"일없네. 난 오늘버텀 도루 나라 없는 백성이네. 제길, 삼십육 년
두 나라 없이 살아왔을려드냐. 아니 글쎄, 나라가 있으면 백성한테
무얼 좀 고마운 노릇을 해주어야 백성두 나라를 믿구, 나라에다 마
음을 붙이구 살지. 독립이 됐다면서 고작 그래, 백성이 차지할 땅 뺏
어서 팔아먹는 게 나라 명색야?"

그러고는 털고 일어서면서 혼잣말로,

"독립됐다구 했을 제, 내, 만세 안 부르기 잘했지."

−1948년

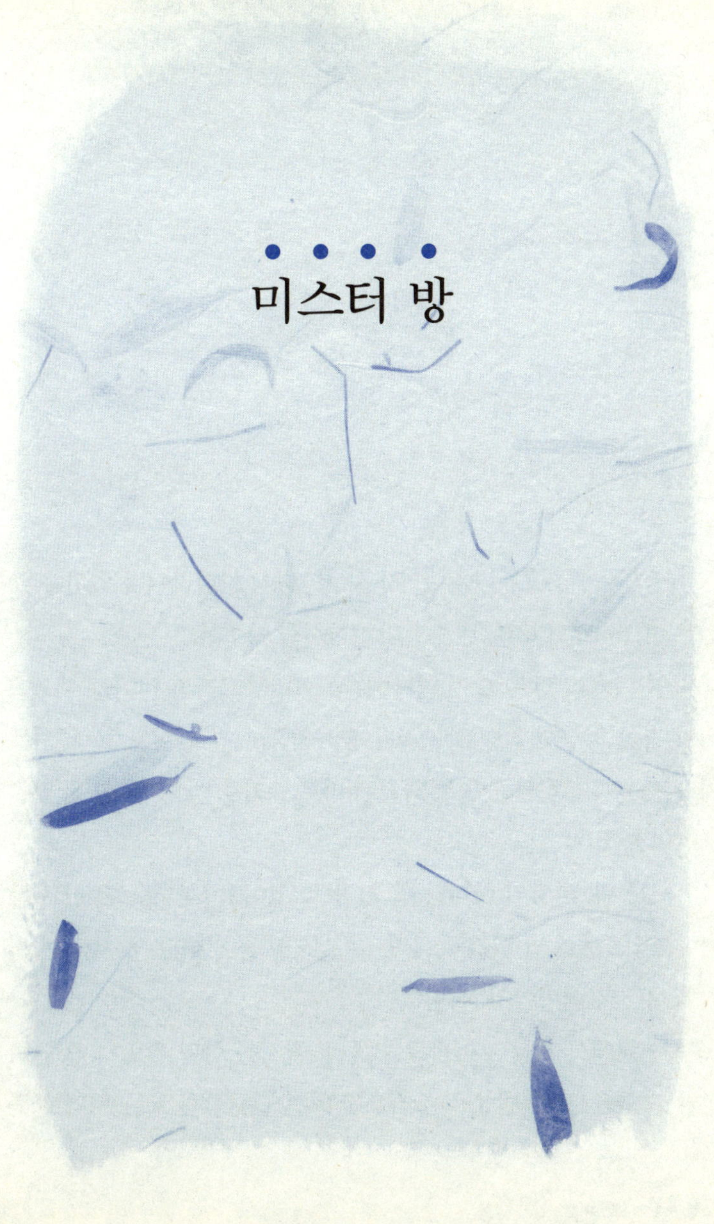

미스터 방

주인과 나그네가 한가지로 술이 거나하니 취하였다. 주인은 미스터 방, 나그네는 주인의 고향사람 백주사.

주인 미스터 방은 술이 거나해감을 따라, 그러지 않아도 이즈음 의기 자못 양양한 참인데 거기다 술까지 들어간 판이고 보니, 가뜩이나 기운이 불끈불끈 솟고 하늘이 바로 돈짝^{엽전의 크기}만 한 것 같은 모양이었다.

"내 참 뭐, 흰말이 아니라 참 거칠 것 없어, 거칠 것. 흥, 어느 눔이야, 어느 눔이 날 뭐라구 허며, 날 괄시헐 눔이 어딨어, 지끔 이 천지에. 흥 참, 어림없지, 어림없어."

누가 옆에서 저를 무어라고를 하며, 괄시를 한단 말인지, 공연히 연방 그 툭 나온 눈방울을 부리부리 왼편으로 삼십 도는 넉넉 삐뚤어진 코를 벌씸벌씸해가면서 그래쌓는 것이었다.

"내 참, 이래 봬두, 응, 동양 삼국 물 다 먹어본 방삼^{ヵ三}복이우. 청얼_{만주어} 뭇 허나, 일얼 뭇 허나, 영어야 뭐 말할 것두 없구……."

하다가 생각난 듯이 맥주 컵을 들어 벌컥벌컥 단숨에 다 마신다. 그러고는 시꺼먼 손등으로 입술을 쓱, 손가락으로 김치쪽을 늘름 한 점, 그러던 버릇이 미스터 방이요, 신사요, 방선생으로도 불리는 시방도 무심중 절로 나와 손등으로 입술의 맥주 거품을 쓱 씻고 손가락으로 라조기_{중화요리의 하나} 한 점을 집어다 으득으득 씹는다.

"술은 참, 맥주가 술입넨다……."

어느 놈이 만일 무어라고 시비를 하거나 괄시를 한다면 당장 그 라조기를 씹듯이 으득으득 잡아 씹기라도 할 듯이 괄괄하던 결기가, 그러다 별안간 어디로 가고서 이번엔 맥주 추앙이 나오던 것이다.

"술두 미국 사람네가 문명했죠. 죄선 사람은 안직두 멀었어."

"멀구말구. 아직두 멀었지."

쥐 상호의 대추씨만 한 얼굴에 앙상한 노랑수염 백주사가, 병을 들어 주인의 빈 컵에다 따르면서, 그렇게 맞장구를 쳐 보비위_{남의 비위를 잘 맞추어 줌}를 한다.

"아, 백상두 좀 드슈."

"난 과해."

"괜히 그러셔. 백상 주량을 다 아는데. 만난 진 오랐어두."

"다 젊었을 적 말이지. 지금은……."

“올에 참 몇이시지?”

“갑술생 마흔여덟 아닌가!”

“그럼 나보담 열한 살 위시군. 그래도 백상은 안 늙으신 심야. 허허허허.”

“안 늙는 게 다 무언가. 머리 신 걸 보게!”

“건 조백늙기도 전에 머리가 셈이시지.”

백주사는 흔연히 수작을 하면서 내색은 아니하나, 어심마음의 속엔 미스터 방이 괘씸하기 짝이 없었다.

향리의 예법으로, 십 년장이면 절하고 뵈어야 한다. 무릎 꿇고 앉아야 하고, 말은 깍듯이 공대존대를 해야 한다. 그 앞에서 주초술과 담배가 당치 않고, 막 부득이한 경우면 모로 앉아 잔을 마셔야 한다. 그런 것을, 마치 제 연갑연배 친구나 타관 나그네게나 하는 것처럼 백상이니, 술 드슈, 조백이시지 하고 말버릇이 고약해 발 개키고 앉아서 정면하고 술을 먹어, 담배 뻐끔뻐끔 피워, 이런 괘씸할 도리가 없었다. 또 나이도 나이려니와 문벌이나 지체어떤 집안이나 개인이 사회에서 차지하고 있는 신분이나 지위를 가지고 논한다면, 이건 도저히 용서할 수 없는 일이었다.

이래 보여도 나는 삼대조가 진사를 하였고그 첩지가 시방도 버젓이 있다 오대조가 호조판서를 지냈고족보에 그렇게 분명히 올라 있다 칠대조가 영의정을 지냈고역시 족보에 그렇게 분명히 올라 있다 이런 명문거족의 집안이었다. 또 내 십이촌이 ×× 군수요, 그 십이촌의 아들이 만주국 ×× 현

ＸＸ촌 촌장이요 하였다. 또 그리고 시방은 원수의 독립인지 막덕인지 때문에 다 그렇게 되었다지만, 아무튼 두 달 전까지도 어느 놈 그 앞에서 기침 한번 크게 못 하던 백부장—훈팔등^{일본 정부에서 수여한 8등급 훈장}에 ＸＸ경찰서 경제계 주임이던 백부장의 어르신네 이 백주사가 아닌가. 두 달 전 그때만 같았어도,

'이놈!'

하고 호통을 하여 당장 물고를 내련만, 그 좋은 세상이 어디로 가고, 이 지경이란 말인지 몰랐다.

하여튼 그만치나 혼란스러운 백주사에다 대면 미스터 방의 근지^{자라 온 환경과 경력}야 아주 보잘 것이 없었다.

미스터 방의 증조가 타관에서 떠들어온 명색 없는 사람이었다. 그 조부가 고을의 아전을 다녔다. 그 아비가 짚신장수였다. 칠십에 고로롱고로롱 아직도 살아 있지만, 시방도 짚신 곱게 삼기로 고을에서 첫째가는 방첨지가 바로 그였다. 그리고 이 방삼복이는······.

먹고 자고 꿍꿍 일하고, 자식새끼 만들고 할 줄밖에는 모르는 상일꾼^{농부}이었다. 그러나마 삼십을 바라보도록 남의 집 머슴살이로, 이 집 저 집 살고 다니던 코뻬뚤이 삼복이었다. 물론 낫 놓고 기역 자도 못 그리는 판무식^{아주 무식함}이었다.

상일꾼일 바엔 남의 세토 마지기라도 얻어 제 농사를 짓는 것이 아니라, 삼십을 바라보도록 남의 집 머슴살이만 하고 다니던 코뻬뚤이 삼복이가 하루아침 무슨 생각이 났던지, 돈벌이를 간답시고,

조석이 간데없는 부모에게다 처자식 떠맡기고는 훌쩍 일본으로 떠나버렸다. 그것이 열두 해 전.

떠난 지 칠팔 년을 별반 신통한 벌이도 못 하는지, 돈 한 푼 보내는 싹도 없더니, 하루는 느닷없이 중국 상해에 와 있노라 기별이 전해져 왔다.

그러고는 감감 소식이 없다가 삼 년 만에 퍼뜩 고향엘 돌아왔다. 십여 년을, 저의 말마따나 동양 삼국 물 골고루 먹고 다녔으면서, 별로이 때가 벗은 것도 없어 보이고, 행색은 해어진 양복 누더기에 볼 꿰어진 구두짝을 꿰고 들어서는 모양이, 군데군데 김질은 하였으나 빨아 다린 무명 고의적삼^{여름에 입는 홑바지와 저고리}을 입고 고향을 떠날 적보다 차라리 초라한 것 같았다.

늙은 어미 아비와 젊은 가속^{아내의 낮춤말}이 뼈품^{뼈가 휠 만큼 들이는 품}으로 버는 것을 얻어먹으며 굶으며 하면서 한 일 년 번둥거리고 놀더니, 적이 회심^{잘못을 뉘우치는 마음}이 들었는지, 이번엔 처자식 데리고 서울로 올라왔다.

서울로 올라와서는 현저동 비탈의 다 찌부러진 행랑방을 얻어 살면서, 처음 일 년은 용산 있는 연합군 포로수용소엘 다니며 입에 풀칠을 하였고—이 동안 그는 상해에서 귀로 익힌 토막 영어가 조금 더 진보되었고. 다시 일 년이나는, 그것 역시 상해에서 익힌 것을 밑천 삼아 구두 직공으로 구둣방엘 다니며 그럭저럭 살았고. 그러다 일본이 싸움에 지느라고 구두를 너무 해트려^{닳아서 떨어지게 해} 가죽이 동이 나서 구둣방이 너나없이 문을 닫는 바람에, 할 수 없이 이번엔 궤짝 한 개 걸머지고 신기료장수^{헌 신을 꿰매어 고치는 일을 직업으로 하는 사람}로 나서고 말았다.

골목골목 돌아다니며 혹은 종로 복판의 한길에 가 앉아 신기료장수를 하자니, 자연 서울 온 고향 사람의 눈에 종종 뜨일밖에. 소식이 고향에 퍼지자, 누구 한 사람 칭찬은 없고 저마다 빈정거리는 소리뿐이었다.

"일본으로, 청국으로, 십여 년 타국 바람 쏘이고 온 놈이 겨우 고거야?"

"부전자전이로구먼. 아범은 짚신장수, 자식은 구두 깁는 장수."

"아마 신발 명당에다 무덤을 썼든감."

이렇듯 근지는 미천하고 속에 든 것 없고, 가랑이가 찢어지게 가난하고, 생화^{먹고 살아가는 데 도움이 되는 벌이나 직업}라는 것이 고작 거리에 앉아 오는 사람 가는 사람 해어지고 고린내 나는 구두짝 꿰매어주고 징 박아주고 닦아주고 하는 천업이고 하던, 그 코삐뚤이 삼복이었다.

'흥, 개구리가 올챙이 적을 못 생각한다더니…… 발칙한 놈, 고얀 놈.'

백주사는 생각하자니 속으로 이렇게 분개스럽지 않을 수가 없었다. 그러나 일변으로는 그러던 코삐뚤이 삼복이가 그야말로 선영^{조상의 무덤}이 명당엘 들었단 말인지, 무슨 조화를 지녔단 말인지, 불과 몇 달지간에 이렇게 훌륭히 되고, 부자가 되고, 미씨다 방인지 구리다 방인지가 되고 해가지고는 갖은 호강 다 하며 천하에 무서울 것이 없고, 기강이 나서 막 이러니, 한편 생각하면 신기하기도 하고 부럽기도 하고 또한 안타깝기도 하였다.

'사람의 운수란 참 모를 일이야.'

백주사는 속으로 절절히 이렇게 탄복도 아니치 못하였다.

코비뚤이 삼복의 이 눈부신 발신천하거나 가난한 처지를 벗어나 앞길이 훤히 트임은, 그러나 백주사가 희한히 여기는 것처럼 무슨 명당 바람이 났다거나 조화를 지녔다거나 그런 신기한 곡절이 있는 바가 아니요, 지극히 간단하고도 수월한 것이었다. 다못 몸에 지닌 재주 가운데 총기가 좀 좋아서 일찍이 영어 마디나 익힌 것을 잊어버리지 아니하였다는 일종의 특수 조건이 없던 바는 아니지만.

1945년 8월 15일, 역사적인 날.

이날도 신기료장수 방삼복은 종로의 공원 건너편 응달에 앉아서 구두징구두 뒷굽에 박는 못을 박으면서 해방의 날을 맞이하였다. 그러나 삼복은 감격한 줄도 기쁜 줄도 모르겠었다. 지나가는 행인이 서로 모르던 사람끼리면서 덥석 서로 껴안고 기뻐하고 눈물을 흘리고 하는 것이 삼복은 속을 모르겠고 차라리 쑥스러워 보일 따름이었다. 몰려 닫는 군중이 오히려 성가시고, 만세 소리가 귀가 아파 이맛살이 찌푸려질 지경이었다. 몰켜다니고 만세를 부르고 하기에 미쳐 날뛰느라고 정신이 없어, 손님이 없어, 손님이 부쩍 줄었다.

"우라질! 독립이 배부른가?"

이렇게 그는 두런거리면서 반감이 솟았다.

이삼일 지나면서부터야 삼복에게도 삼복에게다운 해방의 혜택이 나누어졌다. 십 전이나 십오 전에 박아주던 징을, 오십 전을 받아도 눈을 부라리는 순사를 볼 수가 없었다. 순사가 없어졌다면야 활개를 쳐가면서 무슨 짓을 해도 상관이 없고 무서울 것이 없던 것이었다.

"옳아. 그렇다면 독립도 할 만한 건가 보다."

삼복은 징 열 개를 박아주고 오 원을 받아 넣으면서 이렇게 속으로 중얼거리기까지 하였다.

그러나 며칠이 못 가서 삼복은 다시금 해방을 저주하여야 하였다. 삼복이 저 혼자만 돈을 더 받으며, 더 받아 상관이 없는 것이 아니라, 첫째 도가도매상들이 제 맘대로 재료값을 올리던 것이었다. 징, 가죽, 고무, 실 모두가 오 곱 십 곱 비싸졌다. 그러니 신기료장수는 손님한테 아무리 비싸게 받는댔자 재료를 비싼 값으로 사야 하니, 결국 도가만 살찌울 뿐이지 소득은 전과 크게 다를 것이 없었다.

"이런 염병헐! 그눔에 경제겐 다 어디루 가 뒈졌어. 독립은 우라 진다구 독립을 헌담."

석양 때 신기료 궤짝 어깨에 멘 채 홧김에 막걸리청으로 들어가, 서너 사발 들이켜고는 그는 이렇게 게걸거렸다.

그럭저럭 9월도 열흘이 되고, 서울 거리에는 미국 병정이 꼬마차와 함께 그득히 퍼졌다. 그 미국 병정들이 거리를 구경하면서 혹은 물건을 사려면서 말이 서로 통하지를 못해 답답해하는 양을 보고 삼복은 무릎을 탁 쳤다.

그러나 슬플진저, 땟국과 땀에 찌든 이 누더기를 걸치고는 가망이 없을 말이었다.

'무슨 도리가 없을까?'

반일하루의 반을 궁리를 하다가 정오 때에야 한줄기 서광을 얻었다.

총총히 집으로 돌아가 마누라를 시켜 구두 고치는 연장 일습전부과 재료 남은 것에다 이불이며 헌 옷가지 해서 한 짐을 동네 아는 가게에다 맡기고는 한 달 기한으로 돈 백 원을 서푼 변이자으로 취해오게 하였다.

그 돈 백 원을 가지고 삼복은 흔한 넝마전낡고 해어져서 입지 못하게 된 옷, 이불 따위를 파는 가게으로 가서 백 원 돈이 꼭 차는 한도까지에 양복이란 명색 한 벌과 모자를 샀다. 신발은 부득이 안방 사람의 병정구두 사 신은 것을 이다음 창갈이신의 바닥에 대는 고무나 가죽을 다른 것으로 바꾸어 댐를 거저 해주겠다는 조건으로 닷새만 제 것과 바꾸어 신기로 하였다.

이튿날 아침 느지감치 새로 장만한 헌 양복 헌 모자에 헌 구두로써 궤짝 멘 신기료장수보다는 제법 말쑥해진 차림을 차리고 막 나서려는데, 간밤부터 퉁퉁 부어가지고는 시중도 말대꾸도 잘 아니하던 애꾸쟁이 마누라가 와락 양복 뒷자락을 움켜쥐고 늘어진다.

"바른대루 대요."

"이게 별안간 미쳤나?"

"요 망난아, 반해가지군 이럭허구 찾아가는 고년이 어떤 년야? 응?"

"속을 모르거든 밥값을 내지 말랬어, 요 맹추야."

"날 죽이구 가지, 거전 못 가."

"이년아, 너 이랬단, 내 인제 둔 벌문, 증말 첩 얻는다."

"오냐 잘한다. 날 죽여라, 날……."

"아, 이 우라 주리땔 앵길 년이……."

한주먹 보기 좋게 갈겨 넘어뜨리고는 찌부러진 오두막집을 나서 종로로 방향을 잡았다.

노예도 노예 이전이면 상전을 선택할 자유를 가지는 수도 있다고, 삼복은 종로서 전차를 내려 동쪽으로 천천히 걸으면서 물색을 하였다. 생김새가 맘씨 좋아 보이고, 여느 병정이 아니라 장교쯤 가는 이라야 할 것이었다.

청년회관 앞에서 담뱃대를 사고 있는 하나가 몸집이 부대하고 여느 병정은 아닌 듯하고, 얼굴이 자못 선량하여 보이는 게 선뜻 마음에 들었다. 구경하는 체하고 넌지시 그 옆으로 가 섰다.

미국 장교는 담뱃대를 집어들고 기물스러워하면서 연방 들여다보다가 값이 얼마냐고,

"하우 머취? 하우 머취?"

하고 묻는다.

담뱃대장수 영감은 삼십 원이라고 소래기^{소리}만 지른다.

알아들을 턱이 없어, 고개를 깨웃거리면서 다시금 '하우 머취'만

찾는 것을 기회 좋을 시라고 삼복이가 나직이,

　"더티 원."

해주었다.

　홱 돌려다 보더니,

　"오, 캔 유 스피크?"

하면서 사뭇 그러안을 듯이 반가워하는 양이라니, 아스러지도록 손을 잡고 흔드는 데는 질색할 뻔하였다.

　직업이 있느냐고 물었다. 방금 실직하였노라고 대답하였다.

　그럼, 내 통역이 되어주겠느냐고 물었다. 그러겠노라고 대답하였다.

　이 자리에서 신기료장수 코뻬뚤이 삼복은 미스터 방으로 승차를 하여, S라는 미국 주둔군 소위의 통역이 되었다. 주급 십오 불가량의.

　거진 매일같이 미스터 방은 S소위를, 낮에는 거리의 구경으로, 밤이면 계집 있는 술집으로 인도하였다.

　한번은 탑골공원의 사리탑을 구경하면서 얼마나 오랜 것이냐고 S 소위가 물었다. 미스터 방은 언젠가 수천 년 된 것이란 말을 들었기 때문에 '투 따우샌드 이얼스'라고 대답하였다. 또 한 번은 경회루를 구경하면서 무엇 하던 건물이냐고 물었다. 미스터 방은 서슴지 않고,

　"킹 드링크 와인 앤드 댄스 앤드 씽, 위드 댄서."

라고 대답하였다. 임금이 기생 데리고 술 마시고, 춤추고 노래 부르고 하던 집이란 뜻이었다.

내가 보기엔, 조선 여자의 옷이 퍽 아름답고 점잖스럽던데, 어째서 양장들을 하는지 모르겠다고 S소위가 물었다. 미스터 방은 여자들이 서양 사람한테로 시집을 가고파서 그런다고 대답하였다.

서울역을 비롯하여 거리에 분뇨가 범람한 것을 보고, 혹시 조선 가옥에는 변소가 없느냐고 S소위가 물었다. 미스터 방은 '있기야 집집마다 다 있느니'라고 대답하였다.

썩 좋은 조선 그림을 한 장 사고 싶다고 하여서, 문지방 위에다 흔히들 붙이는 사슴이 불로초를 물고, 신선이 앉았고 한 것을 오 원에 한 장 사주었다.

제일 재미있고 유명한 소설이 무엇이냐고 물어서 《추월색》^{최찬식이 지은 신소설}이라고 대답하였다. 그럼 그것을 한 권 사고 싶다고 해서, 여러 날 사러 다니다 못해 동네 노마네 집의 것을 이 원에 사주었다. 이밖에도 미스터 방은 S소위에게 조선을 소개한 공로가 여러 가지로 많으나 대강은 그러하였다.

그 공로에 정비례해서 미스터 방은 나날이 훌륭해져 갔다.

8·15 이전에 어떤 은행의 중역의 사택이라던 지금의 이 집으로, 현저동 그 집에서 옮아오기는 S소위의 통역이 되는 사흘 후였다. 위아래층을 다 양식 절반 일본식 절반으로 꾸민 호화스러운 저택이었다. 정원엔 때마침 단풍과 가을 화초가 아름다웠고, 연못에선 잉어가 뛰놀고 하였다.

시방 주객이 앉아 술을 마시는 방은, 앞은 노대^{발코니}가 딸리고 햇볕 잘 들고 밝아서, 여러 방 가운데 제일 좋은 방이었다. 그러나 방 안에는 벽에 그림 한 장 붙어 있는 바 아니요, 방에 알맞은 가구 한 벌 놓여 있는 바 아니요, 단지 방일 따름이어서 싱겁게 넓기만 하였다. 그렇지만 미스터 방은 실내의 장식 같은 것쯤 그다지 관심할 줄을 아직은 몰랐다.

처음엔 식모를 두었다. 그다음엔 침모^{남의 집에 매여 바느질을 맡아 하고 일정}한 품삯을 받는 여자를 두었다. 그다음엔 손심부름할 계집아이를 두었다.

하루에도 방선생을 찾는 이가 여러 패씩 있었다. 그들의 대개는 자동차를 타고 오고, 인력거짜리도 흔치 않았다. 그렇게 찾아오는 그들은 결단코 빈손으로 오는 법이 드물었다. 좋은 양과자 상자 밑바닥에는 으레껏 따로이 뿌듯한 봉투가 들었곤 하였다.

미스터 방의, 신기료장수 코삐뚤이 삼복이로부터의 발신 경로란 이렇듯 심히 간단하고 순조로운 것이었다.

주인 미스터 방이 백주사의 컵에 술을 따르려고 병을 집어들다가,

"오이, 기미꼬."

하고 아래층으로 대고 부른다.

"심부름 갔어요."

애꾸쟁이 마누라의 꼬챙이 같은 대답.

"안주 어떻게 됐어?"

"글쎄, 안주시키러 갔어요."

"증종^{정종} 있지?"

"……."

층계 밟는 소리가 나더니 퍼머넌트한^{파마한} 머리가 나오고, 좁디좁은 이마에 이어서 애꾸눈이 나오고, 분 바른 얼굴이 나오고, 원피스 입은 커다란 젖통의 가슴이 나오고, 마지막 비단양말 신은 두리기둥^{둥근기둥} 같은 두 다리가 나오고 한다.

"서주사가 이거 두구 갑디다."

들고 올라온 각봉투 한 장을 남편에게 건네어준다.

"어디?"

그러면서 받아 봉을 뜯는다. 소절수^{수표} 한 장이 나온다. 액면 만 원짜리다.

미스터 방은 성을 벌컥 내면서,

"겨우 둔 만 원야?"

하고 소절수를 다다미 바닥에다 홱 내던진다.

"내가 알우?"

"우라질 자식, 어디 보자. 그래 전, 걸 십만 원에 불하^{매각} 맡아다 백만 원 하난 냉겨먹을 테문서, 그래 겨우 둔 만 원야? 염병헐 자식, 내가 엠피^{헌병} 헌테 말 한마디문, 전 어느 지경 갈지 모를 줄 모르구서."

"정종으루 가져와요?"

"내 말 한마디에 죽을 눔이 살아나구, 살 눔이 죽구 허는 줄을 모르구서. 흥, 이 자식 경 좀 쳐봐라…… 증종 따근허게 데와. 날두 산

산허구 허니."

　새로이 안주가 오고, 따끈한 정종으로 술이 몇 잔 더 오락가락하고 나서였다.

　백주사는 마침내 진작부터 벼르던 이야기를 꺼내었다.

　백주사의 아들 백선봉은 순사 임명장을 받아 쥐면서부터 시작하여 8·15 그 전날까지 칠 년 동안 세 곳 주재소와 두 곳 경찰서를 전근하여 다니면서, 이백 석 추수의 토지와 만 원짜리 저금통장과 만 원어치가 넘는 옷이며 비단과 역시 만 원어치가 넘는 여편네의 패물과를 장만하였다.

　남들은 주린 창자를 졸라맬 때 그의 광에는 옥 같은 정백미가 몇 가마니씩 쌓였고, 반년 일 년을 남들은 구경도 못 하는 고기와 생선이 끼니마다 상에 오르지 않는 날이 없었다.

　××경찰서의 경제계 주임으로 있던 마지막 이 년 동안은 더욱더 호화판이었다. 8·15 그날 밤, 군중이 그의 집을 습격하였을 때에 쏟아져 나온 물건이 쌀 말고도 광목 여섯 통, 고무신 스물세 켤레, 지카다비^{일본 버선 모양의 노동자용 작업화} 여덟 켤레, 빨랫비누 세 궤짝, 양말 오십 타^{열두 개를 한 단위로 세는 말}, 정종 열세 병, 설탕 한 부대, 이렇게 있었더란다. 만 원어치 여편네의 패물과 만 원어치의 옷감이며 비단과 만 원짜리 저금통장은 고만두고 말이었다.

　물건 하나 없이 죄다 빼앗기고, 집과 세간은 조각도 못 쓰게 산산다 부서지고, 백선봉은 팔이 부러지고, 첩은 머리가 절반이나 뽑히고, 겨우겨우 목숨만 살아 본집으로 도망해왔다.

　일변 고을에서는 백주사가 자식이 그런 짓을 해서 산 토지를 가지고 동네 사람한테 거만히 굴고, 작인^{소작인}들한테 팔 할 가까운 도지를 받고 고리대금을 하고 하였대서, 백선봉이 도망해와 눕는 그날 밤, 그의 본집인 백주사의 집을 습격하였다. 집과 세간 죄다 부수고, 백선봉이 보낸 통제배급물자 숱한 것 죄다 빼앗기고, 가족들은 죽을 매를 맞고, 백선봉은 처가로, 백주사는 서울로 각기 피신하여 목숨만 우선 보전하였다.

　백주사는 비싼 여관밥을 사 먹으면서 울적히 거리를 오락가락, 어떻게 하면 이 분풀이를 할까, 어떻게 하면 빼앗긴 돈과 물건을 도로 다 찾을까 하고 궁리를 하던 것이나, 아무런 묘책도 없었다.

　그러자 오늘은 우연히 이 미스터 방을 만났다. 종로를 지향^{작정한 방향} 없이 거니는데, 지나가던 자동차가 스르르 멈추면서 서양 사람과 같이 탔던 신사 양반 하나가 내려서더니 어쩌다 눈이 마주치자,

　"아, 백주사 아니신가요?"

하고 반기는 것이었다.

　자세히 보니, 무어 길바닥에서 신기료장수를 한다던 코삐뚤이 삼복이가 분명하였다.

　"자네가, 저, 저, 방, 방……."

　"네, 삼복입니다."

“아, 건데, 자네가……”

“허, 살 때가 됐답니다.”

그러고는 ‘내 집으루 갑시다’ 하고 잡아끄는 대로 끌려온 것이었다. 의표 ^{차린 모습}하며 집하며 식모에 침모에 계집하인까지 부리면서 사는 것하며, 신수가 훤히 트여가지고 말도 제법 의젓해진 것 같은 것이며, 진소위 ^{정말 그야말로} 개천에서 용이 났다고 할 것인지.

옛날의 영화가 꿈이 되고, 일조에 몰락하여 가뜩이나 초상집 개처럼 초라한 자기가 또 한 번 어깨가 옴츠러듦을 느끼지 아니치 못하였다. 그런데다 이 녀석이, 언제 적 저라고 무엄스럽게 굴어 심히 불쾌하였고, 그래서 엔간히 자리를 털고 일어설 생각이 몇 번이나 나지 아니한 것도 아니었다. 그러나 참았다.

보아하니 큰 세도를 부리는 것이 분명하였다. 잘만 하면 그 힘을 빌려 분풀이와 빼앗긴 재물을 도로 찾을 여망^{아직 남은 희망}이 있을 듯 싶었다. 분풀이를 하고, 더구나 재물을 도로 찾고 하는 것이라면야, 코삐뚤이 삼복이는 말고, 그보다 더한 놈한테라도 머리 숙이는 것쯤 상관할 바 아니었다.

“그러니, 여보게 미씨다 방……”

있는 말 없는 말 보태가며 일장^{한바탕} 경과 설명을 한 후에 백주사는 끝을 맺기를,

“어쨌든지 그놈들을 말이네. 그놈들을 한 놈 냉기지 말구섬 죄다

붙잡아다가 말이네. 괴수놈들일랑 목을 썰어 죽이구, 다른 놈들일
랑 뼉다구가 부러지두룩 두들겨주구. 꿇어앉히구 항복 받구. 그리
구 빼앗긴 것 일일이 도루 다 찾구. 집허구 세간 쳐부순 것 말끔 다
물리구…… 그렇게만 해준다면 내, 내, 재산 절반 노나주문세, 절반.
응, 여보게 미씨다 방.”

“염려 마슈.”

미스터 방은 선뜻 쾌한 대답이었다.

“진정인가?”

“뭐 지끔 당장이래두, 내 입 한 번만 떨어진다 치면, 기관총 들멘
엠피가 백 명이구 천 명이구 들끓어 내려가서, 들이 쑥밭을 만들어
놉니다, 쑥밭을.”

“고마우이!”

백주사는 복수해지는 광경을 선히 연상하면서 미스터 방의 손목
을 덥석 잡는다.

“백골난망이겠네.”

“놈들을 깡그리 죽여놓을 테니, 보슈.”

“자네라면야 어련하겠나.”

“흰말이 아니라 참 이승만 박사두 내 말 한마디면, 고만 다 제바
리유.”

미스터 방은 그러고는 냉수 그릇을 집어 한 모금 물고 꿀쩍꿀쩍
양치를 한다. 웬 버릇인지, 하여간 그는 미스터 방이 된 뒤로 술을

먹으면서 양치하는 버릇이 생겼다.

양치한 물을 처치하려고 휘휘 둘러보다, 일어서서 노대로 성큼성큼 나간다. 노대는 현관 정통 위였다.

미스터 방이 그 걸쭉한 양칫물을 노대 아래로 아낌없이 좍 뱉는 바로 그 순간이었다. 그 순간이 공교롭게도, 마침 그를 찾으러 온 S소위가 현관으로 일단 들어서려다 말고 미스터 방이 노대로 나오는 기척이 들렸기 때문에 뒤로 서너 걸음 도로 물러나,

"헬로."

부르면서 웃는 얼굴을 쳐드는 순간과 그만 일치가 되었다.

"에구머니!"

놀라 질겁을 하였으나 이미 뱉어진 양칫물은 퀴퀴한 냄새와 더불어 백절폭포로 내리쏟아져 웃으면서 쳐드는 S소위의 얼굴 정통에 가 좌르르.

"유 데블!"

이 기급 엇비슷하게 맞먹음 할 자식이라고 S소위는 주먹질을 하면서 고함을 질렀고, 그 주먹이 쳐든 채 그대로 있다가, 일변 허둥지둥 버선발로 뛰쳐나와 손바닥을 싹싹 비비는 미스터 방의 턱을,

"상놈의 자식!"

하면서 철컥 어퍼컷으로 한 대 갈겼더라고.

—1946년

민족의 죄인

1

그동안까지는 단순히 나는 하여간에 죄인이거니 하여
면목 없는 마음, 반성하는 마음이 골똘할 뿐이더니 그날 김군의 P사
에서 비로소 그 일을 당하고 나서부터는 일종의 자포적인 울분과 그
리고 이 구차스러운 내 몸뚱이를 도무지 어떻게 주체할 바를 모르겠
는 불쾌감이 전면적으로 생각을 덮었다. 그러면서 보름 동안을 싸고
누워 병 아닌 병을 앓았다.

2

항용 문필하는 사람의 마음 한가로움이라고 할까 누그러진 행습^{몸에 밴 버릇}이라고 할까, 가까운 친구가 간여하고 있는 잡지사고 출판사고 하면 일이야 있으나 마나 달리 소간^{볼일}이 긴급한 때 외에는 그 앞을 그대로 지나치지는 않게 되고 들어가 앉아서는 신문 잡지도 뒤척이고 많이 잡담하고 조금 문담^{문장이나 문학에 관한 이야기}하고 방담^{생각나는 대로 거리낌 없이 말함}도 싫도록은 하고 하기에 세월을 잊고.

하는 것을 주인 편에서는 흔연히 맞이해주고 같이 섭슬려 이야기하고 하되 한결같이 폐로워하는^{성가시고 귀찮아하는} 법이 없고 출판사나 잡지사의 사무실은 문필하는 사람에게 이런 이를테면 동네 쇠물방처럼 임의롭고 무관함이 있어 김군이 주간하는 P사도 나의 그런 임의롭고 무관한 자리의 하나였다.

하루 거리엘 나가면 그래서 출판사나 잡지사를 몇 곳씩은 자연 들르게 되고, 그날도 남대문 밖까지 나갔다 집으로 돌아오는 길에 역시 별 볼일이 있던 것이 아니요 지날 녘^{무렵}이고 해서 퍼뜩 P사를 들렀던 것인데, 무심코 들르느라고 들렀던 것인데…… 김군의 말마따나 일수가 매우 좋지 못했던 모양이었다.

점심나절부터 끄무릇까무릇하던 하늘이 정녕 보슬비라도 내릴 듯 자욱이 다 흐려가지고 있는 4월 그믐의 저녁 무렵이었다.

남대문 거리의 잡답한^{북적북적하고 복잡한} 보도에서 가로수의 나붓나

붓한 잎사귀가 거리의 잡답함과는 대조적으로 조용히 무엇인지를 숙명처럼 기다리는 듯싶은 그런 가벼운 침울이 흐르는 시간이었다.

김군의 P사는 바로 길옆의 빌딩이었다.

비둘기장처럼 사 층 꼭대기에 한방에 들어 있는 빌딩의 마흔 몇 개나 되는 층계를 숨차하면서 올라가다 마침 맨머리로 내려오고 있는 김군과 마주 만났다.

"장차에 조선 출판계의 왕좌 될 꿈은 꾸면서 사무소가 이게 무어람? 사람이 숨이 차고 다리가 맥이 풀려."

인사 대신 이렇게 구박을 하는 것을 김군은 그 커다란 눈과 코와 입과 얼굴과에다 한꺼번에 웃음을 터뜨리면서,

"P사가 사무실이 가난한 것은 자네가 그 흔한 왜놈의 집 한 채 접술 못 하구서 쓰러져가는 셋집살일 하는 것허구 내력이 어슷비슷하니 피차 막설하구…… 그러잖어두 기대리던 참인데 잘 왔네. 내 이 아래층에 가서 전화 좀 걸구 오께시니 올라가세나."

P사에는 먼저 온 손이 있었다.

윤이라고 나이는 나보다 두어 살 아래나 일찍이는 세대를 같이한 사람이었다. 나는 윤과 인사를 하면서 그의 눈치가 먼저 보였다. 윤은 내가 어려워하는 사람 가운데 한 사람이었다. 윤과 나는 친구는 아니었다.

길에서 만나든지 하면 서로 한마디씩,

"안녕하십니까?"

"안녕하십니까?"

하고 마는 것이 고작이요, 그렇지 않으면 아무 소리 없이 모자만 들었다 놓는 시늉하면서 지나쳐버리고 하는, 그저 거기 어디 흔히 있는 '아는 사람'의 하나일 따름이었다.

나는 윤이라는 사람을 아는 것이 별로 많지 못하였다. 일찍이 일본 동경서 어느 사립대학의 정경과를 마쳤다는 것, 학업을 마치고 돌아와서는 고향에서 잠시 동안 신문지국을 경영한 경력이 있다는 것, 중일전쟁이 일기 전후 이삼 년은 서울 어느 신문사의 정치부 기자로 있으면서 논설도 쓰고 하였다는 것, 그리고 그가 잡지에 발표한 당시의 구라파 정세에 관한 정치 논문을 두 편인가 읽은 일이 있고, 그 문장과 구성이 생경하고 서투른 혐의는 없지 못하나 사상만은 대단히 진보적인 것을 엿볼 수가 있었고, 대강 이런 정도의 것이었다. 그 밖에 사람이 성질이 어떠하다든가 가정이나 주위 환경이 어떠하다든가 하는 것은 알지를 못하였고 알 기회도 없었다. 공적으로 혹은 사사로이 생활상의 교섭 같은 것도 물론 없었다.

이렇게 나는 윤에 대해 아는 것도 많지 못하고 친구로서의 사귐도 없고 하기는 하지만 꼭 한 가지 매우 중대한 것을 잘 안다는 것을 나는 스스로 인정치 않아서는 아니 되었다. 윤은 대일협력^{일본에} ^{협력함}을 하지 아니한 사람이라는 것이었다.

중일전쟁이 일던 아마 그 이듬해부터인 듯싶었다. 잡지나 또는 신문의 기명논설^{사설에 이름을 적음}에서 윤의 이름은 씻은 듯 없어지고 말았다. 신문기자의 직업도 버려버리고 서울을 떠났는지 거리에서도 통히 볼 수가 없었다.

만일 윤이 무엇을 쓴다면 그의 전문에 좇아 정치와 시사에 관계된 것일 것이요, 정치와 시사에 관계된 것이면 반드시 세계 신질서 건설의 엉뚱한 명목으로 침략전쟁을 일으킨 동서의 전체주의 파시즘을 합리화시킨 논문이 아니고는 용납을 못 하였을 것이었다.

안으로는 내선일체^{일본과 조선은 한 몸이라는 뜻}를 승인하는 것이었어야 하고, 밖으로는 추축군^{제2차 세계대전 때 독일, 이탈리아, 일본의 군대}의 승리와 미영의 몰락의 필연성을 예단하는 것이어야 할 것이었다.

또 신문사원으로의 직업을 버리지 아니하였다면 신문이라는 대일협력체의 수족 노릇을 싫어도 했어야만 할 것이었다.

윤은 그러나 일체로 붓을 멈추고 신문사원의 직업도 버리고 함으로써 대일협력의 조그마한 귀퉁이에도 참여를 하지 아니하였다. 아니한 것이 분명하였다. 이렇게 대일협력을 하지 아니한, 그래서 지조가 깨끗한 윤에 대하여 많으나 적으나 대일협력을 한 것이 있음으로 해서 민족반역자 혹은 친일파의 대열에 들어야 할 민족의 죄인인 나는 그에게 스스로 한 팔이 꺾이지 아니할 수가 없고, 따라서 그가 어려운 사람이 아닐 수가 없던 것이었다. 동시에 죄 지은 사람의 약한 마음이라고 할까, 섬뻑 그를 만나자니 눈치가 먼저 보이지 아니할 수가 또한 없던 것이었다.

과연 내가,

“안녕하십니까?”

하는 인사에 같은 말로,

“안녕하십니까?”

하고 대답하는 윤의 말 억양과 표정에는 역력히 경멸하는 빛이 머금어 있었다. 한참은 있다 윤이 뒤척이던 신문축을 내려놓으면서 생각잖이 붙임성 있게,

“오래간만입니다.”

하여 나도 달가이^{거리낌이나 불만이 없어 마음이 흡족하게},

“퍽 오래간만입니다.”

하였다.

미상불 우리는 퍽 오래간만이었다. 중일전쟁이 일던 그 이듬해 윤은 문필 행동을 정지하고 신문기자의 직업을 버리고 하였을 뿐만 아니라 서울 거리에서 자취마저 사라지고 말았기 때문에 근 십 년 만에 오늘 이 자리가 처음이었다.

윤이 그러나 인사상으로만 오래간만이라는 말을 한 것이 아닌 것은 그다음 수작으로써 바로 드러났다.

“시골루 소개^{땅을 파서 물이 흐르도록 함} 가셨드라구.”

“네.”

“호박이랑 옥수수랑 많이 수확하셨습디까?”

그의 독특한 시니컬한 입초리^{입꼬리}로 빙긋 웃기까지 하면서 하는 아주 노골한 경멸과 조롱이었다. 생각하면 윤으로는 충분한 근거가

있는 경멸과 조롱이었다.

지나간 1945년 4월에 나는 소개를 하여 고향으로 내려갔다.

표면의 이유는 지방으로 소개를 하여 스스로 폭격을 피하며, 그리함으로써 소위 국토방위에 소극적 협력을 하기 위한 이른바 당국의 방침에의 순응이었지만, 실상은 구실이요 소개를 빙자코 도피행을 한 것이었다.

구라파 유럽에서 독일이 연합군의 육중한 공세를 바워내지 능히 견디거나 피하지 못해 연방 뒷걸음질을 치다 어느덧 독 안의 쥐가 되었을 때는 동쪽에 있어서 일본의 패전도 거의 결정적인 것이 된 느낌이었다. 거기에는 물론 일본이 패하였으면 하는 희망적 예측이 다분히 가미되지 아니한 것은 아니었으나 아무튼 일본이 질 날이 머지않을 것으로 나는 생각하고 있었다.

일본의 패전, 그 뒤에 오는 것은?

나는 8·15의 그런 편안한 해방을 우리가 횡재할 것은 전혀 생각지 못하였다. 일본이 눌러서 우리의 지배를 할 것이냐 혹은 새로운 지배자가 나설 것이냐, 또 혹은 우리가 요행 우리의 주인이 될 것이냐 이 판단은 막상 깜깜하였다. 그러나 오직 한 가지 일본이 패전을 하는 그날 그 순간부터 그동안까지의 치안과 사회질서는 완전히 무능한 것이 되는 동시에 세상은 걷잡을 수 없는 혼란과 무질서의 구렁이 되고 말리라는 것, 이것만은 확실한 것으로 나는 믿고 있었다. 하되 그것은 새로운 주권이 서고 새로운 질서가 생기는 그 기간까지는 제 마음껏 계속이 될 것이었다. 그 기간이라는 것이 한 달일는지 두 달, 석 달일는지 반년이나 일 년일는지 그 이상 더 오랠는지 그것은 짐작을 할 수가 없으나…….

일본이 패전을 하는 그날 그 순간부터 치안과 질서가 무능한 것이 됨을 따라 칼 찬 순사와 기관총 가진 패잔 일병과 주먹심 있는 평민과가 강도와 폭도질을 함부로 하고 일변 필연적인 사태로서 식량 부족으로 인한 대규모의 기근이 오고 하여 거리는 삽시간에 살육과 약탈, 능욕과 방화, 질병과 기아의 구렁으로 변하고 그 죽음과 공포의 거리에서 아무 구원의 능력도 주변도 없는 약비한 ^{대강 갖춘} 아비를 그래도 아비라고 떨면서 울고 매어달리는 나의 어린것들을 데리고 서서 속절없이 죽음을 기다리거나 할 따름일 나 자신의 그림자를 환상할 적마다 나는 등골이 서늘함을 금치 못하였다.

대처^{도시}가 그러한 데 비하여 고향은 차라리 안전하였다. 우선 당장은 각다분하겠지만^{일을 해나가기가 힘들고 고되겠지만} 일을 당한 마당에서는 역시 고향이 나을 터였다.

누대^{여러 대} 살아온 고향이요, 일가친척이 여러 집이 있어 생소하지가 않았다. 사람들이 다 아는 사람들이 되어 난세를 당하여 제일 두려운 '사람', 그 '사람'을 두려워 아니하겠으니 좋았다.

박토나마 조금은 있으니 하다못해 감자 포기를 심어 먹어도 주려 죽기는 면할 수가 있으니 더욱 안심이었다.

나는 드디어 고향으로 내려갈 결심을 하였다.

나는 나만 그럴 뿐이 아니라 몇몇 친지들더러도 그런 소견과 실 토정을 말하면서 반드시 서울에 머물러 있어야만 할 특별한 사정이 없는 바엔 각기 고향으로 내려가기를 권하기까지 하였다.

민족해방의 돌발적인 변화를 겪고 난 지금에 이르러, 지금의 심 경을 가지고 그때 당시의 나의 그러던 심경이나 행동을 곰곰이 객 관을 하자면 지배자의 압력이 약해진 그 계제에 떨치고 일어나 해 방의 투쟁을 꾀할 생각을 적극적으로 하는 것이 아니고서, 오직 저 일신의 안전을 도모하는 데까지밖에는 궁리가 뚫리지 못한 것은 적 실히 나의 약하고 용렬한 사람 됨됨이의 시킴이었음엔 틀림이 없었 다. 그러나 나는 나 혼자만이 유독 그렇게 약하고 용렬하였는지, 혹 은 대체가 개인적이며 소극적이요 퇴영적^{뒤로 물러나서 틀어박히려는 성질} 이기가 쉬운 망국 만족의 본성의 소치^{어떤 까닭으로 생긴 일}였는지 그 분 간은 혹시 모르되, 하여간에 그처럼 약하고 용렬하였던 것이 사실 이요, 겸하여 무가내한^{막무가내} 노릇이었다. 그렇다고 시방은 제법 굳세고 용맹스러워졌다는 자랑이냐 하면 물론 아니었다. 지금도 여 전히 나는 약하고 용렬한 지아비였다.

일본의 패전 그다음에 오는 혼란과 무질서에 대한 불안과 공포, 이것 말고서 그 이전에 또 한 가지의 절박한 위협이 있었다.

나는 서울 시내에서 동쪽으로 삼십 리나 나간 경충가도^{일반국도 3호} 선의 일부로 서울에서 충주로 가는 길의 한강 기슭 광나루에 우거하고^{임시로 몸} 을 부쳐 살고 있었다.

광나루는 서울 시내로부터 소개를 하여 나오는 곳이지, 그래서 소개령이 내리자 집값이 연방 오르던 곳이지, 이곳으로부터 다른 곳으로 소개를 가도록 마련인 곳은 아니었다. 이것만 해도 나는 실상 소개를 간다고 나설 터무니없는 사람이었다.

B29^{미국의 포격기}가 처음으로 서울 하늘에 나타나던 날이었다.

이날 나는 마침 시내에 들어가지 않고 집에 있다가 언덕의 솔숲을 거닐던 중에 공습 사이렌이 울었다.

산이라고 하기보다는 강가가 바투^{썩 가깝게} 오뚝이 솟은 조그마한 구릉이었다. 그 깎아지른 낭떠러지 바로 아래로는 시퍼런 강물이 바위를 스치고 흘러 흡사 평양의 청류벽을 연상함직한 곳이었다. 그뿐 아니라 강을 건너서는 편한^{끝이 아득할 정도로 넓은} 벌판이요, 벌판이 다한 곳에 먼 산이 암암히 그려져 있는 것일랑은 '대야동두점점산^{넓은 들 동쪽에 점점이 산}'이라고 읊어낸 그것과 많이 비슷한 것이 있었다. 꼭대기에는 당집^{서낭당}이 있고 주위로 솔과 참나무가 울창하여 그늘이 짙었다. 잔디도 좋았다. 그런 그늘 아래 앉아서 장강^{길고 큰 강}을 굽어보고 먼 산을 바라보면서 혹은 잔디에 누워 창공을 올려다보면서 끝없는 시간을 지우기란 울적하고 삭막한 나의 생활 가운데 만만치 아니한 위안의 하나였다.

그때 나는 마침 이조사^{이씨 조선의 역사}를 읽다가 병자호란의 대문에 이르렀던 참이라, 병자란 당시에 조선군이 국왕과 함께 최후의 농성을 하던 남한산성이며, 그러다 국왕이 마침내 청병의 군문^{군대}

에 무릎을 꿇어 항복을 한 삼전도서울시 송파구 송파동에 있던 나루며, 그리
고 양방의 수없는 장졸이 화살과 창끝에 고혼의지할 곳 없이 떠돌아다니는
외로운 넋으로 스러진 풍납리의 토성이며를 멀리 바라보기가 이날따
라 감개가 적이 깊은 것이 없지 못하였다.

그러한 흥폐의 모양을 보았으면서 못 본 체 이날이 한결같이 유
유히 흐르기만 하였으며 앞으로도 얼마든지 되풀이할 세상과 인사
의 변천을 보면서, 그러나 못 본 체 몇천 년 몇만 년이고 유유히 흐
르고만 있을 저 강 무심타고 할까 부럽다고 할까…… 이런 생각에
잠겨 있는 참인데 그 몸서리가 치이는 공습 사이렌이 별안간 울리
던 것이었다.

나는 꿈에서 깨난 것처럼 퍼뜩 정신이 들었다.

보나 마나 아내는 물통을 들고 쫓아나갔어야 했을 것. 어린것들이
걱정이 되어 집으로 달려갈 생각은 급하나 가던 중로오가는 길의 중간
에서 경방단치안을 강화하기 위하여 소방대와 방호단을 통합한 단체 서방님네들한
테 붙잡혀 부역을 하지 않으면 대피호로 끌려 들어가기가 십상일
판이었다.

초조하다 보니 잠자리보다도 더 적게 비행기B29 한 대가 흰 가스
로 꼬리를 길게 쌍으로 끌면서 유유히 까마득한 창공을 날고 있었
다. 그 호젓하고 초연함이라니. 그 고요하고 점잖스러움이라니.

좋은 완상즐겨 구경함거리일지언정 그가 털끝만치도 적의적대하는 마음
를 발산하는 것이 있다거나 항차 비행기 폭격의 전주인 바야흐로

강렬한 위협과 공포감 같은 것은 전혀 느낄 수가 없었다.

덕분에 마음을 갈앉히고 기다리는 동안 이윽고 공습경보는 해제가 되었다. 나는 일종 섭섭한 마음이면서 한길로 내려왔다. 그러자 군용 화물차 한 대가 기운차게 달려오더니 동네 한복판인 한길 가운데에 가 멈추어 서면서 경기관총을 가지고 잔뜩 긴장한 이삼십 명의 길병^{보병}이 차로부터 뛰어내렸다.

공습경보를 듣고 강 건너 송파의 병영으로부터 이 광나루 지구를 경계하러 온 일대였다. 그러나 그 경계라는 것은 그들이 가지고 온 무기가 하다못해 고사기관총^{주로 항공기를 사격하는 데 쓰는 큰 기관총}도 아니요, 보통 산병전^{소전투}에 쓰는 경기관총인 것과 그것을 동네 복판에다 맞추어놓고서 대기를 하는 것과로 미루어 적기를 쏘자는 것이 아니고서 폭격의 혼란을 틈타 폭동이라도 일으킬 염려가 있는 주민—조선 사람을 약차하면^{이렇다 하면} 쏘아대자는 것임은 말하지 않아도 번연하였다.

나는 지휘하는 자를 비롯하여 병정들의 눈을 똑똑히 보았다. 곧 사람을 살상하여 마지않겠는 독기가 뻗쳐 나오는 눈들이었다. 나는 소름이 쪽쪽 끼쳤다.

공습^{공중 습격}을 당하면서 적기를 쏠 방비를 해주기보다는 센징^{조선 사람}을 쏘아 죽일 채비를 차리는 그들의 양심과 살기를 머금은 그 눈, 눈, 눈…… 앞에 B29의 폭격이 있다면 등 뒤에는 일병의 기관총 부리가 있는, 그 기관총을 또한 피하기 위해서도 나는 하루바삐 비교

적 안전한 곳으로 자리를 옮아앉아야 하였다.

나는 1945년 4월 마침내 집을 팔고—게딱지 같은 초가집이었으나 설리_{서럽게} 장만한 집이었다—그것을 헐값으로 팔아넘기고 세간도 대부분 팔고서 짐 가벼운 것만 꾸려가지고 고향으로 소개랍시고 해오고 말았다.

나에게는 그러나 일본의 패전 그다음에 오는 것의 불안과 공포랄지, 눈에 살기를 머금은 일본 병정들의 등덜미를 겨누는 기관총 부리의 위협이랄지 이런 것 외에도 멀찍이 궁벽한 시골로 낙향을 해야만 할 사정이 따로 또 있는 것이 있었다.

1943년 2월 황해도로 강연을 간 것이 나로서는 아마 대일협력의 첫걸음이라고도 할 만한 것이었다.

총독부와 총력연맹이 설두를 하여 경향의 종교·사상·예술·언론·조고_{문필에 종사함}·교육 등 각계의 사람 이백여 명을 그러모아 전 조선 각 군의 면으로 하여금 제각기 면 단위로 열게 한 소위 미영 격멸 국민 총궐기 대회에 몇 개 면씩을 찢어 맡겨 보내어 전쟁 기세를 돋우는, 그중에도 미영에 대한 적개심을 조발하는—강연을 하게 한 그 강사의 하나로 나도 뽑혔던 것이었다.

대일협력도 첫걸음이려니와 사십 평생에 여러 사람을 모아놓고 강연이라고 하는 것을 해본 적이 도대체 없었다.

일어가 서툴러 못 나가겠다고 하였더니 조선말도 무방하다고, 실상은 상대들이 시골 농민들인 만큼 '국어 상용'의 본의에는 어그러지나 조선말이 더 효과적일 것인즉, 이번만은 되도록 조선말로 하게 하기로 이미 방침을 세웠노라고 하였다.

생후에 한 번도 연단에 서본 경험이 없어, 강연이 하여질 것 같지 않다고 하였더니, 경험은 없더라도 열^{열의} 하나면 되는 것이라고, 생전에 한 번도 연단에 서보지 아니한 사람이 이 기회에 분연히 일어서서 강연을 하게 되었다는 그 사실이 벌써 청중을 감격케 할 사실이 아니냐고, 그러니 너야말로 빠져서는 안 될 사람이라고 하였다.

그러거나 말거나 누웠고 나아가지 아니하였으면 그만일 것이었다. 나중이야 앙화^{어떤 일로 인해 생기는 재난}가 와닿겠지만 그 당장은 새끼로 목을 얽어 끌어내지는 못하였을 것이었다. 그러나 나는 내 발로 걸어나갔다. 영을 어기지 아니해야만 미움을 받지 않고 일신이 안전하고 한 것을 알기 때문이었다.

개성서 살고 있을 때요, 태평양전쟁이 일던 전전해인 1938년이었던 듯싶다. 3월 그믐인데 볼일로 서울에 왔다 삼사일 만에 내려갔더니 가족들이 초상난 집처럼 근심에 싸여 있었다. 조금 전에 개성경찰서의 형사 두 명이 와서 내가 거처하는 방을 수색을 하고 서신과 몇 가지의 원고와 잡지 얼러^{어울러} 몇 가지의 서적을 가져갔고, 그러면서 물어볼 말이 있으니 돌아오는 대로 곧 고등계로 오도록 이르라는 부탁을 하더라는 것이었다.

그리고 그날 아침 ○○○군과 ×××군이 붙들려 갔다는 말을 하였다. ○○○군과 ×××군은 나한테를 종종 다니는 이십 안팎의 문학

청년들이었다.

  신경이 과민한 정비례로 무식하고 그와 반비례로 일거리는 없어 상관 앞이 민망하고 한 시골 경찰의 고등계 형사들이 정히 무료하다 못하면 더러 그런 짓을 하는 행투를 짐작지 못하지 않는 터라 치안유지법에 걸릴 아무 내력이 없는 것은 번연한 노릇이요, 하여 설마 어쩌랴고쯤 심상히 여기고 선 길에 경찰서로 가보았다.

  보기만 해도 마치 뱀을 쭈쩍^{뜻하지 않게 갑자기 마주치는 모양} 만난 것처럼 섬뜩한 것이 경찰서의 사람들이었다. 들어서기가 무엇인지 모를 무시무시한 것이 경찰서였다. 아무렇지도 않은 신고서 한 장을 들이밀러 가기에도 들어서면 벌써 눈 부라림과 호통과 따귀가 올라붙거니만 싶어 덮어놓고 공포증과 불안을 주는 것이 경찰서요, 그곳의 사람들이었다. 그런지라 비록 치안유지법에 걸릴 아무 내력이 없다고는 해도, 그래서 심상히 여겼다고는 해도 노상 태연한 마음일 수가 없었음은 물론이었다.

  이윽히 기다리게 한 후에 일인 형사가—빼빼 야윈 몸과 얼굴과 눈과 심지어 수족에서까지 사나움이 졸졸 흐르는 자로 얼굴만은 진작부터 앎이 있었다—그자가 별실로 데리고 들어가더니 ○군과 ×군과 나와의 상종에 대한 것을 묻는 것이었다. 언제부터 어떤 반연으로 알았으며, 한 달이면 몇 번씩이나 찾아오며, 만나서 하는 이야기와 하는 일은 무엇이며 하냐고.

  만나기는 한 반년 전에 그들이 찾아와서 비로소 처음 만났고, 하는 이야기나 하는 일은 문학을 공부하는 초보에 관한 것으로 쓰는 공부는 어떻게 하며, 읽기는 어떠한 책을 읽어야 하며, 어떤 작가는 어떤 작품을 썼고 어찌해서 그것이 좋은 작품인 것이며, 또 그들이 책을 읽다가 이해치 못하는 대문이 있어가지고 와 묻는 것이 있으면 설명을 해주기도 하고 하노라고 말썽 안 될 범위에서 대답을 하였다.

"그것뿐인가?"

마지막 형사는 딱 어르면서 표독한 눈매로 눈을 부라렸다.

나는 속으로는 떨리나 태연히,

"대강 그렇습니다."

"더 생각해봐."

"더 생각하나 마나 그렇습니다."

"정녕?"

"네."

"이 자식."

소리와 함께 따귀를 따악 거푸 따악 따악 따악 따악…….

"꿇어앉어, 이 자식아."

걸상으로부터 내려가 꿇어앉았다.

"바른대로 대지 못해?"

"바른대로 댔습니다."

"너 이번 지나사변중일전쟁에 대해서 한 이야기두 있잖어?"

"지나사변의 어떤 이야기 말입니까?"

"너 일본이 아무리 무력으루는 한때 지나^{중국}를 정복을 한다더래두 결국은 가서 실패를 하구 만다구 그런 말을 했잖었어?"

"그건 일본을 두고 한 말이 아니라 한민족은 이상한 동화력을 가진 민족이 되어놔서 그동안 누차 변방 족속한테 무력 정복을 당했으면서도 그런 족족 정복자를 문화적으로 사회적으로 동화·흡수를 하군 해서 어느 시간이 경과한 후에 가선 정복자요, 지배자였던 변방 족속이 피정복자요, 피지배자였던 한민족한테 먹혀버리고서 존재가 없어지고 했느니라구 단순히 역사적 사실을 이야기한 일밖에 없습니다."

"그러니깐 이번 지나사변두 결국은 일본이 실패를 한다는 그 뜻으루 다 한 소리가 아냐?"

"그렇게 억지루 가져다 댄다면 못 댈 것은 없지만서두 내 본의는……."

"요 앙뚱스러운 자식 같으니로고. 네 따위가 어따 대구 고따위루…… 이 자식아 대일본제국의 흥망이 달린 앞에서 너희 조선놈 몇 마리쯤 땅바닥으루 기는 버러지만치나 명색이 있을 줄 알아? 그런 것들이 어따 대구 감히 그런 발칙한 소릴."

이번에는 구둣발이 내 몸뚱이를 함부로 짓이긴다.

매는 미상불 아픈 것이었다.

"너 이 자식 좀 곯아봐."

인하여 나는 생후 두 번째로 유치장이라는 것을 들어가보았다.

집어 처넣어놓고는 달포한 달이 조금 넘는 기간를 아무 소리 없이 저의 말대로 곯리기만 하였다.

그동안 ○군과 ✕군과 그리고 또 한 사람 붙잡혀 들어와 있는 △군과 이 세 사람만은 가끔가다 하나씩 끌어내다가는 노글노글하게 매질을 하여 들여보내곤 하였다.

아무 소리도 없이 처박아두기만 하는 것은 당하는 사람으로는 무위한아무것도 하는 일이 없는 유치장의 하루씩을 지우기의 답답하고 고통스러움과 일이 장차 어찌 되려는가의 불안 초조와 이런 것으로 하여 악형이야 당할 값이라도 차라리 자주 끌려나가기만 못한 노릇이었다. 정복자와 밑 그의 수족 노릇을 하는 일부 원주민으로 이루어진 지배자와 피정복자를 닦달함에 있어서 인간으로서 인간을 학대하기에 경찰서의 유치장 이상 가는 것은 아마도 없을 것이었다.

물통에다 냉수를 한 통씩 길어다 놓고 국자를 담가놓고 그 물을 떠 간수들이 저희들의 차도 달여 먹고 죄인들이 물을 청하면 한 국자씩 떠주고 하되 죄인들은 방방이 한 개씩 두어둔 양재기에다 물을 받아서 마시도록 마련이었다.

일전 내기 투전을 하다 붙잡혀 들어온 촌 농부 하나가 있었다. 지극히 가벼운 죄인이요, 또 생김새도 어수룩하게 생긴 젊은 친구였다.

가벼운 죄인이면 감방으로부터 불러내어 유치장 바닥의 비질도 시키고 죄인들의 잔시중—물을 떠준다거나 휴지를 들여준다거나 하는 심부름을 간수들 저네의 대신 시키기도 하였다.

　일전 내기 투전꾼은 유치장 바닥을 다 쓸고 나서 마침 목이 말랐던지 물통에서 국자로 물을 떠 벌컥벌컥 시원히 마시고 있었다.

　그러자 별안간,

　"고라, 이노무 이놈의 자식이!"

하고 벽력 같은 고함과 더불어 간수가 저의 자리로부터 쫓아 내려오더니 뺨을 치고 구둣발길로 걷어차고 하였다.

　죄인은 국자를 놓치고 회삼물 석회, 황토, 가는 모래를 섞어 반죽한 물질 바닥에 가 쓰러져 미처 다 못 삼킨 물과 볼이 터져 나오는 피를 함께 흘리면서 연방 아이구머니 소리만 질렀다.

　간수는 죄인의 몸뚱이를 옆구리고 머리고 상관없이 퍽퍽 걷어지르기를 그치지 않았다. 그러면서 꾸짖는 것이었다. 국자에다 왜 더러운 주둥이를 대느냐고. 요보 일본인들이 한국인을 멸시하여 부르는 말 는 도야지보다 더 더러운 놈들이라고.

　도야지보다 더 더러운지 어쩐지 그것은 막시 혹시 모르나 정복자란 것이 피정복자의 앞에서는 도야지만치도 명색이 없는 것만은 이 한 가지로 미루어서도 분명하였다.

　나는 유치장에 들어가던 날의 첫 번 식사인 저녁밥을 먹지 않았다. 흥분이 되어 식욕이 없는 것도 없는 것이었지만 그다지 입이 호강스럽지는 못한 나로서도 차마 그것을 밥이라고 입에 떠넣을 뜻이 나지 아니하였다. 찌그러지고 오그라지고 시꺼멓게 때꼽재기 더럽게 엉겨 붙은 때의 조각이나 부스러기가 끼고 한 양은 벤또에다 골싹하게 가득하지는 아니하나 거의 다 찬 듯하게 담은 밥이라는 것은 쌀 알갱이는 눈 씻고 잘 보아야 하나씩 둘씩 섞였을 뿐의 노오란 조밥이요, 찬이라는 것은 산에 가서 되는대로 그럴싸한 풀잎을 뜯어다 슬쩍 데쳐서 소금을 뿌려 주물럭주물럭한 두어 젓갈의 소위 산나물 한 가지로 하였다. 밥에는 그러나마 만주 좁쌀에 고유한 그 세모지고 얄따란 다갈색의 잔모래가 얼마든지 그대로 섞여 있고.

내 밥이 젓갈도 대지 않은 채 그냥 도로 나가게 된 것을 알자 옆에 있던 절도범이 혼잣말처럼,

"그럼 내가 먹을까?"

하고 슬며시 집어가더니 볼퉁이가 미어지도록 퍼넣는 것이었다. 그 것을 여남은 열이 조금 넘는 수이나 되는 동방 같은 방의 죄인 대부분이 너도나도 하고 덤벼들어 단 한 젓갈이라도 빼앗아 먹으려고 다투고 불뚝거리고 욕질을 하고, 거기에 밥에 대한 인간의 동물적인 싸움이 잠시 동안 벌어지고 있었다.

이튿날도 나는 온종일 먹지 아니하였다.

두툼한 솜바지 저고리에다 솜버선에다 차입한 담요까지 지니고 지내고 사식을 차입받아 먹고 하는 사기죄인—그가 이 5호 방에서는 제일 고참으로 열여섯 달째 되는 사람이었다. 그가 점심때에는 나더러 간수한테 말을 하면 사식을 들여주니 이따 저녁부터라도 받아먹도록 하라고 권고하였다.

나는 '글쎄……' 하고 애매히 대답하고 말았다. 나는 한 끼에 일 원 오십 전씩 하루에 사 원 오십 전이나 드는 사식을 들여 먹을 형편이 되질 못했다. 저녁 역시 나는 관식 벤또를 동방엣 사람들에게 그대로 내주었다.

사기죄인이 저의 사식에서 부연 쌀밥을 절반이나 덜고 굴비랑 군고기랑 곁들여 내 앞으로 밀어놓으면서,

"이거라두 좀 자시우. 보아허니 그렇게 함부로 지나든 아녀시든 분네 같은데, 그렇다구 사뭇 저렇게 굶기로만 들어서야 쓰겠수." 하고 권을 하는 것이었다.

미상불 나는 현기증이 나도록 시장하였다.

보드라운 흰밥과 맛있는 반찬이 어금니에서 신침이 흐르고 회가 동하였다 입맛이 당겼다. 그러나 나는 세 번 네 번 권해서야 겨우 두어 젓갈 밥을 뜨는 시늉하고 말았다.

사식은 들여 먹을 터수 형편이나 정도가 못 되면서 입만 가져가지고 관식을 먹지 않고 앉아서 남이 덜어주는 사식덩이를 멀쩡히 얻어먹다니 염치가 아니요, 양반 거지의 주접이었지 갈데없는 짓이었다.

"그래두 자셔야지 별수 없습네다. 노형두 지끔은 첨이라 다 심사두 편안치 않구 해서 그렇겠지만서두 인제 두구 보시우. 배고픈 걱정 외에 더 걱정이 없을 테니. 어서 나가구픈 생각 집안일 죄다 잊어버리구 그저 먹을 것 생각밖엔 나는 게 없을걸."

사기죄인은 이런 말을 하였다.

나는 설마 그러랴 하였으나 이레^{일곱 날}가 못 가서 그의 말이 옳았음을 나는 깨닫지 아니치 못하였다.

쌀 알갱이라야 눈 씻고 보아야 하나씩 둘씩 섞였을 뿐의 불면 알알이 다 날아갈 듯 퍼슬퍼슬한 노란 조밥, 씹으면 모래와 흙이 지금지금하는 그 알뜰한 조밥과 쓰디쓴 산나물이 아니면 시꺼멓게 썩은 세 조각의 짠무 조각 반찬이 어떡하면 그렇게도 입에 회회 감기고 맛이 나는지 삼십오 년의 반생을 두고 나는 일찍이 그런 맛있는 밥을 먹어본 적이라고는 없었다.

납작한 양은 벤또에다 골싹하니 푼 그 밥이 아무리 양이 적은 나에겔망정 양에 찰 이치가 없었다. 가에 붙은 좁쌀 한 알갱이까지 깨끗이 다 씻어 먹고 나쁜 젓갈을 놓으면 젓갈을 놓으면서 바로 배가 고프고 다음 끼니가 기다려졌다.

아침 일곱 시면 밥 구루마가 떨걱거리면서 온다. 아침을 먹고 나서는 열두 시 점심이 올 때까지 간수의 앉은 등 뒤에 걸린 시계를 백 번도 더 내다보면서 떨걱거리는 밥 구루마 소리를 기다린다. 가까스로 점심을 먹고 나서는 이내 또 백 번도 더 시계를 내다보면서 여섯 시 저녁을 기다린다. 이렇게 오직 밥을 기다리기를 일삼으면서 하루하루를 지우곤 하던 것이었다. 내가 나를 생각해도 천박하기 짝이 없었다. 하루 종일 먹을 것만 탐하는 도야지나 다름이 없는 성싶었다.

모처럼의 기회는 기회겠다, 가만히 앉아서 정신을 집중시켜 사색 같은 것이라도 하염직한 것이 아니냐고 스스로를 책망은 해보나 첫째는 본시가 그런 유유스러운 성격이 되질 못하였고 겸하여 형이 결정된 감옥의 죄수가 아니어놓아서 도저히 안존할 수가 없었다.

아무튼 조금은 자제력이 있다고 할 내가 그러할 제, 여느 잡범들이야 말할 나위가 없었다.

누가 밥을 남기든지 통째로 안 먹는 것이 있든지 하면 서로들 먹으려고 다투는 양이란 차마 보기에 민망한 것이 있었다. 규칙이 남는 밥은 도로 내보내되 아무도 함부로 먹지 못하도록 마련이었고, 그래서 그 규칙을 범하였다 발각이 나면 죽을 매를 맞고라야 말았다. 그러므로 남는 밥은 몰래 먹어야 하였고 큰 모험이 아닐 수 없었다. 하건만 그들은 감히 모험하기를 주저치 아니하였다.

제3호 방에 밥 하나가 더 들어간 것이 드러났다.

4월이라지만 유치장의 감방은 겨울 진배없이 추웠다. 간수는 제3호 방에다 밥 하나를 더 먹은 벌로 물을 세 통이나 끼얹었다. 그리고 밥을 노나 먹은 네 사람은 창살 밖으로 손목을 묶어 매달아놓고 한나절이나 격검채 검도 연습을 할 때에, 칼 대신 쓰는 참대로 만든 긴 막대기로 두들겨 팼다.

해방 후의 경찰서와 그 유치장의 범절이 어떠한지는 막시 모르나 일본식 경찰은 피의자에서부터 이렇게 잔학하고 동물적인 대우를 하였다. 저네의 소위 '도야지울'에서 과연 도야지의 대우를 받으면서 나 자신 역시 도야지 이상이질 못하는 채 한 달을 무료히 썩였고 한 달 만에 비로소 취조실로 불려나갔다.

그 몸과 얼굴과 눈과 심지어 수족까지 사나움이 질질 흐르는 일인 형사였다.

"독서회를 조직한 사실을 ○○○이가 자백을 했는데 너는 그래도 모른다고 버틸 테냐?"

형사는 쩡쩡 울리는 목소리로 이렇게 다잡았다.

"독서회를 조직했다구요?"

나는 섬뻑 무어라고 대답할 말이 없어 뚜렷거리다 반문하였다.

"그래 자백을 했어."

"나는 없습니다."

사실로 없었다.

모르면 몰라도 ○군이 매에 부대끼다 못해 허위의 자백을 하였거나 그렇지 않으면 그들의 상투 수단인 넘겨짚기일 것이었다.

이날의 문초에서 나는 그들이 무엇을 꾀하고 있는가를 비로소 알아채었다.

여기에 좀 반지빨라 말이나 행동 따위가 어수룩한 맛이 없이 얄미울 정도로 민첩하고 약삭빠른 보이는 녀석이 있어 그 주위에 역시 주의거리의 젊은 아이 놈들이 모여 문학을 공부한답시고서 책도 노나 읽고 의견도 교환하고 시국에 대하여 방자스러운 방담을 더러 하는 모양이어…… 이만한 건덕지면 혹시 잘만 날뛰면 독서회쯤 사전 하나를 뚜드려 만들 수가 있을는지도 모르는 것이었다. 마치 대장장이의 망치가 뚜드리

는 곳에 아무것도 아니던 녹슨 헌 쇳덩이가 뻐젓이 도끼며 식칼이
되어 나오듯이 저 전라북도 경찰부가 뚜드려 만든 카프 사건도 그
런 솜씨의 요술이었을 것이었다.

한 열흘 후에 나는 두 번째 끌려나갔다.

그동안 O군은,

"독서회 일건은 절대 부인하시오. 그들은 저더러 선생님이 벌써
자백을 하였다고 하지만 저는 믿지 않습니다. 일기책을 뺏겼는데
거기에 더러 선생님한테 불리한 것을 쓴 것이 있어서 저는 그것만
이 걱정입니다."

하는 쪽지를 연필로 감방 휴지에 적어 보낸 것을 받았고 그것으로
나의 추측이 한 치가 틀리지 않았음을 알았다.

이번에는 그는 일인 형사의 짝패인 머리통이 엄청나게 크고 짧은
다리로 여덟팔자걸음을 아기작아기작 걷는 김가라는 조선 형사였
다. 사납고 가혹하기로 개성 일판에서 이름이 난 형사였다.

그런 김가가 뜻밖에 부드러운 얼굴로 공대하는 말까지 쓰면서 문
초를 하였다.

"그 왜 고집을 부리구 생고생을 하슈?"

"고집이 아니라 없는 사실을 부르라니 어떡헙니까?"

"독서회라는 이름은 짓지 않었드래두 독서회의 행동을 했으면
사건은 성립이 되게 마련인 법인 줄 알면서 그러슈?"

"무얼 독서회의 행동을 한 것이 있어야지요?"

"가사^{가령} 또 사건은 성립이 안 된다구 치더래두 당신이 시방 미움을 받구 있는 것만은 사실인데 미움을 주기루 들면 한정이 없는 걸 모르슈? 일 년이구 이태 삼 년이구 처가둬두구서 곯리면 곯았지 별수 있나?"

고문보다도 또는 감옥으로 가서 징역을 살기보다도 가장 두려운 악형은 민두룸히^{태도나 기색이 예사롭게 천연하게} 그대로 경찰서 유치장에다 가두어두고 생으로 사람을 썩히는 것이었다.

사상 관계자로 붙잡혀 들어갔다 이렇다 할 사건도 없는 사람이면서 몇 해씩을 현재 그렇게 생으로 썩고 있는 사람이 전 조선의 경찰서 유치장을 턴다면 얼마든지 나올 수 있는 사실이었다.

또 사상 관계자만이 아니요, 멀리 다른 곳에 실례를 찾을 것이 없이 당장 내가 갇혀 있는 한방에도 사기횡령으로 몰려 붙잡혀 들어와가지고 일 년과 넉 달이 되는 사람이 있지 않은가.

나는 무쇠의 탈을 쓰지 아니한 '무쇠탈'을 연상하고 속으로 전율하였다. 김가는 짐짓 부드러운 얼굴과 공순한 말로써 회유를 하는 한편 무형의 '무쇠탈'로써 은근히 위협을 하자는 심담^{심지와 담력}인 모양이었다.

나는 없는 죄를 자백하고 가서 징역을 사느냐, 경찰서 유치장에서 장차 얼마일지를 모를 세월을 썩느냐, 두 가지 중에서 하나를 택하여야 하였다.

이때에 나를 구원해준 것이 생각지도 아니한 한 장의 엽서였다.

다시 열 며칠인가 지나서였다.

일인 형사가 끌어내 가더니 어인 셈인지 빈들빈들 웃으면서,

"나가구푼가?"

하고 물었다.

나는 섬뻑 무어라고 대답을 못 하고 눈치만 보았고 했더니 재차,

"나가구퍼?"

그제야 나도,

"있구퍼서 있나요?"

"음……."

그러고는 한참이나 내 얼굴을 여새겨보고 나서,

"조선문인협회라구 하는 것이 있나?"

"있습니다."

"무엇 하는 단첸구?"

"조선 사람 문인들이 모여서 문학으로 나랏일을 도웁자는 것입니다."

"어떤 발연으루 생긴 단첸가?"

"총독부와 민간의 유력한 내지인들이 서둘러주었습니다."

"회원은 전부 센징이겠지?"

"찬조회원이나 명예회원은 내지인이 많습니다."

"조선문인협회에서 북지 방면으루 황군위문대를 파견한다구?"

"그렇습니다."

"이것이 그 통첩인가?"

그러면서 한 장의 엽서 편지를 내놓았다.

문인협회로부터 북지 방면으로 황군위문대를 회원 중에서 파견하고자 하는데 그 구체적 협의회를 아무 날 아무 곳에서 열겠으니 참석하라는 엽서가 지난번 서울을 가기 조금 전에 온 것이 있었다. 바로 그 엽서였다. 나중 놓여나가서 알았지만 내가 놓여나가던 십여 일 전에 두 번째 와서 수색을 하였고, 그때에 잡지 틈바구니에 끼었다 떨어지는 이 엽서를 가져가더라고 집안사람이 말하였다.

"거기 보면 3월 28일인가 위문대 파견하는 협의회를 열겠다고 했는데 참석했는가?"

"했습니다. 실상 지난번에 서울 간 것도 그 때문이었습니다."

"어떤 결정을 했는가?"

"회원 중에서 명망이 있는 사람으로 몇 사람을 뽑아 파견하기로 했습니다."

"누구누구가 뽑혔는가?"

"그것은 전형위원에서 맡아 하기로 했습니다."

"비용은?"

"당국의 보조로 쓰기로 했습니다."

"음……."

그자는 이윽고 얼굴과 음성을 준절히_{매우 위엄이 있고 정중하게} 해가지고,

"이번 사건이 그대들은 암만 그렇게 부인을 해도 증거가 역력히

있고 하니깐 성립을 시키자면 충분히 시킬 수가 있단 말야, 응?"

"네."

"그렇지만 첫째는 고의로 그런 것이 아니라 무의식중에 그렇게 된 모양 같고, 또 일변 조사를 한 결과 그대는 조선문인협회의 회원으로 대단히 열심이 있는 사람이 판명이 되었고 해서 이번 일은 특별히 용서를 하는 것이니, 응?"

"네."

나는 실상 서울에 가 있었으면서도 그 협의회는 참석을 아니하였다. 회의 경과도 그래서 노상에서 우연히 ○○○를 만나서 이야기로 들었을 따름이었다.

또 형사는 조사를 해본 결과 어쩌고 하였지만 내가 그 뒤에 서울로 가서 알아본 것에는 개성경찰서로부터 문인협회서 나에 대한 신분의 조회 같은 것은 온 것이 전혀 없었던 모양이었다.

"또 다른 세 사람은 나이알라 아직들 어리고 한데 전과자의 신분을 가져서는 정상이 가긍할 불쌍하고 가여울 뿐 아니라 장차 나라를 위해 일을 할 때에도 상치 상처가 될 것이요 해서 십분 용서를 하는 것이니, 응?"

"네."

"이훌랑 각별히 주의하고 더욱더욱 나랏일에 충성을 해야 해."

"네."

"이다음 만일 무슨 불미한 일이 있으면 그때는 일호 용서 없다?"

“네.”

돈의 힘으로 경찰서를 쥐락펴락하고 형사나 순사 나부랭이를 하인 부리듯 하는 개성 제일 갑부의 젊은 자제가 나의 가형^{맏형}과 친구의 청을 받고 그 두 형사를 불러 술을 먹이는 길에 ‘이 꺽지^{꺽짓과의 민물고기} 같은 자식들아, 할 일이 없거든 발바닥이나 긁고 앉았지, 그 사람이 무슨 죄가 있다고 때려 가두어놓고는 지랄들이냐’고 시퍼렇게 지청구^{꾸지람}를 해주더라는 소식을 놓여나와서 들었다.

그것이 보람이 있기도 하였겠지만 결정적인 것은 역시 문인협회의 한 장 엽서였던 듯싶었다. 문인협회에 대한 대답 가운데 요긴한 것은 임시로 그 자리에서 나에게 유리하도록 꾸며댄 대문이 많았으나 아무튼 대일협력이라는 주권^{증권}의 이윤이 어떠하다는 것을 실지로 배운 것이 이 개성사건이었다.

나중 가서야 어찌 되었든 우선 당장은 나아가지 않더라도 새끼로 목을 얽어 끌어내지는 아니할 것이며 누워서 배길 수가 없잖아 있는 소위 미영 격멸 국민 총궐기 대회의 강연을 피하려 않고서 내 발로 걸어 나갔던 것은 그처럼 대일협력의 이윤이 어떻다는 것을 안 것이 있었기 때문이었다.

많은 수효의 영리한 사람들이 저의 이익과 안전을 도모하기 위하여 진심으로 일본 사람을 따랐다. 역시 적지 아니한 수효의 사람이 핍박을 받을 용기가 없어 일본 사람에게 복종을 하였다. 복종이 싫고 용기가 있는 사람은 외국으로 달리어 만족해방의 투쟁을 하였다.

더 용맹한 사람들은 외국으로 망명도 않고 지하로 숨어 다니면서 꾸준히 투쟁을 하였다.

용맹하지도 못한 동시에 영리하지도 못한 나는 결국 본심도 아니면서 겉으로 복종이나 하는 용렬하고 나약한 지아비의 부류에 들고 만 것이었다.

3

눈이 쌓이고, 한참 춘^{추운} 2월 초생이었다.

송화군에서 맡은 곳을 다 마치고 마지막 풍천읍에서의 길이었다.

강연을 마치고 나니, 다음 예정지로 가는 버스가 두 시간 후에 떠나는 것이 있었다.

주인 편의 여러 사람과 점심을 먹고 있는데, 밖에서 손님이 찾는다는 전갈이 들어왔다.

이 고장에 알 사람이라고는 없는데 하고 의아해하면서 나가보았더니, 초면의 두 청년이었다. 하나는 건장하고, 하나는 그와 정반대로 얼굴이 병적으로 창백하고 몸이 파리한 대조적인 두 사람이었다.

나는 그들이 모르는 사람인 것을 발견하는 순간 가슴이 더럭하였다^{어떤 생각이나 감정 따위가 갑자기 생겼다}. 그러나 한편으로는 반가웠다.

그동안 다섯 차례를 강연을 하였는데, 청중 가운데 밀끔밀끔하니

땟물이 벗고, 표정이 다부진 청년들이 한 패씩 들어와 있지 않은 자리가 없었건만, 내가 강연이랍시고 맨 멀쩡한 소리를 지껄이고 섰어도 단 한 번인들,

"개수작 집어치워라."

하고 고함치는 사람이 있는 것을 보지 못하였다.

황차^{하물며} 밤 같은 때 사처로 달려들어 몰매질을 하고 있는 따위는 싹도 볼 수가 없었다.

안전과 무사가 물론 다행치 아니한 것은 아니었다. 그러나 젊은 사람들까지가 이다지도 기운이 죽었는가 하면 적막하고 슬펐다.

그러던 차라 미지의 젊은 사람네의 찾음을 만나니 가슴 더럭한 것과는 따로이, 여기는 그래도 기개 있는 젊은이가 있는 것이나 아닌가, 노백린^{독립운동가} 씨의 생지^{출생지}가 그래도 다른가 보다 싶어, 그래 반가운 생각이 들던 것이었다.

그러나 나는 그들이 너무도 적의가 없어 보이고, 말이랑이 공순한 것이며, 또 몰매질을 하러 온 것으로는 단둘이라는 것이 과히 단출한 것이며에 이내 도로 안심과 실망을 함께 느꼈다.

건장한 편이 노군, 창백하고 파리한 편이 이군이었다.

수인사가 끝난 후 노군이 물었다.

"선생님, 언제 떠나시죠?"

"이따 오후 버스로 떠나기루 했습니다."

나의 대답에 둘은 문득 절망을 하면서 다시 노군이,

"웬만하시면 낼 아침 버스로 떠나시게 하시구서, 오늘 저녁 저희들허구 좀 만나주셨으면……."

"예정이 있어놔서 그럽니다."

둘이는 서로 보면서 못내 섭섭해하다가 이군이 이번엔 묻는다.

"정 그러시다면 단 한 시간이나 삼십 분이라두 여기서 점심이 끝나시는 대루 저희허구 좀."

"그럭허십시오."

주먹이 나올지 팥죽이 나올지 그것은 나중 보아야 할 일이요, 나는 나로서 지방의 젊은이들이 이 판국에 바야흐로 무엇을 생각하며 무엇을 바라며 하는지를 아는 것도 일종의 의무처럼 생색 있는 일이었다.

첩경틀림없이 흔하거나 쉽게 그러기가 쉽듯이, 점심자리가 술자리로 벌어지는 것을 속히 속히 끝내게 하느라고 하기는 하였지만, 워낙 시간의 여유가 많지 못했던 소치까닭로 젊은이들이 기다리는 자리는 가 앉았다 그대로 일어서야 할 만큼 시간은 촉박하였다.

사과와 과실과 차를 준비해놓은 자리에 노군과 이군 외에 한 또래의 청년이 두어 사람과 하나는 음악을, 하나는 문학을 각기 좋아한다는 소녀도 둘이 와서 있었다.

다시 초면 인사를 하고, 둘러앉아서 한 잔씩의 차를 마시기가 바쁘게 버스는 떠날 시간이 되었다.

노군과 이군이 서로가람서로 내일 아침에 떠나도록 하고, 하룻밤

자기들과 이야기를 해주어 달라고, 지방에서는 선배들을 항상 그리
워하는데 모처럼 기회를 그냥 놓치기가 여간 섭섭지 않다고 간곡히
만류를 하였다.

　나는 그날 풍천읍을 떠나 송화온천까지 가 거기서 장연황해도 장연
군에 있는 읍으로부터 나를 맞으러 오는 사람과 만나, 다음 날 장연으
로 가서 준비를 해가지고, 그다음날부터 강연을 하기로 다 배비배치
하여 준비함가 되어 있었다. 그러나 나는 장연 편과 연락에 어긋이 나
고, 가사 그래서 장연에서의 예정에 상치가 생기는 한이 있다더라
도 이 젊은이들의 만류를 뿌리치고 일어설 수는 없었다.

　밤에는 열둘인가로 사람이 더 불었다.

　이십으로부터 이십사오 세까지의 대개는 중등 이상의 학력을 가
진 모두가 준수한 젊은이들이었다.

　한 청년이 말하였다.

　"우리는 시방 앞날이 깜깜합니다. 자꾸만 비관이 됩니다. 어떻게
하면 좋을지 모르겠어요."

　나는 단박에 대답이 막혔다.

　그야 대답을 하기로 들면, 시원히 해줄 말이 없는 것은 아니었다.
그러나 이십여 명 이상이나 모인 사람들이, 그 사람들은 막상 다 미
더운 사람들이라고 하더라도, 내가 이 자리에서 한 말이 한 집 건너
고 두 입 건너 필경엔 경찰의 귀에까지 들어가지 말란 법이 없다는
것을 어떻게 보장할 것인고.

명색이 선배라고 믿고서 그들은 진심엣 호소를 하던 것이었다.

모인 전부가 낮에 강연회에도 와서 들었다고 한다. 그러니 낮에 강연회에서 지껄인 소리는 본의가 아니고 할 수 없이 그런 것이요, 진심은 그렇지 않거니 이렇게 나를 믿고서 자기네도 진심을 토로함이었다.

소문이 퍼질까 저어하여염려하거나 두려워하여 경찰의 형벌이 두려워, 이 나를 믿고서 와 안겨 고민을 호소하는 젊은이들의 진심에 대하여 한가지로 진심이지 못하는 나의 비겁함 그 용렬스러움.

나는 나 자신이 야속하고 또한 슬펐다.

"너무 범위가 막연한데…… 가령 어떤 방면으루 말이지요?"

나는 아무려나 우선 이렇게 반문을 하였다.

"여기 모인 우린 태반이, 징병이나 학병으루 끌려나가야 할 사람입니다. 끌려나가서 개주검을 해야 합니까?"

나는 등에 찬물을 끼얹는 것 같았다.

여럿은 먹기를 멈추고, 긴장하여 나의 대답을 기다렸다.

"우리가 앞으로 살아나가는 데 일본 사람과 꼭 같은 권리를 주장하자면, 피도 좀 흘려야 아니할까요? 피를 흘리면 흘린 피의 대가를 요구할 권리가 생기지 아니합니까?"

"네…… 그렇지만……."

그는 불만한 눈치였다.

그 불만스러워하는 것이 만족해하느니보다 얼마나 다행스러운

지 몰랐다.

이어서 다른 사람이 말을 하였다.

"도무지 차별 대우가 아니꼬워서 못 견디겠어요."

"차별 대우를 받지 않도록 우리두 실력을 가져야 하겠지요. 문화적으로나 경제적으로나, 그 사람네보다 떨어지지 않는 수준에 도달해야 하겠지요. 우리 전체가 노력을 해서 그만한 실력을 가지는 다음에야 언감히 우리를 하시하겠습니까?"

"같은 학교를 같은 해에 일본 아이는 꼴찌루, 조선 사람은 첫찌루 졸업을 했는데, 한날한시에 들어간 회사에서 월급이 우선 다르지요. 일본 아이는 조금 있으면 승차^{승진}를 하는데, 조선 사람은 만날 그 자리지요. 실력두 별수가 없잖아요?"

"개인으로는 우리가 일본 사람보다 나을 사람이 있다지만, 전체로야 어디 그렇습니까? 우리 전체가 일본 사람 전체보다 나은, 적어도 같은 수준에 이르도록 실력을 가져야 하고, 그때를 기다려야 하겠지요."

이 실력론이나 먼저의 피의 대가의 주장론, 친일파 가운데에서도 제 소위 진보적이라고 하고, 내선일체주의자라는 이름으로 불리는 극단파에서 하는 주장이었다. 그러기 때문에 그들은 친일파는 친일파이면서도 총독부와 군부의 미움과 주목을 받는 패들이었다.

나는 목마른 젊은이들이 바라는 한 그릇의 시원한 냉수를 주는 대신, 그런 친일파의 괴설을 빌려 결국 한 숟갈의 쓰디쓴 소태^{소태나}

무의 껍질를 주고 만 셈이었다.

뼈다귀가 부러지거나 골병이 들도록 늑신^{늘씬} 몰매를 맞느니보다
도 더 아픈 마음을 안고 사관으로 돌아가 누웠다.

잠을 이루지 못해 하는데, 이군이 혼자 찾아왔다.

"사람을, 이 사람 저 사람 너무 여럿이 오게 해서 선생님 퍽 거북
하셨을 줄 압니다. 그러나 다 안심할 수 있는 사람들입니다."

이군은 두 무릎을 단정히 꿇고 앉아서 사과 겸 변명을 한 후에,

"어떡허면 좋겠습니까, 선생님?"

하고 침통히 묻는 것이었다. 징병이며 학병에 대한 것이었다.

나는 서슴지 않고 대답하였다.

"되도록 나가지 말라고 권하고 싶습니다. 무슨 수단을 써서든지."

"……."

말없이 나를 보는 이군의 그 창백한 얼굴은 빛났다. 눈에는 눈물
이 고였다. 고인 눈물이 인하여 넘쳐흘렀다.

나도 눈가가 뜨거웠다.

"이왕 한마디 부탁이 있소이다. 꿋꿋한 정신을 길르구 지켜주십
시오. 강한 자에게 굽혀 목전의 구차한 안전을 도모하는 타협 생활
보다, 핍박을 받을지언정 굽히지 않고 도리어 그와 싸워 물리치겠
다는 꿋꿋한 정신을 길르구 이겨주십시오. 우리가 과거 수천 년래
대륙민족의 압제를 받은 것이나, 오늘날 일본의 종노릇을 하게 된
것이나, 우리를 침해하고 우리를 억누르는 외적과 마조^{마주} 싸워내

는 꿋꿋한 정신이 모자랐기 때문입니다. 강한 자에게 굽히고 아첨하여 구차한 일시일시의 안전만을 도모하는 타협주의의 이것이 우리 민족성의 큰 결함입니다. 오늘의 우리의 불행은 이 민족성의 결함에서 온 것이요, 그 결함을 고치지 않는 이상 우리는 민족적으로 멸망을 당하거나, 내일도 오늘처럼 영원히 불행할 것입니다. 시방 우리한테 특별히 젊은이들한테 절절하게 필요한 것은, 굴치 않고 싸워내는 꿋꿋한 정신입니다. 그렇지만 그것도 한 사람 한 사람이 따로따로이만 꿋꿋했자 아무 소용도 닿지 않습니다. 여럿이 모이는 데서 비로소 힘이 생기는 것입니다."

"……."

이군은 머리를 수굿하고 듣고만 있었다.

나는 음성을 고쳐 그다음 말을 하였다.

"그러나 조심하십시오. 첫째 서로 친하다는 것과 믿고서 속을 줄수 있는 사람이라는 것과는 다른 것입니다. 둘째 혈기를 삼가시오. 혈기는 경솔과 상거가 항상 가차운 것이니까요."

"……."

"그리고 또 한 가지 내 소견을 말하라면, 시방 이 야만된 폭력주의가 아무래도 인류 역사의 노말한 현상은 아닐 것입니다. 정녕 한때의 변조 같습니다. 과히 암담해하거나 실망들은 할라 마십시오. 수히 정상상태로 돌아갈 날이 올 듯두 합니다."

"고맙습니다, 선생님. 하신 말씀 명심하겠습니다. 믿겠습니다."

이군은 고개를 들고, 아직도 흐르는 눈물을 주먹으로 씻으면서 목멘 소리로 숨 가쁘게 그러던 것이었다.

이 밤에 나는 조금은 속이 후련하고 짐이 덜리는 것 같았다. 그러나 계속하며 뭇사람을 모아놓고 미국 영국은 나쁜 놈들이요, 일본이 옳고 전쟁은 시방이 한 고패요, 조선 사람들은 어서 바삐 증산^{생산을 늘림}을 하고 저축을 많이 하고 하여 이 전쟁을 일본의 승리로써 빨리 끝내도록 협력해야 한다는 강연을 하고 다니는 사람—보기 싫은 양서동물^{땅 위에서도 물속에서도 사는 동물}이 아니 되지 못하였다.

그 뒤 1944년 5월에는 작가 다섯 사람과 화가 다섯 사람을 추려 소설가 하나에다 화가 하나를 껴 다섯 패를 만들어가지고, 전라남도 목포의 목조조선소, 강원도 영월 무연탄광, 평안북도 강계의 무수알코올 공장, 같은 평안북도 용천의 불이농장, 역시 평안북도 양시의 알루미늄 공장 이 다섯 곳 생산현장으로 그 한 패씩을 파견하는 한 패에 뽑혀, 나는 양시의 알루미늄 공장으로 갔다. 할 일이라는 것은, 가서 한 일주일가량씩 묵으면서 생산현장의 실지 견문을 얻어가지고 돌아와 화가는 증산하는 그림을, 소설가는 증산 소설을 각각 쓰는 것이요, 주최와 발안은 총력연맹 문화과였다.

나는 다녀와서 이백 자 스무 장인가를 써 내놓았고, 일어로 번역을 누구에겐지 맡겨서 시킨다고 하더니, 그대로 우물쭈물 발표는 되지 않았다.

다시 그해 가을에는 강원도 김화로 전년의 황해도 적과 비슷한 강연을 갔다.

이보다 조금 앞서 매일신보에다 연재소설을 쓰기 시작한 것이 있었다. 검열이, 신문사의 편집자를 시켜 작자에게 다짐을 요구하였다. 반드시 시국적인현재 당면한 국내 및 국제 정세에 관한 소설이어야 할 것과 소설의 경개줄거리를 미리 제출할 것과 그 경개대로 충실히 써나갈 것 등속의 다짐이었다.

유일한 생화가 그때나 지금이나 매문돈을 벌기 위해 실속 없는 글을 써서 팖이요, 매문을 아니하고는 이합 이작의 배급쌀조차 팔 길이 없는 철빈…… 요구대로 다짐을 두고 쓰기를 시작하였다.

쓰면서 가끔 배신을 하다가 두어 차례나 불려 들어가 검열관— 퇴직 순검한테 꾸지람도 듣고, 문학강의도 듣고 하였다. 잘하나 못하나 이십 년 소설을 썼다는 자가 늙마늘그막에 와서 순검한테 문학강의의 일석을 듣고…….

그러나 일변 생각하면 받아 싼 욕이었다.

바이런인지는 자다가 아침에 깨어보니 제가 그렇게 유명해져 있더라고 하였다지만, 나는 하루아침 잠이 깨어 수렁 가운데에 들어섰는 나 자신을 발견하였다. 한정 없이 술술 자꾸만 미끄러져 들어가는 대일협력자라는 수렁.

정강이까지는 벌써 미끄러져 들어가 있었다. 그러나 시방이라면 빠져나올 수 없는 것도 아니었다.

만일 이때에 빠져나오지 않는다면, 정강이에서 그다음 너벅다리

넓적다리로, 너벅다리에서 배꼽으로, 배꼽에서 가슴패기로, 모가지로 이마로, 그러고는 영영 퐁당…… 하고 마는 것이었다.

몸은 터럭털이 있는 대로 죄다 곤두설 노릇이었다.

서울서 떠나 궁벽한 시골로 가 있기만 한다면 강연 같은 것을 하라고 불러내는 ‘곶감’의 미끼에 반겨 응하고 나설 기회가 태반 봉쇄될 것이었다. 시골로 가서 있으면 한 가락의 호미가 보리밥의 반량이나마 채워주어, 창녀 못지않은 그 매문질은 아니할 수가 있을 것이었다.

일본의 패전, 그다음에 오는 것의 불안과 공포랄지, 눈에 살기를 머금은 일본 병정들의 등덜미를 겨누는 기관총 부리의 위협이랄지, 이런 것 외에도 멀찍이 궁벽한 시골로 낙향을 해야만 할 또 한 가지의 다른 사정이란, 곧 이 대일협력의 수렁으로부터의 도피행 그것이었다.

그리고 그렇게 하였다.

그러나 결코 용감히 뿌리치고서 일어서고 하였던 바는 아니었다. 역시 나답게 용렬스러운 가만한 도피행일 따름이었다.

새삼스럽게 무슨 지조가 우러나는 것이 있었음도 아니었다.

후일에 혹시 문죄죄를 캐내어 물음라도 당하는 날이 있을까 보아 그날에 벌을 가볍게 하자는 계책인 것도 아니었다.

지금까지의 행적을 사는 고장을 옮김으로써 남에게 숨기기라도 하는 것은 더욱이 아니었다. 그런 점으로는 차라리 객지인 광나루

가 더 유리하였다.

오직 그 대일협력이라는 사실에서 풍겨나오는 악취 그것이 못 견디게 불쾌하였고, 목전에 그것을 면하고 싶은 지극히 당면적인 간단한 욕망으로서일 뿐이었다.

아무리 정강이께서 도피하여 나왔다고 하더라도, 한번 살에 묻은 대일협력의 불결한 진흙은 나의 두 다리에 신겨진 불멸의 고무장화였다. 씻어도 깎아도 지워지지 않는 영원한 '죄의 표지'였다. 창녀가 가정으로 돌아왔다고 그의 생리가 숫처녀로 환원되는 법은 절대로 없듯이.

또 정강이께서 미리 도피를 하여 나왔다고 배꼽이나 가슴패기까지 찼던 이보다 자랑스러울 것도 없는 것이었다. 가사 발목께서 도피를 하여 나오고 말았다고 하더라도 대일협력이라는 불결한 진흙이 살에 가 묻었기는 일반인 것이었다. 그러므로 정강이까지 들어갔으나 발목까지만 들어갔으나 훨씬 가슴패기까지 들어갔으나 죄상의 양에 다소는 있을지언정 죄의 표지에 농담^{짙음과 옅음}이 유난히 두드러질 것은 없는 것이었다.

4

소개랍시고 고향으로 내려오기는 하였으나 막막하기 다시없었다. 4월이면 여느 때에도 춘궁(봄철의 궁핍)이니, 보릿고개(농촌의 식량 사정이 가장 어려운 때)니 하여 넘기가 어려운 고패인데, 지나간 해가 연사(농사가 잘되고 못된 형편)가 좋지 못하였다. 그런데다 거두지도 못한 벼를 공출로 닥닥 긁어갔다.

그러고는 명색이 배급입네 환원미(자가 보유미까지 공출한 농가가 일정한 기간에 정부로부터 배급을 받는 쌀)입네 하고 한 달이면 한 집에 쌀 한두 되에다 썩은 강냉이(옥수수) 몇 되씩을 약 주듯이 주고 있었다.

백성들은 태반이 하루 한때 풀잎죽으로 아사(굶어 죽음)를 면할락 말락 하면서 누렇게들 떠가지고 춘경이 돌아왔건만 파종(씨뿌리기)할 기운을 내지 못하고 있었다. 우환 중에 보리가 흉년이었다. 백성들은 장차 10월까지 이 봄과 여름을 살아나갈 방도가 막연했다. 나의 고향집에는 팔십 넘은 노모와 육십의 장형 내외가 있었다. 거기에다 나에게 딸린 가솔이 넷.

이 여덟 식구를 나는 내가 책임을 져야만 하였다.

쌀은 사기도 어려웠거니와 내가 뭉뚱그려가지고 내려간 삼천 원의 돈으로 쌀을 사서 먹자면, 한 달을 지탱할까 말까 한 것이었다. 그러나마 나는 그 돈 삼천 원으로 농자(농사일에 드는 비용)를 삼아 금년 농사를 지어야 하였다. 붓을 꺾어버린 이상, 서울서처럼 원고료의 수입은 전혀 없을 터였다. 죽으나 사나 농사 한 가지에다 생도를 의탁하는밖에 없고, 그리하자면 그 돈 삼천 원을 당장 아쉽다고 먹어 없애는 수는 없었다. 나는 하릴없이 팔십 넘은 노모를 그림자 보이는 나물죽을 드렸다. 배탈이 난 네 살배기 어린놈을, 썩은 배급 강냉이밥을 먹였다.

논 ^{수전} 농사는 숙련된 기술과 나로서는 감당치 못할 울력^{여러 사람의 힘}이 드는 것이라 부득이 비싼 삯꾼을 사 대어야만 하였지만, 밭 농사는 아내와 함께 둘이서 하기로 하였다.

가을에 논의 신곡이 날 때까지 보태어 먹을 것으로 서속^{기장과 조}도 심고 감자도 심었다. 밭벼도 심었다. 채마도 가꾸었다. 그런 중에도 제일 빨리, 제일 손쉽게 먹을 수 있는 것으로 강냉이와 호박을 구석구석이 돌아가면서 많이 심어놓았다.

아내나 나나 일찍이 해보지 못한 노릇이라 대단히 힘에 겨웠다. 일쑤 코피를 쏟았다. 가끔 몸살이 나 앓기도 하였다.

몸 고단한 것보다도 더 어려운 것은 시장이었다.

조반은 뜨는 둥 마는 둥, 점심은 없는 날이 많았다. 4, 5월 기나긴 해를 허리띠 졸라매어가면서 땅을 파고 풀을 뽑고 하노라면 석양 때에는 깜박 현기증이 나곤 하였다. 그렇지만 편안히 있다 굶어 죽느냐, 밭고랑에 쓰러져가면서라도 심고 가꾸어 먹고 살아가느냐 하는 단판씨름인지라, 괴로움을 상관할 계제가 아니었다.

5월로 들어 일이 조금 너끈한 틈을 타 서울 걸음을 하였다. 짐을 꾸려 남의 집에다 맡겨둔 채 내려오지 못한 것을 가 운송편으로 띄우고자 함이었다.

매일신보에 들렀더니, 사회부원이 마침 잘 만났다면서 소개를 가서 지내는 형편을 말하라고 하였다.

무엇보다도 식량 사정이 핍절하노라고 공급이 끊어져 아주 없어졌노라고 내 손으로 강냉이를 삼사백 포기, 호박을 오륙십 포기 심어놓고, 그것이 자라서 열매가 열어서 익어서 마침내 시장한 배를 채워줄 날을 침 삼키며 기대면서 일심으로 매 가꾸노라고 이런 의미의 대답을 하였다.

그다음 날 지면엔 '소개의 변' 제2회째던가로 나의 사진과 함께 내가 소개를 가 붓을 드는 여가에 괭이를 들고 땅을 파며 강냉이를 삼사백 포기나 호박을 오륙십 포기나 심고 하여, 시국하 식량증산 운동에 크게 이바지를 하는 동시에, 농민들에게도 모범을 보이고 있다는 요령의 기사가 잘 씌었다. 고마웠다. 그것으로 징용도 면하고 주재소의 주목 대신 존경도 받고 하였다. 윤의 그,

"호박이랑 옥수수랑 많이 수확하겠습디까?"

하고 빙긋 웃기까지 하면서 하던 노골한 경멸과 조롱은, 이 매일신보의 기사 '소개의 변'에다 두고 한 것이었다.

그러므로 그것은,

"이놈아, 이 민족반역자야."

타매 아주 더럽게 생각하고 경멸히 여겨 욕함 와도 다름이 없는 것이었다.

5

주인 김군이 돌아왔다.

그는 출판을 하자면 선전 소용으로도 부득불 잡지를 조그맣게나마 하나 가져야 하겠다는 것과, 그 첫 호를 쉬이 내고자 하니 누구보다도 자네들 두 사람이 편집 방침으로든지 원고로든지 적극적으로 도와주어야 하겠다는 것을 간단히 이야기한 후에 나더러 먼저,

"우선 자넬랑은 소설을 한 편 짤막하구두 썩 이쁘장스러운 걸루 다 한 편. 기한은 이주일 안으루…… 이건 명령적 성질을 가진 것야. 위반을 했단 괜히."

"어떻게 생긴 소설이 그 이쁘장스러운 소설인구?"

나는 농 삼아서라도 이렇게 반문할밖에.

"가령 옐 든다면, 자네가 이번에 ××에다 쓴《맹순사》 같은 소설은 도저히 이쁘장스러운 소설이 아니니깐."

"그렇다면 다른 사람더러 부탁하는 게 술걸."

"이왕 말이 났으니 말이지, 8·15 이후 여지껏 침묵하고 있다 첫 작품이 그런 거라군 좀 섭섭하데이."

"재조^{재주}가 그뿐인 걸 어떡허나?"

나는 차라리 그 자리에 윤이 있지 않았다면,

"대작을 쓰느라구 침묵했던 줄 알았던감?"

하였을 것이었다.

"인전 소설두들 쓰기 편허죠?"

윤이 거들고 묻는 말이었다.

"노상 그렇지두 않은 것 같습디다. 검열이 없어지구 보니깐, 인력 거꾼이 마라송^{마라톤}은 잘 못하듯이."

"아, 내선일체 소설들두 썼을랴드냐 지금야."

"……."

검열이 없어지기 때문에 긴장이 풀려서 도리어 쓰기가 헛심이 쓰인다는 말에 대한 반박이,

'내선일체 소설도 썼을랴드냐.'

라니 당치도 아니한 소리였다.

자못 탈선이었다. 나를 욕하고 싶어 생트집을 잡는 노릇이었다.

나는 속에서 뭉클하고 가슴으로 치닫는 것을 삼키고 참았다. 아니 참고 대들었자 무엇 띈 놈이 성낸다는 꼴이요, 치소^{빈정거리며 웃음}나 더할 따름이었다.

험해지는 공기를 눈치 채고, 김군이 얼른 말머리를 돌려놓는다.

"소설은 아무튼 그럭허기루 허구. 윤군 자넬랑은 이걸 좀 써주겠나? 패전을 통해 본 일본인의 민족기질."

"내 영역두 아니지만, 그런 게 무슨 제목거리가 되나?"

"삼기루 들면 크지. 난 그래 좌담회라두 열까 했지만 그럴 것꺼진 없구. 아 학생들이 심지어 중학생꺼지두 십 년 후에 보자면서 요새 여간 긴장과 열심들이 아니래잖아? 그런데 한편으루 재밌는 모

순은 딱 전쟁에 지구 나니깐 그 흘게 빠지구 비굴하던 꼬락서닐 좀 보란 말야. 세상 앙칼지구 기승스럽구 도고허구 스스로 높은 체하여 교만하고 허던 거, 그거 일조에 다 어디루 가구서들, 그따위루 비굴하구 반편스럽구 지능이 모자란 사람인 듯하고 겁 많구 하느냔 말야. 난 사실 일본이 전쟁에 져 항복을 하는 날이면 굉장히 자살들을 하구 나가자빠지려니 했었는데, 웬걸…… 더구나 지도자놈들, 고런 얌체 빠지구 뻔뻔스럽더군. 그중에서두 조선 나와 있던 놈들, 그 기강, 그 교만, 다 어떡허구서…… 무엇이냐 고천古川 이놈은 함북지사루 갔다 게서 붙잽힌 채 경찰서 고쓰카이사환질을 하구 있더라구?"

"흥, 남 말을 왜 해."

윤은 그러면서 입을 삐쭉,

"명색이 지도자놈들 얌체 빠지구 뻔뻔스러운 건 하필 왜놈들뿐이던가? 조선놈들은 어떻길래?"

"조선 사람 문젠 그 제목엔 관계가 없으니깐 잠깐 보류하구……."

김군이 나의 낯꽃을 살피면서 그러던 것이나 윤은 묵살하고 그대로 계속하여,

"왜놈들의 주구앞잡이가 돼가지구 온갖 아첨 다 하구, 비월 맞추구 하면서 순진한 청년 어리석은 백성을 모아놓군 구린내 나는 아굴지아가리루다 지껄인닷 소리가, 소위 예술가니 평론가니 하는 놈들은 썩어빠진 붓토막으루 끼적거려 낸닷 소리가, 황국신민이 되라 하기, 내선일체를 하라 하기, 미국 영국은 도둑놈이요 불의하구 전쟁

에는 반드시 지구 멸망할 운명에 있구, 일본은 위대하구 정의요 전
쟁엔 반드시 이기구 영원투룩 번영할 터이구 하다면서, 그러니 지
원병에 나가구 학병에 나가구 징병에 나가 일본을 위해 개주검을
하라구 꼬이구 조르기, 굶어 죽더라두 농사한 건 있는 대루 죄다 공
출에 바치라구 꼬이구 조르기, 가족은 유리하구 집안은 망하더라두
징용에 나가라구 꼬이구 조르기……."

"너무 과격해. 너무 과격해. 잡지 편집회의룬 탈선야."

"개중에두 제 소위 소설가니 시인이니 하는 놈들……."

그러다 윤은 나를 흘끗 돌려다 보면서—그것은 차마 정시하기
어려운, 적의와 증오로 찬 얼굴이었다—그런 얼굴로 나를 돌려다
보면서,

"비단 당신 하나를 두구서 하는 말이 아니니, 어찌 생각은 마슈."
하고는 도로 김군더러,

"잘하나 못하나 소설이니 시니 해서 예술일 것 같으면 양심의 활
동이요, 진리의 탐구와 그 표현이 아니냐 말야. 물론 소설가나 시인
두 사람인 이상 입으룬 거짓말을 한다구 하겠지만, 붓으룬 거짓말
을 하길 싫어하는 법인데, 또 하필 안 되는 법인데, 그래 멀쩡한 거
짓말루다 황국신민 소설, 내선일체 소설을 쓰구, 조선 청년이 강제
모병에 끌려나가 우리의 해방에 방해되는 희생을 하구 한 걸 감격
하구 영웅화하는 걸 쓰구 했으니 그게 예술가야? 예술과 예술가의
이름을 똥칠한 놈들이요, 뱃속에가 진실과 선과 미를 찾아 마지않

는 양심 대신 구더기만 움적거리는 놈들이 아니구 무어야?”

“대관절 이 사람, 패전을 통해 본 일본인의 민족기질을 써줄 심인가 말 심인가?”

“그랬거들랑 저윽히 인간적 양심의 반 조각이라두 남은 놈들이라면 8·15를 당해 조금이라두 뉘우치는, 부끄러워하는 무엇이 있어야 할 거 아냐? 제법 보꾹천장에다 목을 매구 늘어지던 못한다구할 값이라두, 죽은 듯이 아무 소리 말구 처박혀 있기나 했어야 할 게아냐? 그런데 글쎄, 그러기는커녕 8·15 소리가 울리기가 무섭게정말 나서야 할 사람보담두 저이가 먼첨 나서가지구—진소위 선가뱃삯 없는 놈이 배 먼첨 오른다는 격이었다—그래가지군, 바루 그전날꺼지, 그 전날꺼지가 무어야, 그날 아침꺼지두 총독부루 군부루 총력연맹으로 쫓어댕기구 일본을 상전처럼 어미 아범처럼 떠받치구 미국 영국을 불공대천지 원수루 저주 공격하구, 백성들더러어째서 황국신민이 안 되느냐구, 어째서 징병이며 징용을 꺼려하느냐구, 어째서 공출을 잘 안 내느냐구 꾸짖구 호령하구 하던 그 아굴지 그 붓토막으루다, 원 아무리 낯바닥이 쇠가죽같이 두껍기루소니몇 시간이 못 돼 그 아굴지 그 붓토막으루다 눌러 그대루, 악독한 우리의 원수 왜놈은 굴복했다, 우리를 피 빨아먹던 강도 왜놈은 물러갔다, 우리의 민족정신을 말살하려 황국신민이니 내선일체니 하던기만의 통치와 지배는 무너졌다. 강제 모병 강제 징용 강제 징발의온갖 압박과 착취의 쇠사슬은 끊어졌다. 자 해방이다, 사천 년의 유구한 역사와 찬란한 문화와 독자한 전통으로 빚어진 삼천만 겨레의 민족혼은 제국주의 일본과 삼십육 년 꾸준히 싸워왔다. 그러고 지금이야 삼천리강산에 해방이 왔다. 자 건국이다, 너두나두 다투어 건국에 몸을 바치자. 그러나 친일파와 민족반역자를 처단하라. 그놈들은 왜놈에게 민족을 팔아먹은 놈들이다. 왜놈들이다. 왜놈보다 더 악독하게 우리를 괴롭힌 놈들이다. 오오, 우리의 해방의 은인이 온다. 위대한 정의의 사도 연합군을 맞이하자. 이런 소리가 아무려면 그래 제 얼굴이 간지라워서라두, 제 계집자식이 면괴스러워서라두 낯을 들고 대하기에 부끄러운 데가 있어서라도 차마 지껄여지며 써지느냐 말야. 오늘은 이가의, 내일은 김가의 품으로 굴러댕기는 매춘부는 차라리 동정할 여지나 있지. 고따위루 비루하구 얌체 빠지구 뻔뻔스러운 것들이 그게 사람야? 개도야지만두 못한 것들이지. 도둑놈의 개두 제 주인은 섬길 줄은 안다구 아니해?"

"자, 인전 엔간치 막설하는 게 어때? 그만하면 자네란 사람이 얼마나 박절한 인정이 없고 쌀쌀한 사람이란 건 넉넉히 설명이 됐으니."

김군은 조금 아까부터 신문을 오려 스크랩에 붙이고 있었다.

김군의 음성은 자못 준절하였다. 얼굴도 그러하였다.

김군은 졸연히 흥분을 하거나 분노를 겉으로 드러내거나 하는 사람이 아니었다. 그러므로 시방 그만 정도의 준절한 음성과 얼굴은 다른 사람의 웬만큼 성이 난 것이나 일반으로 보아도 무방하였다.

윤은 상관 않고 하던 말을 최후까지 계속한다.

"난 그러니깐, 그런 개도야지만 못한 것들이 숙청이 되기 전엔 건국사업이구 무엇이구 나서구 싶질 않아. 도저히 그런 더러운 무리들과 동석은 할 생각이 없어."

"사람이 자네처럼 그렇게 하찮은 자랑을 가지구 분수 이상으루 남한테 가혹해선 자네 일신상두 이롭지가 못하구 세상에두 용납을 못 하구……."

"무어? 하찮은 자랑이라구? 분수 이상이라구?"

윤은 퍼르등해서 대든다.

김군은 일하던 것을 놓고, 두 팔로 턱을 고이고 탁자 너머로 윤을 마주 보면서 응한다.

"윤군 자네, 나를 대일협력을 했다고 보나? 아니했다고 보나?"

"했지, 그럼 아니해?"

"적실히 했다구 보지? 그런데 자네 일찍이 조선 사람 지도자나 지식층에 대한 일본의 공세―총독부의 소위 고등정책이라는 거 말일세. 거기 대해서 반격을 해본 일이 있는가?"

"……."

"손쉽게, 총력연맹이나 시골 경찰서에서 자네더러 시국 강연을 해달라는 교섭 받은 적 있었나?"

"없지."

"원고는?"

"없지. 신문사 고만두면서 이내 시골루 내려가 있었으니깐."

“몰라 물은 게 아닐세. 그러니 첫째 왈 자넨 자네의 지조의 경도 굳기를 시험받을 적극적 기횔 가져보지 못한 사람, 합격품인지 불합격품인지 아직 그 판이 나서지 않은 미시험품, 알아들어?”

“그래서?”

“남구나무루 치면, 단 한 번이래두 도끼루 찍힘을 당해본 적이 없는 남구야. 한 번 찍어 넘어갔을는지, 다섯 번 열 번에 넘어갔을는지 혹은 백 번 천 번을 찍혀두 영영 넘어가지 않았을는지, 걸 알 수가 없지 않은가?”

“그래서?”

“그러니깐 자네의 지조의 경도란 미지수여든. 자네가 혹시 그동안 꾸준히 투쟁을 계속해온 좌익운동의 투사들이나 민족주의 진영의 몇몇 지도자들처럼, 백 번 천 번의 찍음에 넘어가지 않구서 오늘날의 온전을 지탱한 그런 지조란다면, 그야 자랑두 하자면 하염즉하겠지. 그러지 못한 남을 나무랠 계제두 있자면 있겠지. 그러나 어린아이한테 맡기기두 조심되는 한 개의 달걀일는지, 소가 밟아두 깨지지 않을 자라등일는지 하여튼 미시험의 지조를 가지구 함부루 자랑을 삼구 남을 멸시하구 한다는 건, 매양 분수에 벗는 노릇이 아닐까?”

“내가 무슨 자랑으루 그런대나?”

“의식적이건 무의식적이건…… 그리구 둘째루 자넨 자네의 결백을 횡재한 사람.”

"결백을 횡재하다께?"

"자네와 나와 한 신문사의 같은 자리에 있다가 자넨 사직을 하구 나가는데 난 머물러 있지 않었던가?"

"그래서?"

"그것이 난 신문기자의 직업을 버리구 나면 이튿날버텀 목구멍을 보전치 못할 테니깐, 그대루 머물러 있으면서 신문을 맨들어냈구, 그 신문을 맨드는 데에 종사한 것이 자네의 이른바 대일협력이 아닌가?"

"그렇지."

"그런데 자넨 월급봉투에다 목구멍을 틀었지 않드래두 자네 어룬이 부자니깐, 먹구사는 걱정은 없는 사람이라 선뜻 신문기자의 직업을 버리구 말았기 때문에 자넨 신문을 맨든다는 대일협력을 아니한 사람, 그렇지 않은가?"

"그래서?"

"그렇다면, 걸 재산적 운명이라구나 할는지, 내가 결백할 수 없다는 건 가난했기 때문이요, 자네가 결백할 수 있었다는 건 부잣집 아들이었기 때문이요, 그것밖에 더 있나? 자네와 나와를 비교 대조해서 볼 땐 적어두 그렇잖아? 물론 가난하다구서 절개를 팔아먹었다는 것이 부끄러운 노릇이야 부끄러운 노릇이지. 또 오늘이라두 민족의 심판을 받는다면, 지은 죄만치 복죄할 죄를 순순히 인정할 각오가 없는 배두 아니구. 그렇지만 자네같이 단지 부자 아버질 둔 덕분에 팔아

먹지 아니할 수가 있었다는 절개두 와락 자랑거린 아닐 성부르이."

"그건 진부한 형식논리요 결국은 억담. 월급쟁이가 반드시 신문사 밥만 먹어야 한다는 법은 있던가? 신문기자 말구 달리 얼마든지 월급쟁이질을 할 자리가 있지 않아?"

"가령? 은행원?"

"은행이든지, 보통 영리회사든지."

"은행은 대일협력 아니하구서 초연했던가?"

"하다못해 땅은 못 파먹어?"

"……."

김군은 어처구니가 없다고 뻔히 윤을 바라보다가,

"철이 안직 덜 났단 말인가? 일부러 우김질을 하자는 심인가?"

"말을 좀 삼가는 게 어때?"

"진정이라면 나두 묻거니와 나랄지 혹은 그밖에 자네와 가차운 친구루 불쾌한 세상을 버리고 시골로 가 땅이라도 파먹을까 하구서 자네더러 얼마간의 토지를 빌리라구 했을 경우에, 선뜻 그것을 받아줄 마음의 준비가 있었던가?"

"누가 그런 계획은 했으며, 나더러 토질 달라구 한 사람은 있어?"

"옳아. 달란 말을 아니했으니깐 주지 아니했다. 그럼 그건 불문에 넘기구. 자네 말대루 시골루 가 땅을 파…… 농민이 되는 거였다?"

"그렇지."

"신문기자가 신문을 맨드는 건 대일협력이구, 농민이 농사해서 별 공출해서 왜놈과 왜놈의 병정이 배불리 먹구 전쟁을 하게 한 건 대일협력이 아닌가?”

“지도자와 피지도자라는 차이가 있지 않아? 신문은 대일협력을 시키구 농민은 따라가구 한 그 차이가 적은 차일까?”

“농민들이 벼 공출을 한 것이나, 젊은 사람들이 지원병과 학병에 나간 것이나 완전히 조선 사람 선배랄지 지도자의 말만을 듣구서 비로소 공출을 하구 병정에 나가구 한 거라면, 지식층의 대일협력자만은 백이면 백, 천이면 천 죄다 목을 잘라야지. 그렇지만 여보게 윤군. 농민 만 명더러 일일이 물어본다구 하세. 구장과 면직원의 등쌀에, 순사들이 들끓어 나와 뒤져가구 숨겨둔 걸 내놓으라구 유치장에다 가두구서 때리구 하는 바람에 공출을 했느냐. 모모한 사람들이 연설루, 소설루 신문에서 공출을 해야 한다구 하는 말을 듣구 그런가 보다 여기구서 자진해 공출을 했느냐. 아주 곧이곧대루 대답을 하라구. 한다면 모르면 모르되, 나는 구장이나 면직원의 등쌀에, 순사와 형벌이 무서워서 억지루 공출을 낸 것이 아니라 어떤 조선 양반의 강연을 듣구 옳게 여겨서, 어떤 소설을 읽구 감동이 돼서, 아무 때의 신문을 보구 좋게 생각이 들어서, 그래 우러나는 마음으루 공출을 했소, 대답할 농민은 만 명에 한 명두 어려우리. 지원병이나 학병두 역시 같은 대답일 것이구…… 도대체가 당년의 조선 사람들이, 더욱이 청년들이 대일협력을 하구 댕기는 지도자란 위인들이 하는 소릴 신용을 한 줄 아나? 신용은 고사요, 자네 말따나 개

도야지만두 못 알았더라네. 그런 지도자 명색들의 말을 듣구서 공출을 했을 게 어딨으며, 지원병이니 학병이니 나갔을 게 어딨어? 왜놈이나 공관리들의 강제에 못 이겨 했기 아니면, 저이는 저이대루 호신지책_{자기 몸을 방어하기 위한 방편}으루 한 거지.”

“자네 논법대루 하자면, 그럼 친일파나 민족반역잔 한 놈두 없구 말겠네그려?”

“지금 이 방 안에만 해두 사람이 셋이 모인 가운데 둘이 민족반역잔데 없어?”

“처단할 놈 말야.”

“많지. 그렇지만 벌이라는 건 그 범죄가 끼친 영향을 참작하구 범죄자의 정상을 참작하구, 그리구 범죄 이후의 심리와 행동을 참작하구, 그래가지구 처단에 경중이 있어야 하는 법이지, 자네 같을래서야 삼천만 가운데 장정의 태반은 죽이자구 할 테니, 그야말루 뿔을 바루잡으려다가 소를 죽이는 격이 아니겠는가?”

“웬만한 놈은 죄다 쓸어 숙청은 해야지, 관대했다간 건국에 큰 방해야. 삼팔 이북에서 하듯이 해야만 해. 그리구 난 누가 무슨 말을 하거나, 그 비루하구 얌체 빠지구 뻔뻔스럽구 한 인간성 그게 싫어. 소름이 끼치두룩 싫구 얄미워. 그런 것들과 조선 사람이라는 이름을 같이한다는 것꺼지두 욕스럽고 불쾌해.”

김군은 노상 김군 자신의, 일제시대에 신문이나 만들었다는 실상 문제 이하의 대일협력 사실을 구구히 발명하자는 의사라느니보

다도, 하도 민망하던 나머지 그의 두루춘풍^{누구에게나 좋게 대하는} 일식의
처세법을 잠시 훼절을 하고, 나를 위해 윤에게 싸움을 걸었던 것이
었다.

그러나 김군의 대일협력자에 대한 변호는 윤의 말이 아니라도,
억지에 형식 논리에 기울어진, 그래서 대체가 모두 옹색스럽고 공
극^{비어 있는 틈} 투성이였다.

가사 완전히 변호가 되었다고 하더라도 피고 격인 내가 우선,

"아니, 검사의 논고가 옳고, 변호인의 주장은 아무 소용도 없어."

이런 심리 상태인 데야 더욱 말할 나위도 없었다.

또 윤의 지조나 결백 문젠데, 이것은 더구나 문제가 아니었다. 윤
의 지조가 아무리 미시험의 것이기로니, 결백이 재산의 덕분이기로
니, 죄인을 공격할 자격이 없으란 법은 없는 것이었다.

이윽히 기다려도, 윤은 더는 말이 없었다.

나는 이 자리에서의 나의 의무를 다한 것으로 알고 김군과 윤을
작별한 후 P사를 나왔다. 나의 얼굴이 한 점의 핏기도 없어지고 만
것을 나는 거울은 보지 아니하고도 진작부터 알 수가 있었다.

김군이 뒤미처 따라나와 아래층까지 배웅을 해주었다.

"일수가 나빴나 보이."

김군이 작별로 잡았던 손을 풀고 웃으면서 하는 말이었다.

나도 웃으면서 한마디 하였다. 그러나 김군에게는 울음같이 보였
을는지도 몰랐다.

“죽기만 많이 못한가 보이.”

그랬더니 김군은 고개를 가로 여러 번 저으면서,

“이왕 깨끗했을 제 분사(분을 이기지 못하여 죽음)를 못 했을 바엔 때가 묻어가지구 괴사(부끄러워서 죽음)라니 더욱 치사스러이.”

듣고 보니 적절하였다. 빈틈없이 적절하였다. 그 빈틈없이 적절한 말을 해버리는 김군이 나는 문득 원망스러웠다.

“자네가 오히려 시어미로세.”

거리에 나서니 가벼운 현기가 났다.

흐렸던 하늘에서는 어느덧 심란스러운 비가 내리고 있었다.

사람과 건물과 거리로 된 세상이, P사를 들르던 한 시간 전과는 어디인지 달라져 보였다.

6

집으로 돌아와 병난 사람처럼 오늘까지 꼬박 보름을 누워 있었다. 조반보다도 점심에 가까운 나 혼자의 밥상을 받고 앉아서 아내더러 밑도 끝도 없이 말을 내었다.

“도루 시골루 내려갑시다.”

“……”

아내는 놀라지 않는다.

아무렇지도 않게 출입을 나갔던 사람이 별안간 죽을상이 되어가지고 돌아와 처음엔 병인가 하였으나 보아하니 병은 아니어, 그러면서도 여러 날을 앓는 사람처럼 누워 있어, 정녕 밖에서 무슨 사단이 있었거니 하였다. 그러자 불쑥 그런 말을 내어 일변 해방 후로부터 더럭 동요가 된 심경은 모르지 않는 터이라, 그 사단이라는 것이 어떠한 성질의 것이었음을 짐작할 수 있었을 것이었다.

아내는 한참 만에야 대답이다. 그는 언제고 나보다는 침착하고 현실적인 사람이었다.

"내려가얄 사정이면 내려가는 것이지만서두…… 내려가니, 가서 살 도리가 있어야 말이죠."

"……."

"낯모르구 아무 반연 없는 고장으룬 갈 수가 없구, 가자면 매양 고향 아녜요? 그 벽강궁촌에서 취직 같은 거래두 할 기관이 있어요? 천생 농사밖엔 없는데, 작년 일 년 지나본 배, 어디……."

작년 일 년 가 있으면서 농사라고 해본 경험의 결론은, 우리 같은 사람은 도저히 농사를 해먹고 살 수 있는 사람이 아니라는 것이었다. 우리의 체력이 우리의 가족을 먹일 만한 농사를 해내기엔 너무도 빈약한 것이기 때문이었다.

우리 내외가 밭을 기를 쓰고 가꾸어도, 밭농사로 오백 평을 벗지 못한다. 밭농사 오백 평이면 채마와 마늘, 고추, 호박 따위의 울안 농사에 불과한 것이다. 채마 등속의 울안 농사 외에 보리니 콩이니

고구마니 하는 것은 순전히 농군을 사 대어야만 한다.

　칠팔 명의 한 가족이 소작농으로서 일 년 계량의 벼를 확보하자면 적어도 삼천 평의 논을 소작해야 한다. 이 삼천 평의 논농사와 보리며 콩 같은 밭농사를 하자면, 줄잡아 연인원 이백 명의 농군을 사 대어야 한다. 바로 최근 시세로 나의 고향에서 농군 한 명에 대하여 점심 저녁 두 때와 술 한 차례 먹이고, 무사히 하루 육칠십 원이다. 먹이는 것과 품삯을 치면 이백 명 삯꾼을 대는 데 이만 오천 원이 든다.

　그 이만 오천 원이 있어야 나는 시골로 가서 농사를 하고 사는 것이다. 옛날 돈으로 이백오십 원이라고 하지만, 나에게는 이만 오천 원이 결코 쉬운 돈이 아니다. 그러나마 금년에 이만 오천 원의 농자를 들여놓으면 언제까지고 그것이 밑천으로 살아 있느냐 하면, 아니다. 명년 가서는 또다시 그만한 농자를 들여야 하는 것이다.

　농사란 결국 제 가족이 먹을 것을 제 손발로 농사할 수 있는 사람—농민만이 하기로만 마련인 것이었다.

　따스한 햇빛이 드리운 마루에서 다섯 살배기, 세 살배기의 두 어린것이 재깔거리면서 무심히 놀고 있다. 오래도록 어린것들에 가 눈이 멎었던 아내는 한숨을 내쉬면서 말한다.

　"정히 서울이 싫구 하시다면, 가 살다 못살 값이라두 가기가 어려우리까만, 저 어린것들이 가엾잖아요? 젤에 교육을 어떡허겠어요? 내명년(후년)이면 우선 하날 소학꿀 보내야 하는데 학교꺼지 십 리 아녜요? 일곱 살배기가 매일 십 리 왕복이 무리두 무리지만, 그렇게라두 해서 소학꼴 마쳐준다구, 중학 이상은 가량이 없잖아요. 무슨 수에 학잘 대서, 서울루던 공불 보내게 되진 못할 것이구……."

"……."

"시골서 길러 소학교나 마쳐주구 만다면 천생 농민인데, 농민이 구태라 나쁠 머리야 없지만, 그래두 천품을 보아 예술 방면으루든 과학 방면으루든 재조가 있는 게 있다면, 그 방면으루 발전을 시켜 주는 것이 어미 아비 도리가 아녜요?"

"……."

"여보?"

"……."

"우리 다 죽은 심 칩시다."

"……."

"죽은 심 치면 못 참을 건 있으며 못 견딜 건 있어요?"

"……."

"당신, 죄 지셨잖아요? 그 죄 지신 채 그대루, 저생 가시구퍼요?"

아내가 나를 죄인이라 부르기는 처음이었다. 그는 울면서 그 말을 하였다.

나를 죄인이 아니라 여기려고 아니하는 이 낡아빠진 아내가, 나는 존경스럽고 고마웠다.

"당신야 존재가 미미하니깐 이댐에 민족의 심판을 받지두 못하실는진 몰라두, 가사 받아서 벌을 당한다구 하더래두, 형벌이 죌 속

량해주는 건 아니잖아요?”

“……”

“이를 악물구, 다른 것 다 돌아볼랴 말구서 저것들 남매 잘 길러 잘 교육시키구, 잘 지도하구 해서 바른 사람 노릇 하두룩, 남의 앞에 떳떳한 사람 노릇 하두룩 해줍시다. 아버지루서 자식한테 대한 애정으루나, 죄인으루서 민족의 다음 세대에다 속죄를 하는 정성으루나.”

“……”

“에미 애비의 허물루, 그 어린 자식한테까지 미쳐가서야 어린것들을 위해 너무두 슬픈 일이 아녜요?”

“……”

“원고 쓰실랴 마세요. 차라리 영리회사 같은 데 취직이래두 하세요. 것두 싫으시거든 얼마 동안 집 안에 들앉어 기세요. 내가 박물 보퉁이래두 이구 나서리다.”

“……”

“……”

“그런 것 저런 것을 모르는 배 아니오마는, 하두 인생이 구차스러워 못 하겠구려. 구차스럽고, 울분이 도무지 어따 대구 풀 길이 없는 울분이 가슴속에 가 뭉쳐가지구 무시루 치달아 오르구.”

막 이러고 있을 즈음에 조카 아이가 퍼뜩 당도하였다. ××서 중학 상급 학년에 다니는 넷째 형의 아들이었다. 조카라지만 정이 자별하여 친자식이나 다름없는 조카였다. 일요일도 아닌데 올라온 연유를 물었더니, 주저하다가 대답이었다.

"아이들이 동맹휴학을 했대요. 전 그래 거기 들기두 싫구 해서 일 해결될 때꺼정 여기서 공부나 할 영으루……."

"동맹휴학은 어째?"

"선생 배척이래요."

"선생이 어쨌길래?"

"선생 하나가 새루 왔는데, 일정시대 서울 어떤 학교에 있을 적 버텀 유명한 친일패였드래요."

"어떻게?"

"창씨 아니한 학생 낙제시키기, 사알살 뒤밟다 조선말 하는 거 붙잡아다 두들겨주기. 저이 학교루 와서두 연성 일본말루다 지껄이구, 뭐 여간만 건방진 거 아녜요."

"그 선생이 적실히 친일파요, 그런 바쁜 짓을 했다는 건 어떻게 알았어?"

"그 학교 댕기던 아이가 몇이 전학을 해왔어요."

"그 애들 말만 듣구?"

"그 애들 말 듣구서 다시 조살 했대나 봐요."

"그러면…… 너두 인전 아니 이십이요 중학 졸업반이니, 그런 시비곡직옳고 그르고 굽고 곧음은 혼자서 판단할 힘이 있어야 할 거야. 없다면 천치구."

“……”

“그래, 그런 선생을 배척하는 학생 편이 옳으냐? 잘못이냐?”

“학생이 옳아요.”

“옳은 줄 알면서 어째 넌 빠지구 아니 들어?”

“……”

“응?”

“낼모레가 졸업인데, 공불 해야 상급학교 입학시험을 치죠. 조행^{태도와 행실}에두 관계가 될걸요.”

“이놈아!”

아이 저는 물론이요, 옆에 앉은 아내까지도 질겁해 놀라도록 나의 목청은 높았다. 가슴에 뭉친 그 울분의 애꿎은 폭발이었으리라.

“동무들이 동맹휴학이란 비상수단까지 써가면서 옳은 것을 주장하는데, 넌 그것이 번연히 옳은 줄 알면서두 빠져? 공부 좀 밑진다구? 조행에 관계된다구?”

“……”

“저 한 사람 조그마한 이익이나 구차한 안전을 얻자구, 옳은 일 못 하는 거 그거 사람 아냐. 너 명색이 상급생이지?”

“네.”

“반장이지?”

“네.”

“아이들이 널 어려워하구, 네가 하는 말을 믿구 잘 듣구 그랬드라면서?"

"네."

"그래, 더구나 그런 놈이, 네가 나서서 주동을 해야 옳지, 뒤루 실
며시 빠져? 넌 그러니깐 반역 행월 한 놈야. 그따위루 못날 테거든
진작 죽어, 이놈아."

"……."

"옳은 일을 위해 나서서 싸우는 대신, 편안하구 무사하자구 옳지
못한 길루 사는 놈은, 공부 아냐 뱃속에 육졸 배포했어두 아무짝에
두 못쓰는 법야."

"……."

"학문은 영웅지여사란 말이 있어. 사람이 잘나야 하구, 학문은 그
댐이니라. 인격이 제일이요, 지식은 둘째니라 이 뜻야. 공부보다두
위선 사람이 돼야 해. 옳은 일을 하기 위해선 불 가운데라두 뛰어들
어갈 용기, 옳지 못한 길에는 칼을 겨누면서 핍박을 하더래두 굽히
지 않는 절개, 단체를 위한 일이면 개인을 돌아보지 않는 의협. 그
런 것이 인격야. 그러구서야 학문도 필요한 법야. 알았어, 이놈아."

"네."

"당장 가. 가서 같이 해. 퇴학 맞아두 좋다, 금년에 상급학교 들
지 못해두 상관없어."

"네."

"비단 동맹휴학뿐 아니라, 어딜 가 무슨 일에든지 용렬히 굴진 마

라. 알았어?”

“네.”

기회가 다른 기회요, 단순히 훈계를 하기 위한 훈계였다면 형식과 방법이 매양 이렇지도 않았을 것이었다.

내가 생각을 해도 중뿔난 주제넘은 것이었고, 뻔히 속을 아는 아내를 보기가 쑥스럽다.

그러나 그러면서도 한편으로 무엇인지 모를, 속 후련하고 겸하여 안심되는 것 같은 것이 문득 느껴지고 있음을, 나는 스스로 거역할 수가 없었다.

−1948년

용동댁의 경우

열어젖힌 건넌방 앞문 안으로 소곳이 고개를 숙이고 앉아, 용동댁은 한참 바느질이 자지러졌다 수가 정교하고 아름다웠다.

마당에는 중복의 한낮 겨운 불볕이 기승으로 내리쬐고 있다. 폭양뜨겁게 내리쬐는 볕에 너울을 쓴 호박 넝쿨이 얼기설기 섶 울타리를 덮은 울타리 너머로 중동가운데 부분 가린 앞산이 윗도리만 멀찍이 넘겨다보인다. 바른편으로 마당 귀퉁이에 늙은 살구나무가 한 그루, 벌써 잎에는 누런 기운이 돈다. 바람이 깜박 자고 그 숱한 잎사귀가 하나도 까딱도 않는다.

집은 안팎이 텅하니 비어 어디서 바스락 소리도 들리지 않는다. 집 뒤의 골목길이고 집 앞의 한길이고 사람 하나 지나가는 기척도 없다. 이웃도 모두 빈집같이 조용만 하다.

보기에도 답답하고 마치 세상이 가다가 말고서 끄윽 잠겨 움직이지 않는 성싶게 하품이 절로 나오는 여름날 오후의 정적이다.

그 정적이 너무 지나치게 과해서 도리어 신경이 저절로 놀랐음이리라. 용동댁은 골몰했던 바느질 손을 문득 멈추고 소스라쳐 한숨을 몰아쉬면서 고개를 든다.

이런 때에 모친이 옆에 있다가라도 보든지 하면, 젊은 홀어미의 청승맞은 한숨이라고, 그 끝에 자기따나 딸의 신세를 여겨 눈물을 찔끔찔끔하곤 하지만, 사실이 또 청상과수로서 한숨이 없는 바 아니기는 하지만, 그러나 그렇다고 용동댁인들 무슨 주야장천 과부 한탄이요, 숨결마다 그 한숨으로 세월을 보내는 것이 아니다.

사람이란 건 일에 잠착하던 한 가지 일에만 정신을 골똘하게 쓰던 끝이면 무심중에 한숨이 나와지기도 하는 것, 그와 마찬가지로 시방 용동댁도 한숨을 내쉬기는 했어도 오히려 아무 생각하는 것이 없이 방심한 채로 우두커니 한눈을 팔고 있는 것이다. 단조하고 동요가 없는 주위의 풍물이나 무섭게 조용한 침정 그 속으로 녹아들어가는 듯 용동댁은 아무 생각도 없이 소리도 안 내고, 그린 듯 언제까지고 그렇게 앉아 있었을는지 모른다. 그런 것을 돌연한 한 개의 음향이, 음향이라지만 그리 대단한 것도 아니요,

'뜸 뜸 뜸.'

앞논에서 코머거리 소리로 우는 뜸부기의 소린데, 그놈이 여지껏 끄윽 잠기어 움칫도 않던 주위와 사람을 한꺼번에 갖다가 하잘것없

이 잡아 흔들어놓는다.

뜸부기 소리에 퍼뜩 정신이 들었을 뿐 아니라 긴히 생각키는 게 있어 용동댁은 고개를 훨씬 쳐들고 이리저리 마당을 둘러본다. 둘러보아도 찾는 것이 눈에 띄지를 않으니까 이번에는 바느질을 내려놓고 부리나케 마루로 해서 마당으로 내려선다.

"고고오 고고, 고고오 고고."

근처에 어디 있었으면 '고고오' 한마디 부르기가 무섭게,

'꼭 꼭 꼭.'

대답을 하면서 쪼르르 달려왔을 닭—닭이래야 달랑 한 마리밖에 없는 흰 암탉이 아무 데도 보이지도 않고 나오지도 않는다.

"고고오 고고 고고오 고고."

처음보다 좀더 크게, 그리고 완구히 역정스럽게 닭을 부른다. 그러나 종시 반응은 없다. 용동댁은 제일에 따가운 햇볕을 견뎌내지 못해 토방으로 올라와서 마룻전^{마루의 가장자리}에 가 파근히 걸터앉는다. 두 번째에 부르던 목소리도 그러했지만 얼굴에도 분명한 역정스러움이 드러난다.

닭이 이웃집의 장닭^{수탉}을 따라간 줄 이내 짐작했고 그것을 자기도 모르게 괘씸해하는 속성이던 것이다.

이 암탉이 이웃집의 장닭을 따라 난질을 간 것을 미워하는 자기의 마음을 용동댁이 만약 의식했다면 그는 스스로 얼굴이 붉었을 것이지만, 그러나 아직 거기까지에 주의가 미치진 못했었다.

자웅지지 않은 암탉 한 마리, 그것은 무던히 희한스러운 곡절이 있는 생명이었다.

이 정생원네 집, 그러니까 용동댁의 친정은 선비의 집안이기는 하지만, 또 농사래야 밭 몇 뙈기와 논 열 마지기를 고지모내기부터 마지막 김매기까지의 일을 해주기로 함 주어 지어서 그 소출로 근근 일 년 제량이나 하는 터라 여느 농사하는 집과 좀 다르기야 하지만, 그래도 촌살림이요 아깝게 버리는 쌀뜨물이며 겨하며 솥글겅늘은밥이며 흘린 곡식하며가 노상 없는 바 아니니, 개도야지와 닭 같은 것을 쳤어야 오히려 촌가다웁게 섭섭지 않았을 것이다.

그런 것을 이 집안은 언제부터 난 말인지는 몰라도 집 터전이 세다든가 무어라든가 해서 개도야지며 닭이며 하는 짐승을 쳐도 잘 되지 않는다는 것이다. 가령 도야지는 먹이면 앙금발이짧은 다리가 지거나 병이 들어 죽고, 개는 기르면 비루피부가 헐고 털이 빠지는 병를 먹거나 미쳐버리고, 또 닭은 치면 살기살쾡이나 도둑 고양이가 물어다 먹거나 콧병이 나서 죽어버리고…….

아닌 게 아니라, 그 전자의 몇 차례 소경사겪어 지내온 일로 보면 그러한 일이 통히 없던 것도 아니어서 개도야지며 닭을 치는 족족 재미를 보지 못한 게 사실은 사실이다.

그러해서 사오 년 이쪽은 강아지 새끼 한 마리도 얻어다가 기르지를 않는 참인데, 하나 집터가 세네 상극이 졌네 하는 것은 결국 우연을 당연으로 여겨버리려는 한낱 구실이요, 실상인즉 이 집안 식구가 식구래야 많지도 않지만 누구 없이 그러한 것에는 정성과 마음을 들일 경황들이 없기 때문이라고 해야 옳은 말이리라.

첫째, 이 집의 대주 정생원인데, 그가 요새 세상에서는 거진 다 없어지고 구경하기도 힘든 옛 선비여서 닭이 알로 까는 것인지 새끼로 낳는 것인지조차 모르는 사람이요, 게다가 중년 이후로는 올해 나이 근 육십이니 이십 년 가까이 남의 집 훈장질을 하느라고 시방도 삼십여 리 상거의 인읍에 나가 학장 노릇을 하고 있으면서 집에는 한 달에 한 번이나 다니러 올까 말까, 월량^{월사금}푼이나 생기면 잔 가용^{집안 살림에 드는 비용}에 보태 쓰라고 얼마간 집에 띄워 보내고는 나머지를 가지고 글장하는 친구들과 어울려 술이나 마시고 풍월이나 하기로 온갖 낙을 삼는 터, 또 그러한 데다가 최근 사오 년 이쪽은 자식이래야 둘도 없는 딸^{용동댁}이 상부^{남편의 죽음을 당함}를 한 것으로 가뜩이나 마음이 울적하여 집안의 살림은커녕 세상만사에 도무지 흥을 잊은 사람이 되고 말았다.

그렇기 때문에 가령 한 달에 한 번이고 혹은 두 달에 한 번이고 집에를 다니러 오더라도 모를 심었느냐 김을 매었느냐 금년 소출이 얼마나 되느냐 하는 등 살림 형편은 통히 아는 체할 줄을 모르고, 또 외손자 태진이를 몹시 귀애하기는 하면서도, 아 저놈이 밥반찬이 어설플 텐데 거 닭이라도 몇 마리 놓아서 알을 받아 끼니때에 쪄주질 않느냐는 등속의 농가집 가장다운 신칙^{단단히 타일러서 경계함}을 할 주변성이 없는 영감이다.

그다음 용동댁의 모친인데, 바깥 대주 정생원이 그 지경으로 범연해서 차근차근한 맛이 없이 데면데면해서 살림 아는 체를 안 하니까 자기가 안팎을 겸한 집안의 주장이 돼가지고, 할 수 없이 농사일이며 기타 범절을 대강대강 처리해나가기는 하지만, 그저 마지못해 하는 노릇이지 하나도 정성은 들이는 게 없고, 더구나 자작소롬한 일에는 생각조차 하고 싶어하질 않는다.

젊어서부터도 촌 살림에는 능난치 못한 여인이었는데, 딸이 홀몸이 되어버리자 마치 하늘이라도 무너진 듯 넋이 나가서 만사에 뜻이 없고 한 탓이기도 하지만 역시 천품의 소치도 없지 않아, 가령 딸이 젊은 과수의 몸으로 와서 있곤 하여 밤저녁으로 집안이 유난히 허전한 것 같아 하기는 하면서도, 번연히 거기 어디 동넷집에 폭 쌔는 강아지 새끼나마 한 마리 얻어다 길러서 짖는 소리라도 들리게 하려고 누룽지가 아까운 것은 둘째로 치고서 말이다 그만 것을 섬쩍 엄두를 내려고 하질 않는 솜씨다.

그러고서는 어쩌면 자기가 과부나 된 이상으로, 그저 자나깨나 그렇지 않아도 안질 눈병로 육장 지척지척한 눈에 눈물이 질끔질끔 딸의 신세 탄식, 그러다가 지치면 동네로 빙 마을 다니기…….

그다음이 또 하나 힘든 어른이라는 게 용동댁인데, 열일곱 나던 2월에 이웃 솔메라는 동네의 같은 선비네 집, 같은 동갑한테로 시집을 갔었다.

시집을 가자 바로 얼마 안 되어서 태기가 있어가지고 이듬해 여름에 시방 데리고 있는 아들 태진이를 낳았다. 그저 애기 둘이서 애기 하나를 낳아놓은 것이지만 오히려 손자며 외손자가 늦다고 걱정까지 하던 암사돈 수사돈 두 사돈집에서는 다 같이 경사로워했었다.

용동댁은 그래서 시집의 귀여움을 받았을 뿐 아니라 본시 시집 인심이 각박하지를 않았고, 또 새서방과는 비둘기 한 쌍처럼 금실이 있어, 말하자면 어느 모로 보든지 팔자가 좋은 편이라고 할 수 있었다. 하나 그것은 잠깐 몇 해요, 스물네 살 때 남편을 달칵 여의고 말았다. 문자 그대로 청상과수, 그러니 시집의 인심이 너그럽다든가, 일찌감치 옥동자를 낳아서 시부모의 더한 귀염을 받았다든가, 더욱이나 남편과 의초^{부부 사이의 정}가 좋았다든가 하는 것은 아무것도 남은 게 없고, 일장의 꿈이 아니면 아득한 전설의 사실로서 단지 기억이나 처져 있을 뿐이요, 눈앞의 현실은 마음 붙일 곳도 마땅히 몸담아 둘 곳도 없는 아이 데린 새파란 과부로 나가떨어졌을 따름이다.

이래 사 년이 지났다.

그동안 용동댁은 친정에도 와서 있다가 시집에도 가서 있다가, 작년 늦은 여름부터는 이곳 친정집에서 이내 일 년쪽이나 비교적 오래 한군데 붙어 있는 참이다.

그러나 그렇다고 아주 시집과는 인연을 끊고서 영영 친정집에 몸을 담가 두자는 생각이더냐 하면 그도 아니요, 부지중 그만큼 오래게 된 것인데……

여자란 건 어려서는 부모에게 매여 살고, 자라서는 남편에게 매여 살고, 늙어서는 자식에게 매여 살고 하는 것이라고 한다.

독립해서 세상을 살아갈 능력이 없는 낡은 가정의 여자에게 꽤
맞는 말이요, 용동댁도 하릴없이 그러할 여인인데, 하나 이미 장성
은 해서 부모에게 매여 살 시절은 지났고, 그런데 몸과 마음을 맡기
고 거기 붙어 살아갈 남편은 죽어 없고, 또 그런데 자식은 아직 어
리기도 하거니와 내 자신도 너무 젊어 늙은이들처럼 자식한테 의지
해 여생을 보낼 경우도 되지를 못하고…….

그러니 용동댁 같은 여자에게는 어려서는 부모에게, 장성해서는
남편에게, 늙어서는 자식에게 의지를 해서 살도록 그것이 생활의
진리요 인생된 운명이었다고 하면 시방 청춘에 어린 자식을 데리고
서 과부가 된 그는 하릴없이 인생을 잃어버렸고 생활로부터 둥둥
떴다고 볼 수밖에 없는 처지다.

아니, 볼 수밖엔 없는 것이 아니라 사실이 그러하다.

남편을 여의고 나서 한 일 년쯤은 그새와 다름없이 착실한 새댁
노릇을 했었다. 침선^{바느질} 같은 것을 직책으로 맡아 해낸다든가, 시
부모를 받든다든가, 손아래의 시아재와 어린 아들 태진이의 뒤치다
꺼리를 한다든가, 조금도 내색을 안 내고 말치레^{실속 없이 말로 겉만 꾸미}
^{는 일} 없고 소리 없는 시집살이를 곧잘 했었다. 그러나 그것은 겉으
로만 그렇게 전과 다름이 없었지 마음은 하나도 내키지 않는 노릇
이요, 신명도 물론 나지 않고 재미도 붙지 않았다.

한 말로 말하자면 마음이 떴던 것이다.

물론 과부가 마음이 떴다고 하면 첩경 틀림없이 흔하거나 쉽게 남편 그리움을 의미하는 것이겠는데, 실상 용동댁은 그런 것이 아니요, 무슨 그다지 몸부림이나 오두 매우 방정맞게 날뛰는 짓가 나게시리 남편을 아쉬워하진 않는다.

하기야 정다웠던 애정이며 가고 없는 남편의 환영이 추억되고 안타깝게 그립지 않다는 것은 도리어 빈말이겠지만, 그러나 이것과 저것과는 생리적으로 계통이 다른 물건이라, 용동댁은 삼십 과부가 아니었고 이십 과부이었기 때문에 그야말로 바람이 날 지경은 아니고, 어느 편이냐 하면 차라리 담담한 편이라고 할 수가 있다. 적어도 아직은 그러했다. 간혹가다가 몸은 젊은데 자식은 어리고 해서 그것이 더러 생각하면 딱하기도 하고 막막하기도 하기는 했지만, 그역 일시일시 그러하다가 말지 눈썹이 타 들어오도록 다급하게 걱정이 되지는 않았고 따라서 그로 인해 마음이 뜨는 것도 아니었다.

그렇지만 분명 마음이 뜨기는 떴고 그게 정체가 매우 막연해서 당자 자신이나 혹은 주위의 근친이 바로 알아내지 못하는 것인데, 생활의 중심…… 이 생활의 중심을 갖지 못한 게 진실로 갖은 조화를 다 부리던 것이다. 생활의 중심을 갖지 못한 젊은 과부는 물 위에서 떠도는 기름방울 같아 마음도 몸도 질정해 갈피를 잡고 헤아려 뚜렷이 작정해 어디다가 건사할 바를 모르는 게 정수 정해진 운수란다.

일 년 동안 남편 없는 시집살이를 그처럼 마음 없이 해오다가 영영 신산하기만 하니까, 이래 보았으면 좀 나을까 하고서 친정에를 와서 몇 달지간 지냈다.

그러나 친정 역시, 시집 식구들이 죄다 남 같아 내 몸이 거기에 함께 섭슬리지 않듯이 친정 부모가 또한 남처럼 데면데면한 것만 같고, 일을 해도 시집에서와 일반으로 마지못해 손에 잡기는 하나 마음은 건성이고 해서 바라고 왔던 친정살이도 재미라고는 꼬투리도 얻어 해보질 못했다.

다시 시집으로나 가서 있으면 나을까 하고 석 달 만에 돌아갔고, 갔으나 도로 일반이고, 그래 또 얼마 만에는 친정으로 와보고…… 이렇게 하기를 그새 몇 번 되풀이하느라 사 년 동안의 과부살이를 아무튼지 넘기기는 무사히…… 진실로 무사히! 넘긴 셈이다.

그동안에 한 가지 특별한 일이 있었다고 하자면, 재작년 봄에 아들 태진이가 보통학교에 입학을 한 것이겠고, 그러나 그것 역시 학교가 마침 좋게 친정집과 시집의 중간쯤에 있었기 때문에 아들을 데리고 친정과 시집으로 오면 가면 지내는 데 별반 구애가 되지는 않았다.

그처럼 마음이 뜨고 몸조차 뜬 용동댁이니 더구나 친정에서고 시집에서고 마지못할 침선이나 집안 식구네의 뒷시중 이외에는 알뜰살뜰히 살림에 맛을 붙일 정성이 날 수가 없는 처지어늘, 하물며 개 도야지를 친다든가 닭을 놓는다든가 등사 그 밖의 것들에 재미를 들일 흥이 없을 게야 물론 말할 것도 없다.

이렇듯 마음 없고 경황 없는 사람들만이 억지로 끌려가듯 생활에

부지해 사는 이 집에 암탉이 달랑 한 마리 식구로 참례를 해서 어느 편으로 보면 극진한 대접과 동정을 받고 지낸다는 것이 일종의 기적이 아닐 수 없는데, 거기에 실로 야릇한 곡절이 얽혀져 있는 것이다.

지난해 초가을, 그러니까 용동댁이 시집에서 이곳 친정집으로 맨 나중 번에 와서 있은 지 얼마 되지 않은 어느 날 오후였다.

용동댁이 마루에 앉아서 풋콩을 꺾어온 것을 저녁밥에 두어 먹으려고 모친과 더불어 까고 있노라니까, 학교에 갔던 태진이가 사립문 밖에서부터 '어머니, 할머니' 불러 외치고 시근버근 달려들더니 불룩한 책가방 한쪽 고비주머니에서 난데없는 병아리를, 그나마 한 마리도 아니요 둘, 셋, 넷, 다섯, 다섯 마리나 주르르 털어내놓고 있었다.

모두 달걀만큼씩밖에 않고 하늘하늘한 노란 털이며 토실토실 이쁜 게 바로 엊그제 깬 한배엣치들이요, 마침 제철이 당한 서리병아리^{이른 가을에 알에서 깬 병아리}다.

갑갑하게 갇혀 있다가 내놓아주니까 제가끔 삐악삐악 울면서 제가끔 그 간드러진 다리로 이리저리 뿔뿔이 흩어져 달아나는 병아리를 이놈 잡아오랴 저놈 못 가게 하랴, 태진이는 미처 이야기를 할 겨를도 없이 바빴고, 용동댁과 그 모친은 놀란 기색으로 콩 까던 손을 멈추고 앉아 잠깐 동안은 무어라고 말 낼 바를 몰랐다.

"너 그건 어디서 났니, 응? 태진아!"

이윽고 용동댁이 나무라는 말조로 다잡아 묻는다.

아이가 지나다가 길옆에 나와서 노는 것을 보고 재롱스러우니까 장난 삼아 잡아가지고 온 것이나 아닌가, 그렇더라도 한 마리나 두 마리 같으면 모르지만 다섯 마리씩이나 잡아오다께, 이렇게 지레짐작과 의혹이 들었던 것이다.

"이거? 응…….."

태진이는 얼핏 돌려다 보고는 도로 병아리들을 통제시키느라고,

"……저어 내버린 것 얻어왔어, 저어…….."

하면서 대답은 건성이다.

"내버린 걸 얻어오다께? 어디서 얻어?"

"아, 군청 옆에서 말이우!"

태진이는 성가시다고 내쏘는데, 그만하면 짐작할 수가 있고 마음이 뇌었다.^{놓였다}

군에서는 인공 부화기를 설비해두고서 춘추로 계통 좋은 알을 깨어서 농회원들에게 나누어주는데, 깬 병아리 가운데 병이 들었다든지 발가락 같은 것이 상했다든지 한 놈은 죄다 추어내버리곤 해서 그놈을 아이들이 얻어오는 수가 더러 있었다.

미상불 태진이가 시방 얻어온 다섯 마리도 네 마리는 저마다 발가락이 오그라붙었거나 부러진 놈이요, 한 마리는 조속조속^{기운 없이 꼬박꼬박 조는 모양} 조는 게 병이 들어 보였다.

만사에 뜻이 없는 노인과 생활을 잃어버린 젊은 과부와 철없고 무류한^{잘못이 없는} 소년과 이 세 식구밖에 없던 흥 없는 집안에 내력이야 어찌 됐든지 또 미물이기는 할 값에 아무려나 다섯 개의 새로

운 권솔이 갑자기 참여를 했으니 위선 주의와 재미의 대상이 되기
에 족했다.

병아리들은 방에서 사람들과 같이 놀고 자고 밥상에서 흘리는 밥
알과 더러 소년 태진이가 병아리들을 끔찍이 위하는 것은 말할 것
도 없고, 용동댁이며 그 모친도 고놈들이 방 아무 데나 똥을 싸고 밥
상에를 뛰어오르고 하는 것을 싫어하지 않았다.

그것은 태진이의 소중한 노리개요, 동무라는 때문이기만은 아니
다. 집터가 세니 상극이 졌느니 하는 구실로 개도야지며 닭 같은 것
을 칠 마음의 여유가 없기는 했었지만, 막상 어떻게 되었거나 병아
리가 몇 마리 생겨 몸 가까이 두고서 길러보니까는 삐악삐악 우는
소리하며 뛰어다니고 눈에 알찐거리는 형상하며가 적지 않은 심심
파적 심심풀이일뿐더러 겸하여 태진이가 학교로부터 돌아와 오후와
밤으로 병아리와 더불어 놀곤 하면 가끔가끔 생각지 않은 웃음과
이야깃거리를 빚어주곤 해서 더욱이나 좋았던 것이다.

병아리는 얻어온 지 이레 만엔가 그중 병이 들어 원기가 없던 놈
이 마침내 죽었고, 다시 열흘쯤 돼서는 태진이가 잘못 한 마리를 밟
아 죽였고, 또 며칠 있다가는 쥐가 한 마리를 물어갔고 해서 다섯 마
리를 얻어온 것이 두 마리가 남고 말았다. 한 마리 한 마리 없어질
적마다 태진이와 또 용동댁이며 그 모친의 섭섭함은 대단했었다.

그러나 수의 많고 적은 데 낙의 대소가 달릴 성질의 것이 아닌지
라 두 마리만 남았어도 위안과 재밋거리에 부족함은 없었다.

그 가을이 가고 겨울도 섣달 정월로 깊자, 병아리는 완구히 자라 제법 중닭 푼수^{상태}나 되었고, 한데 더욱 희한한 것은 단 두 마리뿐인 병아리가 같은 암놈이나 같은 수놈이 아니고 한 마리는 수놈, 한 마리는 암놈 이렇게 자웅이 맞은 한 쌍이었던 것이다.

빛깔은 자웅이 다 같고 하얗고 레그혼인데 수놈은 바른편 뒷발톱이, 암놈은 왼편 가운뎃발톱 한 토막이 각기 병신이나, 물론 그것만은 그리 흠될 것도 없었다.

이듬해, 그러니까 바로 올 5월에는 암탉이 첫 알을 낳았다. 당자들인 닭 내외가 얼마큼이나 기뻐했는지 그것은 모르겠으되 오히려 놀랐기가 십상이요, 태진이가 신기해서 알을 쥐고 날뛰며 좋아한 것은 말할 것도 없거니와 용동댁과 그 모친은 마치 아들이나 시집간 딸이 첫아이를 난 것처럼 신통해하고 반가워했었다.

이때는 닭의 내외가 그전에 벌써 집 모퉁이에 얽은 저희네 둥우리로 분가를 했을 때였지만, 첫 알을 난 그날 저녁밥은 특별히 방으로 불려 들어와서 미역국 대신 새하얀 입쌀의 대접을 배불리 받았다. 하기야 분가를 했어도 그들은 어릴 적의 흉허물 없던 그 버릇 그대로 아무 때고 방이며 마루에 올라와서 밥상의 밥을 쪼아먹고 함부로 똥을 누고 어른 아이 할 것 없이 품에 안기고 어깨에 올라가고 하기를 조금도 꺼려하지 않았으니까 첫 알을 낳았다고 방으로 불려 들어왔다거나 하얀 입쌀을 대접받은 그것이 새삼스러운 것은 아니다.

그 뒤로부터 태진이의 벤또에는 달걀을 삶아서 저며둔 반찬이 별</sup>

반 끊이지 않았고 닭의 내외에게는 전과 다름없이 호강과 평화가
계속되었다.

그러던 것이 행복과 평화가 영원한 저희 것은 아니었던지 뜻하지
못한 비극이 마침내 빚어지고 말았다.

여름이 한창 성해오는 7월 초생의 어느 날 밤이었다.

이슥해서 식구들이 모두 곤히 잠들었을 땐데, 별안간 '꼬꼬댁꼬
꼬댁' 닭의 놀라 외치는 소리가 고요하던 밤에 요란히 들렸다.

세 식구가 일제히 놀라 깨어, 그러나 살기인 줄을 짐작하고 와락
닭의 우리께로 달려가지 못하고서 소리소리 고함만 치노라니까 그
때는 벌써 사나운 짐승에게 물려가노라고 '꼬옥꼬옥' 죽음의 비명
이 뒷산으로 향해 차차로 멀어갔었다.

비로소 불을 해 잡고 닭의 둥우리를 살펴보니, 물려간 것은 장닭
이요, 암탉은 한편 구석에 가서 숨도 쉬지 못하는 양 떨고(?) 있었다.

암탉을 방으로 안고 들어와서 태진이는 어엉엉 울었다. 마치 초
상난 집처럼 노인도 추럿해^{추레해} 혀를 차 싸면서 가엾다고 눈물을
질끔질끔했다. 그리고 그중에 아무 말도 않고 울지도 않는 용동댁
의 가슴 아파함은 아들이나 모친의 슬퍼함에 비길 바가 아니었다.

그는 참혹히 살기의 밥이 된 장닭을 불쌍해하지 않음은 아니나,
그 가엾은 암탉―홀어미가 된 암탉―에서 지극한 슬픔을 느꼈던
것이다.

"어서들 자거라. 그리된 걸 생각하니 소용 있느냐……."

노인이 위로 겸 단념하듯 중얼거리면서 자리에 누웠다.

"……이 집 터전이 그렇대두! 닭을 노면 병들어 죽거나 짐생 입에 닿구…… 개도야지를 치면 미치거나 앙금발이가 지구…… 원, 무슨 짝의 집터가 그렇게두 센지!"

그러나 노인의 뒤삐어진 제때가 지나버려 뒤늦은 집 터전에 대한 불평쯤 쓸데없는 구누름 못마땅하여 혼자서 하는 군소리이요, 태진이에게나 용동댁에게나 조금도 위로거리가 되지를 못했다.

그 뒤에 곧 읍내의 장에 들어가는 동네 인편에라도 부탁을 해서 장닭을 사다가 다시 자웅을 맞춰주었어야만 그동안 그대도록 닭을 사랑하던 정의 도리였을 것이다.

그러나 노인으로 말하면 애초에 닭 같은 것은 놀 경황이 없었던 것을 이왕 생겨서 심심치 않으니까 그런대로 마음을 한 가닥 거기 붙였던 것이나, 암탉이 혼자요 혼자 내놓았다가 잃어버리면 잃어버렸지 와락 서둘러 없는 돈을 마련한다, 장닭을 사온다 하게까지는 까맣게 내키지 않는 노릇이었다.

태진이는 물론 이웃이나 동네의 장닭에게 닭을 빼앗길까 보아 하루바삐 장닭을 사놓고 싶어서 모친을 조르곤 하지만 제 재주로 사올 수는 없었다.

용동댁도 닭을—사람 하나 몫만큼이나 소중하고 정이 도타운 그를—잃어버린다는 것은 생각만 해도 앞이 아찔한 노릇일 뿐 아니라, 닭의 외로운 신세가 가슴 아프게 측은하고 해서 부디 장닭을 사놓아주고 싶었다. 또 그렇게 하기는 할 요량이었다.

그러나 그는 인제 쉬이 그렇게 하기는 할 터로되, 다만 그동안 조금만 더 닭을 과부인 채로 두어두고서 그것을 불쌍해하고 살뜰히 귀애를 하고, 이걸 하고 싶었다. 장닭을 사다가 새로 자웅을 맞춰주어, 그래서 암탉의 외로움과 불행이 씻은 듯이 스러져…… 이렇게 되기 전에 며칠만이라도 좋으니 그를 가엾고 불쌍한 그대로 두어두고서 그의 불쌍함을 맘껏 불쌍해해주고 그의 고적함을 실컷 위로해주고 싶은 용동댁의 간절한 심정……

용동댁은 장닭 사오기를 미룸미룸 미뤄나갔다.

노인은 그것저것 아로새기지를 안 했지만 태진이는 매일같이 조르는 것을 돈이 없다는 핑계로 한 장 두 장 자꾸만 미뤄나갔다.

돈만 있으면 장닭을 한 마리 사오기만 하면 닭은 과부가 되었어도 곧 짝이 채워진다는 것, 이 평범하고도 알기 쉬운 사실에 퍼뜩 자극을 받아, 용동댁은 과부가 된 지 사 년 만에야 비로소 자기 자신이 장차 팔자를 고치느냐 하는 것을 가지고 골몰히 생각을 해보았다.

그러나 닭의 일처럼 만만한 게 아니고, 용동댁의 소견을 가지고는 암만 생각을 해보아야 시원한 대답을 얻을 수가 없었다. 가령 개가를 간다고 하면 제일 첫째 아들 태진이를 대체 어떻게 하느냐. 두고 가자니 정을 차마 어찌 끊으며 그렇다고 데리고 간다면 의붓자식일지니 더욱 못할 노릇이다.

또 가면 대체 누구한테로 가느냐. 이미 헌 몸뚱이니 남의 조강지처는 바랄 수 없고 다직해야_{기껏 한다고 하면} 막지기_{가지기. 정식 혼인을 하지 않고 다른 남자와 사는 과부나 이혼녀} 아니면 첩인걸, 그게 또한 못 당할 일이요, 황차 막지기나 첩이란 건 자칫 잘못하면_{남을 두고 보아도} 이손 저손으로 넘어가기 쉬운데, 영영 신세를 망치기 십상이 아니냐.

그리고 또 시집이며 친척—모친은 모른 체할 테지만 부친은 부녀지간의 의를 끊을 테니 그 말림을 부둥부둥 어기고서 갈 수도 없는 것이 아니냐.

그러나 그것이고 저것이고 죄다 뜻대로 되고 말썽이 없고 해서 개가를 할 수 있다고 하더라도 그 마당에 이르러 섬뻑 나서겠다는 보짱_{마음속에 품은 꿋꿋한 생각이나 요량}이 위선 시방 있느냐? 있을 성부르지도 않고, 되려 죽으면 죽었지 어떻게 시집을 갈꼬? 하는 공포가 앞을 서곤 한다.

이렇게 두루 생각하면 도저히 팔자를 고칠 수는 없을 것만 같다. 더구나 여읜 남편의 면영_{얼굴 모습}이며 그의 알뜰하던 정을 돌이켜 생각하면 어떤 깨끗한 자랑을 더럽히는 노릇 같아, 차마 딴 남자를 맞이하는 게 매우 옳지 않은 짓이거니 싶어진다. 하니 그러면 이대로 수절을 하고 늙겠느냔데, 그것을 생각할 때는 또한 무거운 짐을 지고서 높은 고개 밑에 다다른 것처럼 아득하니 위가 올려다보여 그것 역시 겁이 더럭 나던 것이다.

그래 생각만 골똘히 했었지 좌우 양단간에, 가령 행동은 인제 종차의 일이라고 하더라도 마음에나마 결단을 지은 게 있어야 할 텐데 그대로 아무 소득이 없고 말았다.

실상인즉 그 결단은 아무려나 서서 있어야 할 것이었다.

가령 팔자를 고친다고 작정을 했으면 생활의 방향을 모두 그리로 틀어놓고 나아갈 것이고, 또 수절을 하기로 작정을 했으면 늙발^{늙었을 때}에 걱정이 없을 염량을 차려야 할 것이고, 친정집이 비록 가난은 하다지만 밭뙈기와 논이 열 마지기는 있겠다, 한데 그만 가산일망정 장차 다른 데로 갈 바 없으니 여자에게는 한 밑천이 되지 않진 않는다. 또 시집은 친정집보다도 좀더 유족하니까 비빌 언덕이 넉넉하다. 그러니까 친정이면 친정, 시집이면 시집 어디든지 가서 마음과 몸을 가라앉혀가지고 치산^{집안 살림살이를 잘 돌보고 다스림}을 하는 것이다.

한푼껏 없는 과부도 손수 적지 않은 가산을 장만한 예가 하고많다. 하니 그만큼 기댈 거리가 있으면야 그다지 어려울 것은 없을 테다. 가령 큰돈을 모으지는 못한다고 하더라도 거기에 마음 잠착^{한 가지 일에만 정신을 골똘하게 씀}을 할 수 있으니 그게 어디며, 또 수절을 할 바이면 오직 하나 믿을 것은 아들 태진이니 그를 충실히 교육시킬 준비를 하는 게 무엇보다도 긴한 일이다.

이렇게 해서 무엇에서고 생활을 발견하거드면 그리 해야만 그새까지 떴던 마음은 절로 안정이 될 수가 있는 것이다.

그러한 것을, 좀처럼 강단을 내지 못하는 소치는 거기 어디 많이 볼 수 있는 구태의 젊은 여인들과 일반으로 용동댁도 독립할 줄을 모르는 영원한 애기—어려서는 부모에게, 장성해서는 남편에게, 늙어서는 자식에게, 그때마다 매여서만 살도록 마련된 때문이지 별다른 게 아닐 것이다.

과부가 된 암탉은 과부만 되었을 뿐이지, 식구들의 전과 다름없는 가축과 또 용동댁의 한결 더 은근해진 동정이며 사랑을 받으면서 그날 그날을 보냈다. 알도 여전히 낳았고, 또 식구들이 걱정하던 바와는 달리 이웃집의 장닭을 따라가지도 않았다. 아마 이웃집의 장닭이 미처 몰라서 후려가지를 않는 것이리라.

한데 불행은 언제고 대기를 하고 있는 것인지 첫 번의 비극이 있은 지 한 달이 채 못 되어서 두 번째의 불행이 생겼다.

장맛비가 축축이 오는 낮인데 방이 녹녹해서 용동댁이 건넌방 아궁에다가 보릿대로 불을 지피고 있노라니까 '꼬옥꼬옥' 가느다랗게 닭의 신음 소리가 바로 앞에서 들려왔다. 닭이 아궁 속으로 들어간 줄을 대번 알아차린 용동댁은 가슴이 더럭 내려앉고 수각^{팔다리}이 황망하여 허둥지둥 불을 긁어내고 두드려 끄고, 통째로 아궁 속으로 기어들어갈 듯 엎드려 굽어다 보면서 '고고오 고고' 닭을 불러댔다.

분명 거기서 여전히 '꼬옥꼬옥' 하기는 하는데 형제는 보이지 않는다. 긴 고무래를 찾아가지고 와서 구들 속을 긁어보았다. 그다지 깊이서 나는 소리도 아니거니와 긁어내보아야 닭은 긁혀 나오지도 않는다. 닭의 신음 소리는 점점 더 졸아들고 마음이 다뿍 급한 용동댁은 가슴이 울렁거리고 정신이 없어 어쩔 줄을 몰라 하다가 어느 덧 이편의 흙으로 봉창을 한 구들에 눈이 띄었다.

그리로 주의가 가자마자 용동댁은 횡허케 달려가서 괭이를 들고 뛰어오더니 봉창한 구들을 파기 시작한다.

건넌방 아궁은 전에 솥을 걸었던 것을 부뚜막을 헐어 임시로 함실을 만드느라고 구들 세 골 중에 한 골만 남겨놓고 양편의 두 골은 흙으로 봉창을 해두었다.

닭은 알자리가 없던 게 아니지만 어쩌다가 고양이가 얼찐거리든지 하면은 건넌방 아궁에다가 알을 낳곤 하는데, 그래 오늘도 알을 낳으려고 아궁으로 들어가 앉은 것을, 불을 지피니까 그걸 피해 속 깊이 들어간 것이, 그다음에는 연기에 쫓겨 뚫린 대로 몰려나간 것이, 썰골로 돌아 이편 봉창한 골 앞까지 나와서는 앞이 막히니까, 그런데 그동안 벌써 연기는 실컷 들이켰것다, 그만 쓰러져서 죽어가느라고 신음을 했던 것이다.

구들 막은 것을 파헤치고 꺼내놓은 닭의 꼴은 매우 참담했다. 그 하야니 곱던 털이 연통장이가 돼버렸고, 모가지와 죽지와 두 다리는 힘없이 추욱 처지고, 그래도 아직 숨은 붙어 있어 ‘꼬로록꼬로록’ 사람으로 치면 마치 담 끓는 소리와 같았다.

용동댁은 눈물이 뚜욱뚜욱, 어머니를 부르며 찾으며, 그러나 모친은 없었고, 물을 떠다가 닭의 입으로 흘려 넣는다, 부채질을 해준다, 사뭇 날뛰면서 온갖 정성을 다 들였다.

용동댁의 정성도 보람이 없던 것은 아니지만 원체 연기를 그다지 오래도록 쐬진 않았기 때문에 한 삼십 분 지나니까는 펼쳐 누웠던 마루에서 발딱 일어서서 비틀거리고 걷기까지 했다.

아마 죽은 남편이 다시 살아났다고 하더라도 용동댁은 이보다 더 는 반가워할 반가움이 없었을 것이다.

무사히 살아난 닭은 더 한층 용동댁의 동정과 사랑 속에서, 그러나 아직도 과부로 며칠을 더 지내왔고, 그런데 역시 인간의 사랑만으로는 만족할 수가 없었던지 엊그제부터는 이웃집 장닭과 연애가 얼려졌고 오늘은 필경 그를 따라가기까지 했던 것이다.

이렇듯 그는 사람으로도 그다지 흔치 않을 곡절 많은 생애를 겪어온 한 마리의 흰 암탉인것이다.

용동댁은 더 불러야 오지도 않을 것이고, 또 온다고 하더라도 밉살스럽기나 할 테라, 얼굴이 새침해서 그대로 마룻전에 가 걸터앉았는데 마침 태진이가 생이채를 둘러메고 얼굴이 빠알갛게 익어서 사립문으로 들어섰다.

"어머니, 어머니."

태진이는 휘휘 둘러보면서 마당을 달려 흙마루로 올라선다.

"……닭 어디 갔수?"

"모른다!"

용동댁의 대답 소리는 새침한 안색대로 뾰족하다.

"이잉! 어디 갔어? 구구우 구구."

태진이는 돌아서서 마당으로 대고 닭을 부른다.

그때다. 마치 그 소리에 응하기나 하는 듯이 이웃에서, 이웃도 바로 옆집이 아니고 한 집 더 건너, 엊그제부터 몽니 심술을 부리는 성질 사납게 생긴 장닭이 지붕을 타고 넘어와서는 암탉을 얼러대곤 하던 그 장닭이 있는 집인데 무엇에 쫓기는지 닭이 화닥닥 풍기면서 질겁해 다급히 우짖는 소리가 들렸다. 태진이는 눈이 둥그레가지고 저의 모친을 본다. 용동댁도 놀란다. 모자는 똑같이 같은 무엇을 직각했던들는 즉시 깨달았던 것이다.

'우리 닭이나 아닌가?' 하는 불길스러운 예감이다.

닭은 우짖던 소리에 뒤이어 꼬옥꼬옥 두어 마디 비명을 지르더니 도로 조용해졌다. 그때에 태진이는 벌써 사립문께로 달려나가고 있었다.

용동댁은 아직도 아까부터 토라진 속이 가시진 않았으면서도 그러나 설레는 가슴으로 초조해 기다리노라니까, 미구얼마 오래지 아니함에 태진이가 한 손으로 닭을 안고 한 손으로는 주먹으로 눈물을 씻으면서 사립문 안으로 들어섰다. 닭은 멀리서 보아도 왼편 다리가 허벅다리께서 피가 시뻘겋게 흰 터럭 위로 흐르고 힘없이 축 처진 게 보나 안 보나 개한테 물린 속이다.

"어머니! 이잉 이잉."

태진이는 저의 모친을 보더니 놀라워라고 소리를 내어 울면서 뒤를 힐끔힐끔 돌려다 본다.

"……하준네 개가, 이잉 이잉, 이것 봐, 어머니, 어머니."

용동댁은 하준네라는 이웃집의 개를 분해해야 할지 그대로 닭을 미워해야 할지 모르겠고 눈만 더 샐룩해졌으나 필경 닭이 노엽고 말았다. 미운 것이 아니고, 저렇듯 피투성이가 된 것이 원망스러워 그래 노엽던 것이다.

"잘했다! 그 망할 닭이……."

쏘아붙이는 음성은 한결 더 쌀쌀하면서도 그러나 어디라 없이 풀기가 없다.

"이잉, 난 병원에 갈 테야. 가서 약 바르구 붕대루 매구 해주어예지! 어머니 이잉, 어떻게 해! 이 피 봐. 어머니, 어머니, 어머니랑 병원에 가아."

"별소리를 다 듣겠구나! 달기(닭) 새끼 좀 상했다구 병원에 가는 놈 두 있다더냐? 방정맞게 싸다니다가 잘꾸사니(잘코사니)지 뭐……."

용동댁은 재우쳐 쏘아붙이고서 못 본 체 방으로 들어가버린다.

태진이는 어찌할 줄을 몰라 닭을 안고 앉아 어엉엉 울다가 문득 울음을 그치더니 토방바닥의 가루 흙을 쥐어다가 닭의 다리 상한 자리에 발라주고 발라주고 한다.

손을 베든지 해서 피가 나면 흙가루를 쥐어바르면서,

"흙하고 피하고 바꾸자, 흙하고 피하고 바꾸자."

하던 것을 생각해냈던 것이다.

닭의 다리에 흙을 발라주느라고 자지러져 있는 아들을 가만히 내다보면서 용동댁은 제발 닭이 다리가 병신도 되지 말고 물론 죽지도 말고 무사히 나았으면 하고 속으로 축원을 해 마지않는다.

그는 아까 태진이가 병원 소리를 내기 전에 자기도 병원 생각을 하기까지 했고, 시방도 마음 같아서는 단걸음에 병원으로 안겨가지고 가고 싶은 생각이 간절했다.

그러나 자기 말대로 닭이 좀 상했다고 병원으로 안고 간대서야 남한테라도 욕을 먹을 짓일뿐더러 태진이를 걷질러 나무란 끝이니 열없어서도 조금 겸연쩍고 부끄러워서도 차마 못한다. 아무튼지 낫기만 낫거드면 인제 오는 장에는 부디 장닭을 사다가 자웅을 맞춰주려니, 그러자면 이따가라도 이웃에 나가서 돈을 한 오십 전이고 위선 취해다가 두려니, 이런 염량 사리를 분별하는 슬기까지 하면서 용동댁은 자주 토방의 동정을 살핀다.

흙가루를 발라주어서 피가 멎었는지 소년은 닭을 두 손으로 안고 볼비빔을 하면서 무어라고 쏭알쏭알 닭과 이야기를 쏭알거린다. 용동댁은 어디 보자고, 이리로 안고 오라고 부르고 싶은 것을 겨우 참느라 내키지 않는 바느질을 집어든다.

주위는, 방금 일어났던 조그마한 풍파는 알지도 못한 듯 부레풀 같이 찐더분한 침정이 도로 가득히 잠겨든다.

—1938년

1. 힘들게 문학을 쌓아나간 채만식의 생애

필자가 채만식 문학에 관심을 갖게 된 때는 박사학위 논문을 쓰던 무렵이다. 그때 필자는 현실에 꽤나 비판적인 생각을 가지고 있다고 자부하는 자로서 그러려면 응당 리얼리즘 소설을 공부해야 한다고 생각했다. 리얼리즘이 삶의 세계를 비판적으로 그려내는 데는 으뜸이라고 생각했던 때다.

한국에서 가장 화려하고 빛나는 소설의 시대라 하면 1930년대 중반 전후일 것이다. 이때 이광수의 《흙》이나 염상섭의 《삼대》 같은 명작이 출현했다. 또 문학사에 구인회 회원으로 널리 알려진 이태준, 박태원, 이상, 김유정, 이효석 같은 작가가 다투어 출현하여 주옥같은 작품을 남겨놓기도 했다. 이태준의 〈달밤〉, 박태원의 〈소설가 구보 씨의 일일〉, 이상의 〈날개〉, 김유정의 〈동백꽃〉, 이효석의 〈메밀꽃 필 무렵〉 같은 작품들이 모두 이때 세상에 나왔다.

이 시기에 이러한 흐름과는 조금 다른 자리에 서서 자기 자신의 문학세계를 구축하기에 온 힘을 다해간 한 작가가 있었으니 채만식이 바로 그 사람이다. 그는 〈레디메이드 인생〉으로 본격적으로 주목받기 시작해서 《태평천하》와 《탁류》 같은 문제작을 써나갔다. 그의 문학은 한국 현대문학사에서 매우 독특하면서도 독보적인 위치를 차지하고 있다. 한국문학의 전통을 공부할 때면 늘 해학이나 풍자가 빠지지 않는데, 채만식은 한국문학의 전통적인 미학을 가장 잘 보여주는 작가로 손꼽힌다. 그가 풍자작가로 잘 알려져 있기 때문에 채만식 하면 으레 날 때부터 그런 작가였으려니 하고 생각하는 사람들이 많다. 그러나 날 때부터 무엇이었던 작가는 아무도 없다. 사실 사람은 누구나 아무것도 가지지 않은 채 태어나지 않던가.

그가 이렇게 풍자적인 작가로 이름을 드높이게 된 것은 처음 문단에 나오고 나서도 십 년이나 흐른 뒤다. 그가 처음 문단에 발을 디딘 것은 〈세 길로〉라는 짧은 단편이 1924년 12월에 《조선문단》이라는 잡지에 실리면서부터다. 그는 이광수의 추천을 받아 세상에 나왔다. 이 사실은 주목할 만한 가치가 있는데, 왜냐하면 한국의 대문호 이광수와의 인연이 그의 문학과 생애에 중요한 작용을 했다고 믿을 만한 여러 일들이 있기 때문이다. 이광수는 일제 말기에 접어들면서 노골적인 대일협력 활동을 벌였는데, 속으로야 어땠는지 모르지만 이것이 두고두고 비난의 대상이 되는 것은 잘 알려진 사실이다. 채만식 역시 일제 말기에 대일협력 활동에 빠져들었다. 남들은 모두 '친일'이라는 말을 선호했고, 또 그렇게 규정했지만 채만식은 자신의 소설 〈민족의 죄인〉에서 자신이 벌인 일들을 '대일협력'이라고 해서, 그것이 자신의 진의와는 다른 문제였음을 강하게 시사하고 있다. 그럼에도 채만식이 이광수와 마찬가지로 불유쾌한 행적을 보였다는 사실은 감춰질 수 없을 것이다. 채만식처럼 현실에 대해 날카로운 비판의식을 가지고 있던 작가가 왜 그랬을까? 이 한 편에 이광수의 존재가 있었음을 간과하기 어렵다.

채만식은 《인형의 집을 나와서》 같은 사회주의적 메시지를 함축하는 소설을 쓸 때조차 당시 마르크시즘 문학운동을 표방하던 카프 KAPF로부터 '방랑적인 자칭 프로 문사'라는 혹독한 비판을 받아야 했는데, 당시 좌익 문인들의 비난의 표적이었던 이광수와 채만식의 관계를 도외시하고는 이해하기 어려운 일이다. 중앙고등보통학교를 나와 와세다대학 제일고등학원에 유학했다가 일 년 반 만에 돌아와 공부를 접고 이렇다 할 삶의 길을 찾지 못하던 채만식에게 이광수가 마련해준 작가의 길은 지극히 소중한 계기가 되었을 것이다. 이와 같은 예를 최학송, 즉 최서해에게서도 찾아볼 수 있다. 최서해는 신경향파 문학을 대표하는 작가로 알려져 있지만 그로 하여금 작가가 되도록 해준 사람 역시 《조선문단》을 주재하던 이광수였다.

채만식은 1892년 3월 4일생인 이광수와는 십 년 아래로 1902년 6월 17일 전라북도 임피 출생이다. 그는 6·25 전쟁이 나기 2주 전인 1950년 6월 11일에 세상을 떠났는데, 그러니까 49세로 세상을 마친 것이다. 이광수는 1950년 10월 25일에 세상을 떠난 것으로 기록되어 있다. 나기는 십 년이나 늦게 나서 세상을 뜨기는 같이 한

것이다. 1910년에 나서 1937년에 28세란 젊은 나이로 세상을 떠난 이상 같은 작가도 있지만, 채만식 역시 가난에 허덕이며 살아 폐결핵으로 천수를 다 누리지 못한 채 세상을 떠났다.

채만식은 이광수와 마찬가지로 '조선색'을 가진 작품, 한국문학의 전통에 깊이 뿌리박은 독특한 문학세계를 구축했으니 가히 애쓴 삶이었다 하지 않을 수 없다.

그는 살아서 이광수와 같이 유복하지도 않았고 그만큼 명예롭지도 못했다. 집 한 칸을 마련하기 위해 돈을 빌리고 선인세도 받아내서 누더기를 기운 듯한 돈으로 겨우 안양천 방죽의 나라 땅 위에 집을 지었으나 그마저 일 년도 못 살고 여름 홍수에 깎여나가버렸다. 그는 명색이 유학이라고 다녀왔지만 중학교부터 유학을 한 이광수나 염상섭, 김동인 같은 선배 축에 끼지도 못했고, 마르크시즘에 눈이 '먼' 임화나 김남천 같은 청년 문사들과도 쉽게 어울릴 수 없었다. 신문사와 가난한 잡지사에서 기자 노릇을 하기 위해 필명을 두 개, 세 개씩 가지고 한 잡지에 여러 편의 글을 써야 하는 삶을 이어 갔다. 문단의 타박을 받으면서 소설이나 단편 희곡 쓰기를 십 년. 그러다 어렵게 쓴 〈레디메이드 인생〉이 문단의 새삼스러운 주목을 받게 되자 마음을 굳게 먹고 전업작가의 길을 걸어 마침내 일가를 이루게 된다. 이렇게 해서 독특한 색채를 가진 문호 채만식의 시대가 비로소 문을 열었다.

채만식의 풍자미학은 그냥 만들어진 게 아니다. 버젓이 다니던 《조선일보》를 그만두고 개성으로 낙향하여 전업작가의 길을 걸으면서 무엇을 어떻게 써야 할지 깊이 고민한 결과로 얻어진 것이다. 한국문학다운 한국문학을 만들어가야겠다는 것, 이 문제의식 속에서 그는 〈레디메이드 인생〉을 썼다. 개성에서 그는 한국문학의 전통에 대해 새로운 인식을 갖게 된다. 《춘향전》 따위를 두고 어떻게 우리 민족에게 문학이 있다고 큰소리칠 수 있겠느냐고 생각하던 그가 일년 반 동안의 사색과 연구를 거친 후 조선에도 문학이 있었다는 것을 인식하게 된 것이다. 이광수가 《허생전》과 《일설 춘향전》 같은 작품을 썼듯이 채만식도 나중에는 《심청전》을 세 번이나 《심봉사》로 다시 쓰게 되는데, 그 연장선상에 《태평천하》가 가로놓여 있다.

2. 새로운 선집에 실린 작품들의 의미

채만식이 작가로 활동한 시기는 정식 등단한 1924년부터 1950년 타계할 때까지다. 25년 남짓한 기간에 《인형의 집을 나와서》, 《태평천하》, 《탁류》 같은 장편소설을 포함하여 아주 많은 작품을 발표했다. 그중에는 《심봉사》같이 고전소설을 패러디한 것도 있고, 〈제향날〉 같은 희곡작품도 있다. 여기에는 모두 열한 편의 중단편 소설을 가려 뽑아놓았다. 작품이 창작된 순서대로 열거해보면 다음과 같다.

〈세 길로〉 조선문단, 1924. 12

〈레디메이드 인생〉 신동아, 1934. 5-7

〈치숙〉 동아일보, 1938. 3. 7-14

〈두 순정〉 농업조선, 1938. 6

〈쑥국새〉 여성, 1938. 7

〈용동댁의 경우〉 농업조선, 1938. 8

〈소망〉 조광, 1938. 10

〈순공 있는 일요일〉 문장, 1940. 4

〈미스터 방〉 대조, 1946. 7

〈민족의 죄인〉 백민, 1948. 10-11

〈논 이야기〉 잘난 사람들, 1948

열한 편의 작품을 채만식이 창작을 해나간 과정이나 유형을 고려하여 나누어보면 먼저 〈세 길로〉와 〈레디메이드 인생〉이 한 묶음이다. 두 작품은 채만식이 등단하던 때부터 빛을 볼 때까지를 대표한다. 다음으로 〈치숙〉과 〈소망〉이 또 하나의 묶음을 이룬다. 이 작품들은 지식인의 정신적 위기에 관련되는 작품이다. 〈두 순정〉, 〈쑥국새〉, 〈용동댁의 경우〉는 농촌소설 유형의 작품들이라고 할 수 있으며, 〈순공 있는 일요일〉과 〈민족의 죄인〉이 다른 한 묶음으로 묶일 수 있는 것은 이 작품들이 채만식의 대일협력 행위에 관련되어 있기 때문이다. 마지막으로 〈미스터 방〉과 〈논 이야기〉는 해방 이후의 현실을 풍자적으로 다룬 작품들이라는 점에서 상통한다.

먼저 〈세 길로〉와 〈레디메이드 인생〉을 살펴보자. 채만식의 등단작이기도 한 〈세 길로〉를 추천하면서 이광수는 '기차 속의 광경을 그린 것인데 재료의 취사며 심리의 묘사가 심히 익숙하게 되었다. 이렇게 평범한 재료를 취해 그만큼 재미있게, 그만큼 깊이 있게 사람의 부끄러운 약점을 그려낸 것은 칭찬할 솜씨라고 아니할 수 없다'라고 평한 바 있다. 이 작품은 기차간에서 여학생을 사이에 두고 벌어지는 미묘한 움직임을 포착한 것으로 채만식의 날카로운 관찰력이 드러난다. 이 기차간이 곧 현실이라고 생각해보면 채만식이 현실을 비판적으로 취급할 수 있는 재능을 처음부터 가지고 있었다고 말할 수 있을 것이다. 〈레디메이드 인생〉이 채만식의 출세작이 될 수 있었던 것은 그 시대의 사회적 분위기를 정확하게 포착할 수 있었기 때문일 것이다. 이인직의 《혈의 누》부터 이광수의 《무정》에 이르기까지 반복적으로 강조된 것이 새로운 교육이었음은 잘 알려져 있다. 《혈의 누》에서 옥련이와 구완서도 미국으로 유학을 가고, 《무정》의 남자 형식과 여성들 선형, 영채, 병욱이도 다 새로운 교육을 받기 위해 외국으로 떠난다. 그러면 이렇게 교육받고 돌아온 사람들, 고등교육을 받은 사람들이 나중에 어떻게 되었나? 〈레디메이드 인생〉은 이것을 지적하고 있다. 지식인들이 기성품처럼 사회에

넘쳐흐르는데 이들을 받아줄 사회의 용적은 좁고 얕다. 지식을 익혀도 쓸데가 없다. 이 소설의 주인공 P는 지식의 무위성을 뼈저리게 절감하면서 자신의 아들을 인쇄소 공장에 보내려고 한다. 제도적 교육의 무위성을 비판하는 작가의 시선이 놀라우리만큼 날카로워 문단은 그에게 역시 채만식이었다고 갈채를 보냈다.

다음으로 〈치숙〉과 〈소망〉은 채만식 문학에서 가장 흥미로운 작품들이다. 이 작품들의 단서는 사실 〈레디메이드 인생〉에서부터 찾을 수 있다. 왜냐하면 자기 자식을 공부시키지 않으려고 하는 지식인의 정신적 상태를 결코 정상이라고 볼 수는 없기 때문이다. 〈치숙〉과 〈소망〉은 그러한 지식인 소설의 연장선상에서 더 이상 개혁을 위해 투쟁할 수 없게 된 사람들이 처한 상황을 그린다. 특히 〈치숙〉은 소설 속 사회가 어떻게 병들어 있는지, 투쟁했던 이들은 어떻게 타락하게 되었는지, 변화된 시대상황 속에서 새롭게 자라나는 세대는 또 어떤 문제를 안고 있는지 종합적으로 보여주고자 한다. 이 작품에서는 사회주의 운동을 하다 징역을 갔다 온 오촌 고모부를 비난하는 화자 아이부터 병들어 있다. 타락한 세계에서 타락한 가치의식을 습득하면서 커나가는 화자를 바라보아야 하는 독자들의 마음이 착잡하지 않을 수 없다. 그런가 하면 〈소망〉의 지식인 주인공은 〈치숙〉의 아저씨와 달리 자신이 항거할 수 없는 세계를 향해 일종의 퍼포먼스를 벌이고 있다. 작품제목은 이른 나이에 벌써 미쳤다는 뜻을 내포하고 있다. 한여름에 동복을 입고 종로 한복판에 나가서는 전직 신문기자의 행위는 미친 세상을 향해 미친 짓으로 그것을 증명하는 역설적 의미를 가진다. 이것은 퇴폐주의가 퇴폐적인 행위로 세상이 병들었음을 증명하려는 것과 같다.

채만식은 임피 태생으로 촌사람이기 때문에 〈두 순정〉, 〈쑥국새〉, 〈용동댁의 경우〉 같은 농촌소설에도 매력을 느꼈을 법하다. 또 전업작가였기 때문에 어떤 매체에서 소설을 청탁해오면 그 매체의 성격에 맞는 소설을 써 보내곤 했다. 〈두 순정〉과 〈용동댁의 경우〉가 《농업조선》에 실렸다거나 〈쑥국새〉가 《여성》지에 실린 것은 작가가 매체의 성격, 그 매체를 읽는 독자들의 특징을 염두에 둔 것이라 할 수 있다. 그럼에도 세 작품은 채만식 농촌소설의 세계를 알려준다는 점에서 일맥상통한다. 본래 채만식은 여성의 운명에 지극히 관심을 가진 작가였다. 임피에서 나서 중앙고보를 다니러 서울에 유학하던 시기에 집안에서 맺어준 구여성과 결혼했던 채만식은 결혼에서 자유롭고자 하는 청년시절을 보냈다. 그런데 남성은 자유를 추구한다지만 여성은 어떻게 되는가. 여성이 자유롭지 못하는 한 남성의 자유라는 것도 끝까지 추구될 수 없음이 자명하지 않은가. 이 문제를 채만식이 깊이 숙고한 흔적이 여러 작품에 남아 있다. 〈두 순정〉, 〈쑥국새〉, 〈용동댁의 경우〉 같은 작품은 채만식의 이러한 '여성주의'를 이해할 수 있게 해준다. 채만식은 〈두 순정〉에서는 어린 신랑과 결혼한 성숙한 여성의 순수한 마음을 부각시켰고, 〈쑥국새〉에서는 시집 와서도 애초의 사랑을 버리지 않고 목숨을 바쳐 지키는 여성의 모습을 드러냈으며, 〈용동댁의 경우〉에서는 암탉을 소재로 삼아 과부가 된 구여성 용동댁의 한을 표현해주었다. 농촌을 배경으로 쓴 소설이지만 여성의 삶을 대하는 채만식의 따뜻한 시선이 담겨 있음을 알 수 있다.

　한편 〈순공 있는 일요일〉과 〈민족의 죄인〉은 일제 말기에서 해방 공간으로 넘어가는 시기에 채만식이 어떤 고민을 했는지 잘 알 수 있게 하는 작품들이다. 〈민족의 죄인〉은 자신의 대일협력 행위를 해방 후에 어떤 형태로든 성찰하고 반성하고자 했던 작가의 치열한 문제의식을 보여준다. 이 작품에서 작중 화자이자 주인공이 된 작가는 일제 말기의 자신을 '용렬하고 나약한 지아비'로 규정한다. 이것은 그 자신이 생활의 논리에 밀려 응당 저항하고 비판했어야 할 일제 말기의 동원체제, 전쟁체제에 협력해버린 것을 반성하는 뜻이 담겨 있다. 이 작품이 채만식 연구에서 논란이 되기도 한 것은 이렇게 자신이 생활의 논리에 밀려 대일협력을 했다고 한다면 그것은 일종의 자기변명밖에 더 되느냐는 비판이 제기될 수밖에 없었기 때문이다. 채만식 역시 이 문제를 의식하고 있었음에 틀림없다. 작품이 완성된 것은 1946년 5월 19일이었던 데 반해, 이를 발표한 것은 1948년 《백민》지 10월호와 11월호였다는 사실이 이를 말해준다. 이 시간의 간극은 탈고 일자를 작품 말미에 기록해놓는 채만식의 습관 때문에 쉽게 입증된다. 즉 그는 작품을 다 써놓고도 과연 이 작품이 잘된 작품인지, 언제 발표해야 오해를 피할 수 있는지 등을 깊이 고민했다고 볼 수 있다. 바로 그 때문에 채만식은 이 작품을 쓴 다음에 다시 국민학교 교사를 화자 겸 주인공으로 삼은 〈낙조〉라는 중편소설을 써서 지식인의 사회적 책임을 객관적으로 조명하고자 했다. 〈낙조〉는 〈민족의 죄인〉과 유사하게 일제 말기 대일협력 문제를 모티브로 삼고 있으며, 1948년 8월 15일에 탈고한 것으로 기록되어 있고, 같은 해에 간행된 《잘난 사람들》이라는 창작집에 수록되어 있다. 그러니까 채만식은 〈낙조〉와 〈민족의 죄인〉을 거의 비슷한 시기에 세상에 내놓아서 그 자신의 과거행적을 한 번은 자기 자신을 화자 겸 주인공으로 삼고, 다른 한 번은 제삼자를 화자 겸 주인공으로 삼아서 진지하면서도 깊은 성찰을 시도했던 셈이다.

〈순공 있는 일요일〉은 채만식이 대일협력에 빠져들던 시기에 쓴 소설이다. 그러나 이 작품에 주된 묘사대상으로 등장하는 것은 적극적으로 대일협력을 해나가는 인물이 아니라 순사가 되었다가 양심의 가책을 못 이겨 그만두고만 훈장 선생이다. 이 문오 선생은 시골훈장 노릇을 하다 무슨 뜻한 바가 있었는지 일본어를 익혀 순사 시험에 합격하지만 얼마 못 가 다시 제자리로 돌아오고 만다. 이것은 작품을 쓴 채만식 자신이 제자리로 돌아가고 싶었으리라는 것을 짐작할 수 있게 한다. 그 때문에 문오 선생을 대하는 화자의 시선에는 연민이 담겨 있고, 그만큼 소설이 따뜻하게 느껴진다.

〈미스터 방〉과 〈논 이야기〉는 작가가 〈민족의 죄인〉과 〈낙조〉 같은 작품을 써나갔기 때문에 함께 쓸 수 있었던 작품이라고 할 수 있다. 우리나라의 해방은 어느 날 갑자기 찾아오듯 했다. 물론 나라 안팎으로 독립을 추구하는 지사들은 있었지만 민족 대다수는 독립의 염원을 높이 세우기보다는 일제의 강압적인 정책에 이리저리 끌려다니다 갑자기 해방을 맞았다고 표현하는 것이 차라리 맞을 것이다. 이 해방은 나라를 새로운 혼란 속에 밀어넣었다. 경제적 궁핍, 남쪽의 미군정과 북쪽의 소련군 진주, 도덕적 혼란, 탐욕, 부정부패 같은 현상들이 넘쳐났다. 채만식은 비록 대일협력이라는 주홍글씨 새겨진 옷을 입고 있는 중에도 왕년의 날선 풍자가답게 해방 이후의 부정적인 현실을 날카롭게 비판하기를 주저하지 않았다. 한편으로는 그 자신에 대한 비판을 수행하면서 다른 한편으로는 부정적인 현실을 눈 똑바로 뜨고 지켜보려 했던 것이다. 〈미스터 방〉에 등장하는 미스터 방이나 〈논 이야기〉에 등장하는 한생원은 시대의 변화를 자신의 이기적 욕망을 위해 사용하곤 하는 세태를 날카롭게 비판해주고 있다.

3. 외롭고 가난했던 작가에게 더 많은 사랑을

　살아서 채만식은 성품이 지극히 까다로워서 남들과 쉽게 어울리지 못했다. 대일협력을 한 전력 때문에 빈축을 사곤 하는 그의 이름이지만 살아서 그는 세상에도, 그 자신에게도 꽤나 엄격해서 늘 세상의 변방, 가장자리에 서 있는 자의 시선으로 중심세계, 기득권세계, 협잡세계를 날카로운 필치로 요리해내곤 했다. 엄격하고 까다로운 성품이 그를 중요한 작가로 만들었고, 이러한 성품으로 자신의 대일협력 행위를 못내 괴로워하며 해방 후 세상에 적응하지 못한 채 폐결핵이라는 '마음의 병'으로 일찍 세상을 떴다.

　그런 작가 채만식을 나는 매우 좋아한다. 그의 작품세계를 가지고 박사학위 논문을 쓰기도 했지만, 이것을 연구하는 사이에 채만식의 외롭고 가난하면서도 성실했던 작가적 삶을 분명하게 이해할 수 있었기 때문이다. 사실을 더 정확히 표현해서 말한다면 나는 그를 좋아한다기보다는 그에 대해 연민을 품고 있다고 하는 쪽이 더 맞을 것이다. 하지만 연민과 사랑 사이에는 높은 벽이 없다. 연민감은 언제든지 사랑하는 감정으로 변화할 수 있다. 논문을 쓴 다음에도 나는 여러 번에 걸쳐 다시 채만식으로 돌아가곤 했고, 채만식의 유족을 만나 채만식의 작품들을 정리하는 일에 열을 올리기도 했다. 그러나 세상은 그에게 따뜻하지만은 않았다.

그는 과거사에 대한 비판이 가열화된 지난 십 년 동안 친일행위자 낙인이 찍혀 작가로서의 영예를 많이도 잃었다. 이것은 일제 말기 몇 년을 제외하고는 올곧게 살아갔던 그에게는 가슴 아픈 일일 것이다. 나는 문학연구자는 역사가와는 다른 일을 해야 한다고 생각하곤 한다. 역사가가 엄정한 척도를 가져야 한다면 문학연구자는 척도도 척도지만 내부, 내막적 사연을 들여다볼 줄 아는 시선을 가져야 한다. 문학을 사랑하는 독자들, 문학애호가들도 마찬가지다. 문학은 잘잘못을 넘어서 그 사람 자체, 그 작품 자체, 현실 자체를 이해하려고 한다. 이런 점에서 이제부터 채만식에게도 더 많은 관심과 사랑이 필요하다고 생각한다. 부디 이 선집이 보다 많은 독자에게 전해져 세상을 향한 채만식의 날카로우면서도 따뜻한 마음이 이 시대에 함께 나누어질 수 있기를 바라마지 않는다. 현실과 시대에 가슴 아파했던 그의 문학은 우리 현대문학의 소중한 자산임에 틀림없다.

방민호

서울대학교 국어국문학과 교수, 문학평론가, 시인

1902년	전라북도에서 5남 1녀 중 다섯째 아들로 출생.
1918년	중앙고등보통학교 입학.
1920년	부모님의 강권으로 은선홍과 결혼. 평생 별거 상태 유지.
1922년	중앙고보 졸업. 일본 와세다대학 부속 고등학원에 입학.
1923년	관동대지진 때 귀국.
1924년	경기도 강화의 사립학교 교원. 〈세 길로〉 발표.
1925년	동아일보 정치부 입사. 〈불효자식〉 발표.
1926년	동아일보 퇴사. 〈산적〉 발표.
1932년	〈부촌〉, 〈농민의 회계보고〉 발표.
1933년	조선일보 사회부 입사. 《인형의 집을 나와서》 발표.
1934년	〈레디메이드 인생〉 발표.
1936년	김씨영과 동거. 조선일보 퇴사 후 창작활동에 전심.
1937년	조선일보에 《탁류》 연재.
1938년	〈치숙〉, 〈두 순정〉, 〈쑥국새〉, 〈용동댁의 경우〉, 〈소망〉, 《태평천하》 발표.
1940년	〈순공 있는 일요일〉, 대일협력 관련 작품 《여인전기》 발표.
1945년	부친 별세 후 낙향하여 해방을 맞이함.

1946년	〈미스터 방〉 발표.
1948년	〈논 이야기〉, 〈민족의 죄인〉 발표.
1950년	폐결핵으로 사망.

한국대표문학선 004

채만식 중·단편소설

초판 1쇄 인쇄 2012년 11월 13일
초판 1쇄 발행 2012년 11월 20일

지은이 채만식
펴낸이 이재영

펴낸곳 (주)재승출판
등록 2007년 11월 06일 제22-3217호
주소 우편번호 137-855 서울특별시 서초구 강남대로 423 한승빌딩 1003호
전화 02-3482-2767, 070-4062-2767
팩스 02-3481-2719
이메일 jsbookgold@naver.com
홈페이지 www.jsbookgold.co.kr

ISBN 978-89-94217-22-2 03810

책값은 뒤표지에 있습니다.
잘못된 책은 구입처에서 바꾸어 드립니다.